soumission

Du même auteur

Capitulation, vol. 1 de la série « Surrender », Red Velvet, 2014

À paraître

Séduction, vol. 3 de la série « Surrender », Red Velvet, mai 2015

Copyright © 2013 Melody Anne
Publié pour la première fois aux États-Unis par Gossamer Publishing Company sous le titre *Surrender, Book two*
© 2014 Hachette Livre (Marabout), 43, quai de Grenelle, 75905 Paris Cedex 15, pour la traduction française.

Ce livre ne peut être reproduit ou utilisé, en totalité ou en partie, sous quelque forme que ce soit ou par quelque moyen que ce soit, électronique, mécanique ou autre, existant ou à venir, y compris la xérographie, la photocopie ou l'enregistrement, comme des systèmes de stockage d'information ou de recherche documentaire, sans l'autorisation écrite de l'auteur, sauf pour une utilisation dans des critiques.

Cet ouvrage est une pure fiction. Les noms, les personnages, les lieux et les événements sont soit le fruit de l'imagination de l'auteur, soit utilisés dans le cadre d'une fiction. Toute ressemblance avec des personnes existantes ou ayant existé, des entreprises, des événements ou des lieux est fortuite et involontaire.

MELODY ANNE

soumission

Volume 2 de la série « Surrender »

traduit de l'anglais par Dionysia Kalogirou

Red Velvet

Je dédie ce livre à ma tante Linda. Merci d'avoir toujours été si extraordinaire. Tu as toujours été là pour moi, depuis ma plus tendre enfance. Jusqu'à ce jour, je ne peux pas écouter la musique de Top Gun *sans penser à toi. Je t'aime !*

1

Immobile, Rafaëlle regarde Ariana se diriger vers la porte ouverte de son jet privé. Un frisson lui parcourt l'échine et sa gorge se serre. Le battement sourd de son cœur serait-il dû à la peur ? Impossible. Il se redresse légèrement, uniquement pour empêcher son corps de le trahir. Si elle décidait de passer la porte pour descendre sur le tarmac, de sortir de l'avion et de quitter sa vie, il ne pourrait l'en empêcher.

Elle le désire, il le sait. Il sait aussi que pour Ariana, rester à ses côtés ne serait pas une souffrance. Cependant, tout recours à la force est exclu. Il veut plus que tout qu'elle se soumette à lui, mais il est allé aussi loin que possible dans leur petit jeu. La chasse est terminée.

Désormais, toutes les cartes sont entre les mains d'Ariana – sauf qu'elle ne le sait pas. Jamais il ne la priverait de la maison de sa mère, ni de sa boutique de fleurs, devenues de simples pions sur son échiquier.

Le seul véritable atout de Rafaëlle, c'est qu'Ariana ne sait pas s'il est aussi impitoyable qu'il le prétend. Il est un adversaire redoutable, il l'a prouvé. Reste à espérer qu'elle ne découvrira pas qu'il bluffe.

Lorsqu'Ariana s'arrête soudain, le cœur de Rafaëlle cesse de battre. Lentement, elle se retourne vers lui pour le fusiller du regard. La fureur rend cette fille sublime. Un besoin irrépressible de la prendre, de la posséder, le submerge soudain.

A-t-elle seulement le choix?

Non… et ils le savent l'un et l'autre. Ariana ne peut pas abandonner sa mère. Si Sandra découvrait, en sortant de l'hôpital, qu'elle n'a plus de maison ni de boutique, parce qu'Ariana a été contrainte de les vendre pendant sa longue et terrible maladie, les deux femmes seraient anéanties.

— Vous vous rendez compte que je vous mépriserai jusqu'à la fin de mes jours?

— Je n'ai pas besoin de ton affection, Ari. Ce que je veux, c'est te soumettre, répond-il avec un rictus imperceptible.

Désormais, il déborde d'assurance et l'observe tandis qu'elle s'efforce de prendre une décision.

Ça y est, elle est à lui!

Sans un mot, Ariana lève la tête et parcourt les quelques pas qui la séparent du fond de l'appareil… pour rejoindre la chambre de Rafaëlle. Sentant l'excitation monter en lui, il se lève de son fauteuil pour lui emboîter le pas, les yeux rivés sur les escarpins de la jeune femme.

Il se retourne pour annoncer au pilote que les portes de l'appareil peuvent être fermées, avant de suivre Ariana dans la chambre.

Il tourne autour d'elle, impatient. Il leur reste quelques détails à mettre au point, puis elle sera toute à lui. Si la réaction de son corps à la proximité d'Ariana est un indicateur, la longue attente en a valu la peine! La jeune femme suit du regard le moindre de ses gestes. Rafaëlle se dit que décidément,

soumission

ce manque d'assurance qu'elle tente si vaillamment de cacher lui plaît.

— Viens par ici et assieds-toi! ordonne-t-il.

Un sourire imperceptible se dessine sur les lèvres d'Ariana, qui s'approche lentement de lui. Il l'a toujours su: elle sera une soumise formidable. Cependant, il ne peut s'empêcher de ressentir une pointe de déception en la voyant se plier aussi rapidement à ses volontés. S'il arrive à la briser aussi vite, lui apportera-t-elle autant de plaisir qu'il escomptait? L'attirance qu'elle exerce sur lui réside en partie dans son insolence.

Ariana s'installe sur le siège qu'il lui désigne, en prenant soin de s'asseoir le plus loin possible de lui. Puis elle lève le bras pour laisser glisser sa main le long du dossier, avant s'arrêter à quelques centimètres seulement de la main de Rafaëlle.

Oh, cette attente le met au supplice, l'envie de pénétrer cette fille le taraude.

— Pas la peine d'afficher ce petit sourire victorieux, Rafe. Pour vous, c'est une épreuve de force. Vous brandissez votre contrat et votre discours de dominateur comme une épée et un bouclier. Seulement voilà: je refuse d'entrer dans votre petit jeu. J'ai assuré que je resterai… et je vais le faire. De toute évidence, vous avez gagné. Mais ça ne veut pas dire que vous allez me posséder.

— Je ne suis pas sûr de comprendre.

Une poussée d'adrénaline lui fait presque tourner la tête en découvrant la flamme dans les yeux d'Ariana. Il est fou de joie. Elle ne s'avoue pas vaincue – loin de là. Il ne leur reste que quelques minutes avant de devoir retourner à l'avant de l'appareil et prendre place sur leurs sièges, pour le décollage. Il pensait pouvoir régler les détails pratiques rapidement, pour soulager ensuite ce désir qui le tenaille. Voilà qui commence à lui plaire.

— Hors de question que je sois votre chose. Oui, j'accepte d'être votre maîtresse, mais à certaines conditions. Et si les règles du jeu que je fais fixer ne vous conviennent pas, faites arrêter votre avion et laissez-moi repartir! Ma mère préférerait tout perdre plutôt que de perdre sa fille. Oui, je veux lui éviter de découvrir qu'il ne lui reste plus rien, ce qui l'anéantirait, mais jamais elle ne me pardonnerait d'avoir vendu mon âme.

— Je t'écoute. Quelles sont tes conditions?

Rafaëlle se surprend lui-même d'avoir posé la question. D'habitude, il n'autorise pas ses maîtresses à exiger quoi que ce soit. Ni à lui parler sur ce ton, d'ailleurs. N'importe quelle femme aurait été chassée de sa vie sur-le-champ.

Seulement voilà : Ariana n'est pas n'importe quelle femme.
Elle l'obsède.

— Pour commencer, je veux garder mon job. Il est hors de question que j'accepte de toucher un salaire pour ne rien faire d'autre que m'allonger sur votre bureau. Deuxièmement, je veux une journée de congé par semaine – une journée dont je peux faire ce que je veux, par exemple rendre visite à ma mère ou voir des amis. Je me suis sacrifiée trop longtemps, et je refuse qu'on m'interdise de passer du temps avec ma mère! Après tout, si je m'humilie à ce point, c'est pour elle.

Il voit la passion dans ses yeux, il entend le léger tremblement de sa voix. Elle ne bluffe pas, c'est sûr. S'il refuse, elle partira. Est-ce que ça serait si terrible? Sincèrement, il n'en sait rien. Ce qu'il sait, c'est qu'il ne peut pas se passer d'elle.

soumission

— Monsieur Palazzo, nous sommes prêts pour le décollage. Pourriez-vous rejoindre vos sièges, s'il vous plaît?

Rafaëlle fixe le petit haut-parleur, puis se lève pour appuyer sur l'intercom.

— Donnez-moi encore dix minutes!

— Parfait, monsieur.

Rafaëlle retourne s'asseoir, et ils restent un instant face à face, immobiles. Il le sait, il ne faut surtout pas céder à ses exigences, ce qui ferait débuter leur relation sur de mauvaises bases. En négociateur avisé, il évalue la situation. En cas de refus, elle partira, c'est certain. Alors, mieux vaut faire quelques concessions, sans revenir sur les règles non négociables.

Qu'est-ce qui compte le plus pour lui?

Sa fixation sur cette fille pourrait bien faire basculer les défenses qu'il a érigées autour de lui ces dernières années.

En vaut-elle la peine?

Ariana essaye d'empêcher ses genoux de trembler. Et s'il trouvait qu'elle va trop loin et décidait de la flanquer à la porte? Est-ce cela qu'elle veut? Dans ces moments-là, elle le déteste, mais indéniablement, elle le désire aussi.

La perspective de partager son lit est loin d'être une torture, il faut bien le reconnaître. Seulement, elle ne peut se résoudre à se prostituer. Impossible d'être une simple marchandise pour un homme.

S'en sortir sans souffrir ne devrait pas lui poser de problème. Lorsqu'il la malmène, lorsqu'il la traite comme une simple employée, elle n'a aucun mal à le mépriser. En revanche, il lui sera sans doute plus difficile de ne pas le désirer.

soumission

Rafaëlle est un homme fort, une épaule solide sur laquelle elle se verrait bien se reposer. Et ça, elle ne voudra jamais s'y résoudre.

Les secondes qui passent semblent durer des minutes. Ariana ne sait combien de temps ils restent à se fixer, chacun refusant de détourner le regard. Elle finit par craquer. Sa colère commence à s'estomper et elle a besoin de s'éloigner. Détachant ses yeux de ceux de Rafaëlle, elle se lève et va s'asseoir sur le bord du lit.

Rafe marque une pause avant de prendre la parole :

— Tu ne manques pas d'air, Ari. Un de ces jours, tu iras trop loin et tu perdras tout. Être à mes côtés n'est quand même pas une torture. Je traite bien mes maîtresses.

— Je n'ai aucun doute sur le fait qu'elles soient exceptionnellement bien traitées. Ce que je ne comprends pas, c'est pourquoi vous avez envie d'être avec moi. Je me suis opposée à vous dès le jour où nous nous sommes rencontrés. Certes, nous avons passé un bon moment au lit. Mais j'imagine que vous avez couché avec un tas de filles avec qui c'était le cas. Je ne saisis pas bien pourquoi vous tenez tant à ce que je sois votre maîtresse.

— Tu serais étonnée d'apprendre à quel point c'est difficile de trouver quelqu'un avec qui on est vraiment compatible sexuellement. Nous deux au lit, Ari, ça n'est pas simplement bien. C'est extraordinaire. Alors c'est d'accord, je vais t'accorder ta journée de congé par semaine. Bien sûr, cela ne sera pas valable lors de nos déplacements à l'étranger.

— Dans ce cas, à notre retour je prendrai deux jours de congé la semaine suivante, et ainsi de suite, jusqu'à ce que j'aie rattrapé tous les jours de congé qui me sont dus, l'interrompt-elle.

soumission

À la lueur qui s'allume dans le regard de son interlocuteur, elle comprend qu'elle est allée trop loin. Décidément. On dirait qu'il aime qu'on lui tienne tête. Manifestement, les gens qui refusent de se plier à toutes les volontés du puissant Rafaëlle Palazzo ne sont pas assez nombreux.

— Nous en reparlerons lorsque cela se produira. En tout cas, ton jour de congé ne devra pas te servir d'excuse pour voir d'autres hommes. Pendant que tu es avec moi, tu es exclusivement à moi et à personne d'autre. C'est compris?

— Oui.

— Parfait. Et pour ton job, c'est non négociable. Impossible que tu travailles à plein-temps, ou même à temps partiel, tout en étant entièrement à ma disposition.

L'arrogance de sa voix fait frissonner Ariana. Comment pourra-t-elle se soumettre à cet homme? Elle n'a jamais été du genre à plier devant qui que ce soit. Cette histoire ne va pas bien finir…

— Alors il va falloir me trouver un job dans vos bureaux. Je refuse d'être payée à être votre maîtresse. Peu importe la nature du travail. Je veux bien archiver les courriers, faire des photocopies, préparer du café, je m'en fiche! En revanche, je refuse de me tourner les pouces à attendre votre coup de fil dans un appartement que vous aurez payé. C'est mon dernier mot.

Ariana ne se rend pas compte combien elle se livre à travers ces mots. Elle a besoin de ce job pour être autre chose que l'esclave sexuelle de monsieur, besoin de gagner sa vie avec un vrai travail, pas en restant couchée sur le dos. Si elle avait entendu combien sa voix était désespérée, elle se serait empressée de remettre sa carapace. Il ne faut surtout pas lui dévoiler ses faiblesses, lui montrer un endroit fragile dans lequel il pourrait planter ses crocs. À ses yeux, la meilleure défense est l'attaque, et il ne faut pas le laisser entrevoir la moindre faille.

Or c'est précisément ce petit moment de vulnérabilité qui fait pencher la balance en sa faveur, ce dont elle n'a pas conscience. Pour un peu, la voir si fragile donnerait presque mauvaise conscience à Rafaëlle – si tant est que cet homme ait une conscience.

— Très bien. Je vais te trouver un job au siège de la Palazzo, qui te permettra d'être disponible pour moi à tout moment. Mario s'en chargera.

Surprise, Ariana constate qu'il est prêt à faire des compromis. En levant les yeux, elle s'attend à voir une lueur de triomphe dans ses yeux noirs. Or elle ne découvre qu'un regard fixe posé sur elle. Dans quoi s'est-elle embarquée? Dans quel monde s'est-elle imaginé pouvoir gagner une bataille contre Rafe?

Il vient peut-être de faire quelques concessions, mais c'est lui qui sort victorieux de leur affrontement. Son arrogance sereine ne laisse aucun doute à ce sujet. Peut-être Ariana le déteste-elle, mais en cet instant précis, elle comprend que la frontière entre l'amour et la haine est ténue. Cet homme a le pouvoir de la briser.

Elle va devoir mobiliser toutes ses forces pour éviter ça.

2

— Nous devons aller nous asseoir. Reparlons-en plus tard !

Rafe n'attend pas Ariana. La moindre hésitation de sa part dévoilerait à la jeune femme une faille dans son armure. Or il a déjà trop cédé pour aujourd'hui.

Tandis qu'il se dirige vers son siège, Rafe entend le souffle d'Ariana. Il sait qu'elle le suit. L'après-midi n'a pas commencé comme prévu. Ignorer l'issue d'une situation dans laquelle il s'engage est nouveau pour lui. Et il découvre avec stupeur qu'attendre la décision définitive d'Ariana le met dans tous ses états. Il lui serait difficile de nier qu'il souhaite la garder près de lui.

— Je servirai les rafraîchissements dès que nous serons dans les airs et que l'appareil sera stabilisé, monsieur, annonce l'hôtesse de l'air, après s'être assurée qu'Ariana et lui ont bien attaché leurs ceintures de sécurité.

Puis elle s'éclipse, les laissant à leur silence gêné. Lorsque l'avion s'engage sur la piste, Rafe se tourne vers Ariana, qui regarde par le hublot. Ses épaules sont appuyées contre le dossier, elle affiche la tête haute.

— Bien. Parlons maintenant de ce que j'attends de toi !

Prudemment, Ariana tourne la tête et plonge les yeux dans les siens. Lorsque l'avion entame son ascension, elle regarde de nouveau vers l'extérieur, comme pour envisager de prendre la fuite. Bientôt, ils seront dans les airs, ce qui rendra toute tentative d'évasion bien compliquée.

Rafe lit dans ses pensées. Satisfait, il constate qu'elle est exactement dans la situation qu'il souhaitait – du moins, pour le moment.

— Excellente idée, finit-elle par lâcher.
— Parfait. Inutile de tourner autour du pot. J'ai fait un certain nombre de concessions, mais certains points restent non négociables. Tu devrais t'estimer heureuse que j'aie été aussi conciliant.
— J'espère que vous plaisantez! Si c'est ça être conciliant pour vous, je n'ai pas la moindre envie de savoir ce que le mot *intraitable* signifie dans votre bouche.
— Serait-il possible, pour une fois, d'avoir une discussion sans que tu fasses ta maligne? lance-t-il, frustré.

S'il était du genre à s'énerver… Non, il n'a pas envie d'y penser. Au moins, Ariana reste silencieuse pour le moment, mais le regard noir qu'elle lui jette n'échappe pas à Rafe. Si une femme a besoin d'être matée, c'est bien elle. Ça, en revanche, il a très envie d'y penser…

— Entendu. Je vais écouter ce que vous avez à dire, mais je tiens à préciser que je le fais contrainte et forcée. Si vous étiez quelqu'un de bien, vous me laisseriez partir, en oubliant tout cela.

Heureusement qu'il n'a jamais prétendu être un chevalier blanc. Il a été clair, d'emblée, sur sa véritable nature et sur ses intentions. La seule chose qui change de ses pratiques habituelles, c'est qu'il lui a couru après.

— Mais tu es libre de partir! Pour cela, il suffit d'annoncer à ta mère que lorsqu'elle sortira de l'hôpital, la semaine prochaine, elle n'aura plus de maison ni de boutique.

soumission

Surtout, ne pas dire qu'il aime beaucoup Sandra et qu'il lui aurait rendu sa maison et sa boutique, quelle que soit la décision d'Ariana.

— Nous savons l'un et l'autre que tu ne partiras pas, alors inutile de perdre notre temps. J'attends avant tout de l'obéissance. Je ne suis pas un amant égoïste, et je te donnerai beaucoup de plaisir... Ça, tu le sais déjà. J'ai aussi un solide appétit – sans doute plus gros que le tien. Tu devras y être préparée, de jour comme de nuit.

— Par pitié! Vous êtes vraiment obligé de donner des détails?

Rafe lève un sourcil, esquisse brièvement un sourire satisfait, puis il poursuit, sur un ton très professionnel.

— J'ai promis de ne jamais te faire mal, et je m'y tiendrai. Mais ces dernières années, j'ai découvert que j'aime... aller plus loin. Te voir attachée à mon lit m'excite. Avoir ton corps totalement à ma merci, jusqu'à ce que tu me supplies de te relâcher, me met dans tous mes états. Je te ferai connaître les sommets du plaisir, plus que ça n'a jamais été le cas par le passé mais pour cela, tu vas devoir te soumettre entièrement à moi.

— Ah oui? Et si je ne le fais pas? demande-t-elle, choquée.

Un sourire se dessine sur le visage de Rafe, qui soutient le regard d'Ariana. Oui, ses exigences excitent Ariana. Elle a envie qu'il la possède, qu'il lui donne du plaisir, qu'il la fasse crier. Mais elle préférerait aller en enfer plutôt que de le reconnaître.

— Alors je te posséderai quand même... et j'aurai quand même beaucoup de plaisir, mais pas toi.

Rafe se demande jusqu'à quel point elle lui résistera. Il adore les affrontements et se réjouit à l'idée de la défier. Ce qui lui plaît moins, c'est la perspective de la priver de plaisir.

soumission

Rares sont les maîtresses qui lui ont résisté – et celles qui ont osé ne l'ont fait qu'une seule fois. Car il les a congédiées sur-le-champ.

Ariana constitue une expérience inédite, à bien des égards. Il n'a pas la moindre envie de la priver de plaisir. Il adore la manière dont son visage s'illumine lorsqu'elle crie son nom, la manière dont son corps se contracte autour de son membre qui palpite. Ses réactions sont si spontanées, si authentiques qu'elles lui ouvrent des horizons du désir inconnus, telle une révélation.

Il veut qu'elle lui résiste – sans pour autant la priver de plaisir. Ils en reparleront le moment venu.

— Je ne vais pas tout te demander d'emblée, Ari, car je ne suis pas le monstre que tu t'obstines à voir en moi. J'ai été clair et franc concernant mes attentes. Je ne te demande pas de faire quoi que ce soit qui te ferait honte par la suite. Si tu en es incapable, alors nous n'avons plus rien à nous dire.

Il a envie qu'elle le défie – mais pas qu'elle lui manque de respect. Il ne le tolérerait pas. Ils sont plus que compatibles au lit, il le sait. Lorsqu'ils ont couché ensemble, c'était bien mieux que tout ce qu'il avait pu connaître. Reste à la convaincre de lâcher prise et de se défaire de ses notions du bien et du mal.

Le sexe est une question de plaisir, pas d'amour. Plus tôt elle l'acceptera, mieux cela vaudra pour eux deux.

— Je ne vous promets pas d'y arriver, mais je vais essayer, Rafe.

Au moins, elle a cessé de désobéir en s'adressant à lui par son nom de famille. Il adore la manière dont elle prononce son prénom.

— Très bien. Nous avons parlé des termes du contrat, dont nous réglerons les détails la semaine prochaine, et aussi de

soumission

mes attentes sur le plan sexuel. Bien sûr, dès notre retour, tu iras t'installer dans l'appartement qui t'attend.

— Je ne pourrais pas vivre chez ma mère, tout simplement? Elle a besoin de quelqu'un pour s'occuper d'elle jusqu'à ce qu'elle soit entièrement rétablie. Cela ne m'empêcherait pas d'être à votre disposition et de vous retrouver à l'appartement.

— Hors de question. Et c'est non négociable. Je recruterai une garde-malade pour ta mère. Et s'il lui arrivait quoi que ce soit, je ne t'empêcherai pas de te rendre à son chevet, mais je tiens à ce que tu t'installes dans cet appartement. La famille… eh bien ça complique les choses, et je ne veux pas d'elle dans le décor quand je te parlerai au téléphone. Tu dois être à mon entière disposition, même à trois heures du matin. Tu *iras* vivre là où je le déciderai.

Rafe marque un temps d'arrêt pour lui laisser le temps de réfléchir. Il sait qu'elle s'efforce de trouver la meilleure réponse, mais en voyant qu'elle tarde à réagir, il sent la colère monter en lui. Il s'est montré très généreux. Il va falloir qu'elle accepte un certain nombre de choses sans poser de questions et sans formuler d'objections. Voilà un excellent entraînement pour la suite…

— Entendu. Mais si ça va trop loin à mes yeux, je partirai. Je tiens aussi à définir un délai pour ma peine de prison à vos côtés. Il me semble que trois mois devraient suffire.

L'avion est désormais dans les airs, mais le signe indiquant que les ceintures de sécurité doivent être attachées ne s'est pas encore éteint. Rafe n'en a que faire. Cette fille le pousse à bout, elle dépasse les bornes. D'un geste rapide, il détache sa ceinture de sécurité et se redresse devant elle, en constatant avec plaisir qu'elle est impressionnée et que son pouls s'emballe lorsqu'il lui saisit le poignet.

soumission

— Si tu veux que ça ressemble à une peine de prison, Ari, c'est faisable. Ça ne me pose aucun problème de t'enchaîner à mon lit…

Voyant qu'elle manque de s'étouffer, il marque une pause, tout en passant ses doigts sur la peau douce de l'intérieur de son bras. Puis il s'agenouille devant elle et se penche en avant pour rapprocher sa bouche de l'oreille de la jeune femme.

— Ne me dis pas que tu n'es pas en train de mouiller, en cet instant précis ? Je connais ton corps, je sais ce qui t'excite et te rend humide. Je sais comment te faire jouir en t'effleurant à peine. Tu peux dire ce que tu veux. La vérité, c'est que si tu ne me supportais pas, tu serais sortie de cet avion. Ça ne te plaît peut-être pas que j'arrive à te rendre dingue, tu détestes peut-être le pouvoir que j'exerce sur toi, mais ne viens pas me dire que tu n'aimes pas baiser avec moi, Ari !

Tout en parlant, Rafe fait passer sa langue sur le bord de l'oreille d'Ariana. Sa main remonte le long de son bras jusqu'à son épaule, avant de redescendre. Puis il se tait pour mordiller le lobe de son oreille. Sa main glisse sur la courbe du sein, dont le téton durcit dans sa paume.

Elle le désire… mais elle s'en veut, et les mots qu'elle prononce débordent de mépris, tant pour elle-même que pour lui.

— C'est vrai. Vous avez réussi à prouver que vous saviez éveiller mon désir. Mais ça n'a aucune espèce d'importance. Là, on parle affaires et il n'est pas question de quoi que ce soit d'autre. Une fois ces trois mois écoulés, je partirai, sans regarder en arrière, lâche-t-elle dans un souffle en se cambrant.

Rafe éclate de rire, puis il fait glisser ses lèvres sur la joue d'Ariana, avant de longer la courbe de sa mâchoire jusqu'à sa

soumission

bouche. Cette fille a des lèvres délicieuses – il pourrait passer la journée à s'amuser avec elle. Il aspire sa lèvre inférieure dans sa bouche, puis fait passer sa langue sur leur surface lisse, jusqu'à ce qu'Ariana s'ouvre à lui.

Tandis qu'il s'avance jusqu'au bord du siège, Ari écarte les jambes. Rafe constate avec agacement qu'il ne peut plaquer son corps contre le sien. Tout en se disant que ce n'est absolument pas le tour que les choses étaient censées prendre, il se rend compte qu'en dévorant sa bouche, il commence à se laisser aller.

Déterminé, il fait remonter sa main sur la jambe d'Ariana pour la glisser sous sa jupe, le long de ses cuisses soyeuses, là où palpite la chaleur de la jeune femme. Le minuscule morceau de dentelle ne l'arrête pas et il glisse les doigts dans sa culotte pour caresser son sexe chaud.

Ariana laisse échapper un gémissement et se tortille sur son siège, s'efforçant désespérément de se rapprocher de lui. Rafe glisse deux doigts en elle, puis exécute un mouvement de va-et-vient tout en décrivant avec son pouce des cercles sur le clitoris rose, gorgé de désir.

Il ne lui faut que quelques minutes pour exploser sous l'effet des caresses, tandis que la bouche avide de son partenaire boit les cris d'Ariana. Au prix d'un effort surhumain, Rafe détache sa main de son corps encore frémissant et se recule pour la regarder. Le visage rosi de la jeune femme et son expression incrédule lui font presque oublier qu'il est désormais dur comme un roc, au point que cela en est presque douloureux.

— Tu me détestes peut-être, mais tu fonds entre mes bras, chuchote-t-il en glissant ses doigts dans sa bouche pour la goûter.

soumission

Les yeux pâmés de la jeune femme durcissent encore l'érection de Rafe et attisent son désir inassouvi. Il voulait lui prouver quelque chose, mais la leçon s'est retournée contre lui. Il lui faut une minute pour se ressaisir. Au moment précis où Ariana termine de remettre ses vêtements en place, l'hôtesse de l'air entre dans la cabine. La jeune femme se redresse aussitôt. Elle est mortifiée à l'idée d'avoir failli se faire surprendre alors qu'elle était à moitié nue. Son visage s'empourpre, tandis que Rafe se lève.

L'hôtesse lui propose gentiment une boisson et quelque chose à manger, mais elle semble incapable de répondre. Rafe la remercie à sa place, avant de lancer un nouveau regard torride en direction d'Ariana. Constatant qu'elle refuse de croiser son regard, il se détourne.

Sans un mot, il se dirige vers la salle de bains, où il s'asperge le visage d'eau glacée. Cinq minutes plus tard, il s'est suffisamment ressaisi. Mais il le sait : s'il ne possède pas la jeune femme ce soir, il se pourrait bien que son bas-ventre le lui rappelle à vie !

Tandis que Rafe s'incline en arrière dans son siège, Ariana croise enfin son regard. Dans ses yeux, il lit à la fois la peur et l'excitation. Elle se demande ce qui l'attend, et il s'en félicite. Le mieux est de préserver cette incertitude.

Moins il lui laissera le temps de réfléchir, plus il est probable qu'ils combleront mutuellement leurs désirs. Elle a besoin de lui, il faut simplement l'amener à en prendre conscience.

Pendant les quinze minutes qui suivent, la cabine reste plongée dans un silence gêné. Rafe sort son ordinateur pour

soumission

lire ses e-mails. Ariana, quant à elle, ne détourne pas le regard du hublot. Lorsque l'hôtesse entre pour servir les repas, Rafe estime que ce petit jeu n'a que trop duré.

— Pourquoi est-ce que tu continues à t'en vouloir pour l'accident de ta mère?

Ce n'est pas un reproche, mais une véritable question. Un instant, il se dit qu'elle va refuser de répondre. Puis elle se tourne vers lui en soupirant et attrape sa fourchette pour jouer machinalement avec la nourriture dans son assiette.

— C'est à cause de moi qu'elle est sortie ce soir-là. Jamais elle n'aurait quitté la maison si je ne l'avais pas appelée.

— Mais tu n'as provoqué ni son accident, ni son cancer. C'est le résultat d'un concours de circonstances dramatiques, qui ne sont de la faute de personne. Et concernant la vente de sa maison et de son magasin, tu n'avais pas le choix. Il fallait bien payer les frais médicaux.

— Si une personne est en mesure de comprendre cela, Rafe, c'est bien toi. Tu détestes peut-être les femmes, mais manifestement, tu adores tes parents et tes sœurs. Tout le monde peut me répéter que ça n'est pas de ma faute, je me sens responsable. Je n'arrive pas à me défaire de cette culpabilité.

— Mais serais-tu ici si tu ne te sentais pas responsable?

Il retient son souffle en attendant la réponse. Elle le fixe en semblant réfléchir intensément.

— Bien sûr. Si je suis là, ce n'est pas parce que je me sens coupable, mais parce que j'ai la possibilité de rendre la vie de ma mère un peu plus agréable. Elle a toujours tout sacrifié pour moi. Maintenant, c'est à moi de faire de même. Cela n'a rien à voir avec mon éventuelle culpabilité. Je souhaite simplement rendre son existence plus douce.

— Et si je te disais que je veux ta soumission totale?

Une fois de plus, il retient son souffle en attendant la réponse. En voyant le large sourire qui illumine son visage, il se retient de ne pas sourire, lui aussi.

— Alors je vous répondrais que vous risquez d'être amèrement déçu.

Ariana picore quelques bouchées dans son assiette, mais lorsque l'hôtesse revient, elle lui tend le plateau. Puis elle se cale contre le dossier de son siège et regarde de nouveau par le hublot. Quelques instants plus tard, elle s'endort. Les traits de son visage se détendent, tandis que, bien malgré elle, elle baisse la garde.

Il pourrait passer des heures à la regarder, sans rien faire d'autre. Puis il se ressaisit et ouvre de nouveau son ordinateur pour s'empêcher de penser à elle. Il l'a mise dans la situation souhaitée. Maintenant, il doit se concentrer sur d'autres priorités.

Ce qui est plus facile à dire qu'à faire.

3

— Ari, on est arrivés. Ari?

Se réveillant en sursaut, Ariana ouvre les yeux et voit Rafe au-dessus d'elle. Ce petit prélude dans l'avion a absorbé toute son énergie... Elle se détend la nuque, puis gémit. Dormir assise – même dans un siège aussi confortable que ceux de l'avion de Rafe – est mortel pour les muscles.

— Ça y est, on est à New York?

— Oui. Nous sommes en train de nous diriger vers le hangar. Comme il est dix-neuf heures, je me disais que nous pourrions manger un morceau avant de rejoindre l'hôtel?

Ariana frissonne en l'entendant mentionner l'hôtel. Elle sait ce qu'il attend, et que ce n'est pas une nuit paisible. Qu'est-ce qui va se passer précisément? Quelque chose lui dit que son entraînement à l'obéissance va commencer dès ce soir.

L'excitation n'est pas précisément le sentiment qu'elle pensait ressentir à cette idée. C'est pourtant ce qui se passe. Rafe a l'art et la manière de la mettre dans tous ses états. Elle peut prétendre ce qu'elle veut, passer la nuit avec lui ne sera pas la fin du monde.

En ces derniers moments de liberté, si précieux, Ariana n'a qu'une peur: tomber amoureuse de cet homme. Il a été parfaitement clair sur ce qu'il attendait de leur relation. Il veut du sexe, rien que du sexe. Oui, ce serait totalement stupide de craquer pour ce type. S'il continue à se comporter en salaud, il sera facile de le mépriser. C'est la gentillesse dont il fait preuve par moments qui lui fait peur. Jamais elle ne pourra résister à sa tendresse.

— Je dois passer à la salle de bains une petite minute, glisse-t-elle avant de se lever avec raideur.

Elle attrape son sac, puis se dirige vers le fond de l'appareil. Tandis que l'immense jet privé s'immobilise sur le tarmac, elle doit se tenir aux parois en avançant. Heureusement, l'appareil s'arrête au moment où elle ferme la porte de la salle de bains. Maintenant, elle comprend mieux pourquoi les passagers ne sont pas autorisés à se lever avant l'arrêt complet de l'appareil. Il est difficile de garder son équilibre.

Ariana prend tout son temps, en se disant que Rafe regarde sans doute sa montre toutes les quinze secondes. Peu importe. Elle a besoin de se ressaisir. Elle passe de l'eau sur son visage, puis se remaquille avant de sortir de la salle de bains.

En se dirigeant vers l'avant de l'appareil, elle constate avec surprise qu'il ne paraît pas agacé. La porte de l'avion est déjà ouverte et il l'attend en haut de l'escalier, pour l'aider à descendre. Elle pourrait refuser le bras qu'il lui tend mais ça serait mesquin. Elle se tient à lui pour descendre les marches, en sentant la chaleur de son corps tout contre le sien.

Aussitôt, le vent glacé de New York s'engouffre sous sa jupe, la faisant frissonner. Il fait beaucoup plus froid dans la Grosse Pomme qu'en Californie. Elle aurait dû prendre des vêtements plus chauds, se dit-elle. En même temps, elle est partie si précipitamment qu'elle n'a même pas eu le temps de regarder la météo sur la côte Est. Comment aurait-elle pu

soumission

anticiper un froid pareil, elle qui n'a jamais quitté la Californie? Elle déteste les collants et n'en porte jamais. Mais tandis que le vent continue à souffler, elle regrette de ne pas avoir emporté de quoi protéger ses jambes nues.

Rafe l'escorte jusqu'à la limousine qui les attend, puis il monte lui aussi dans le véhicule spacieux. Ariana se glisse sur la banquette, en se demandant ce qu'elle est censée faire. Une fois qu'elle saura ce qu'on attend d'elle, les choses seront sans doute beaucoup plus simples.

— Viens par ici, Ari!

Ce n'est pas une suggestion. Le timbre sourd de la voix de Rafe la fait frémir, mais son ton autoritaire l'agace. Elle envisage un instant de l'ignorer, de faire comme si elle ne l'a pas entendu. Puis elle se ravise : il faut choisir ses combats.

S'asseoir à côté de lui ou pas? Voilà une bataille qui n'en vaut pas la peine. Des escarmouches beaucoup plus violentes se profilent à l'horizon, elle le sait. Avec des mouvements un peu plus lents que d'habitude, juste pour le défier, elle se glisse vers lui.

Lorsqu'elle arrive à la portée de Rafe, celui-ci l'attrape sous les bras et la soulève pour l'installer sur ses genoux. Sans lui laisser le temps de reprendre son souffle, il tourne le visage d'Ariana vers lui pour l'embrasser, en lui dérobant le dernier souffle d'air restant dans les poumons.

L'odeur de Rafe, à nulle autre pareille, met ses sens en folie – un mélange d'épices exotiques et de transpiration propre. Jusque-là, elle n'a jamais été sensible à l'odeur d'un homme. Mais avec Rafe, c'est différent. Elle serait capable de le reconnaître à son odeur. Il dégage de la puissance à l'état pur. C'est la virilité faite homme, la séduction incarnée.

soumission

Elle gémit quand il lui caresse le dos avant de glisser une langue décidée entre ses lèvres. Elle est incapable de lui résister une seconde de plus.

À chaque rencontre, il conquiert une part supplémentaire de son être, il s'approprie un peu plus son corps. Elle le sait, elle ne devrait pas le laisser faire. Mais tandis que la langue de Rafe passe sur les contours de sa bouche, elle ne trouve pas la force de protester.

Abandonnant toute résistance, elle se plaque contre lui, leurs deux corps ne faisant plus qu'un. La main de Rafe glisse sur sa jambe pour relever sa jupe et découvrir ses cuisses. Cela lui permet d'écarter les jambes et de se coller davantage contre une érection croissante.

Quand les dents de Rafe viennent mordiller sa lèvre inférieure avant de la prendre dans sa bouche, elle frissonne dans ses bras. Il se recule légèrement pour admirer Ariana les yeux mi-clos, puis il lève les hanches pour presser son membre durci contre elle. La jeune femme se recule, submergée par une foule d'émotions.

— Ne cherche pas à te dérober! Quand tu es avec moi, je veux te toucher, passer mes mains sur la peau soyeuse de tes cuisses, sentir la courbe de tes seins contre mon bras, et prendre avec ma bouche tes lèvres gonflées de nos baisers. Tu es à moi désormais, Ari. Je vais te le prouver, encore et encore, chuchote-il, la faisant frissonner de la tête aux pieds. Dis-moi que tu as compris!

Tout en parlant, il relève davantage encore sa jupe, découvrant ses fesses à peine couvertes. Il lui malaxe le postérieur et la plaque plus fermement encore contre son érection.

— Oui, j'ai compris, gémit-elle en bougeant les hanches, avide de plaisir.

soumission

Comment peut-elle de nouveau ressentir du désir alors qu'elle a pris tant de plaisir voici quelques heures à peine? Jamais elle n'aurait cru avoir un tel appétit. Mais elle n'a pas le choix, elle ne peut faire autrement que d'accepter cet intermède coquin. Alors, autant cesser de se plaindre et en profiter pleinement.

— Tu vois, Ari, ça n'est pas si difficile de jouer le jeu, n'est-ce pas? demande-t-il tandis que ses lèvres parcourent le cou d'Ariana.

Comme elle aimerait rester insensible à ses caresses…

— J'aurai toujours du mal à accepter de bon cœur quoi que ce soit venant de vous, affirme-t-elle.

Prononcée d'une voix basse, le souffle coupé, sa repartie perd tout son impact. Surprise, elle constate qu'au lieu de se vexer, Rafe éclate de rire.

— Ari, tes mots et ton corps disent deux choses différentes. Ta bouche proteste, mais tes yeux me supplient.

— Croyez ce que vous voulez, ça m'est égal! lâche-t-elle, les dents serrées, tout en s'efforçant de lutter contre la vague de chaleur qui la submerge.

Voyant qu'il s'écarte, elle croit un instant qu'elle a marqué un point. Puis il lui dit:

— Nous sommes arrivés. Il va falloir remettre la suite à plus tard et je te l'assure, Ari, tu ne seras pas déçue.

Rafe la fait descendre de ses genoux. D'un geste agacé, elle remet sa jupe en place. Elle est dans tous ses états. Savoir qu'il l'est lui aussi la réconforte un peu.

— Une fois dans notre chambre, il n'y aura plus d'interruptions, promis, affirme Rafe.

La portière de la limousine s'ouvre. Rafe descend, puis il lui tend la main pour l'aider à sortir. Tandis que les paroles de Rafe résonnent encore dans sa tête, Ariana descend de la voiture. Elle ne le reconnaîtrait jamais, mais elle meurt d'impatience que leur dîner s'achève et qu'ils arrivent à l'hôtel.

L'heure qui suit passe lentement, tandis qu'elle grignote à peine, trop nerveuse pour avaler ce délicieux repas. Elle serait incapable de dire ce qu'elle a mangé, ni si c'était bon ou mauvais. Puis elle décide de s'isoler un moment.

— Excusez-moi un instant!

Rafe se lève lorsqu'Ariana se redresse et quitte la table. S'efforçant de marcher d'un pas assuré, elle passe entre les tables et rejoint les toilettes.

Lançant un coup d'œil dans la glace, elle a bien du mal à se reconnaître. Ses joues sont illuminées d'un éclat rosé, ses yeux brillent, sa peau semble en feu. Quelques regards, des caresses à la dérobée et plusieurs gestes osés ont suffi à la métamorphoser.

En acceptant ce pacte, elle pensait qu'elle en détesterait chaque minute. Or ce qu'elle ressent en cet instant précis est tout sauf de la haine. Elle éprouve de la passion, du désir, de l'excitation.

Et surtout, elle se sent… incroyablement vivante.

Au fond, est-il si terrible d'être avec Rafe? Que lui demande-t-il? Certes, il a exigé de contrôler le moindre aspect de sa vie. Mais dans la pratique, il ne le fait pas. Il lui a demandé quantité de choses, mais lorsqu'elle en a refusé certaines, il a cédé.

Elle est trop fatiguée et elle a les idées trop embrouillées pour continuer à y réfléchir. Mais elle aurait aimé avoir davantage de temps devant elle avant que la soirée ne se

soumission

termine comme elle ne manquera pas de le faire. Rafe va lui faire l'amour et elle en meurt d'envie. Simplement, elle aurait aimé avoir davantage de temps pour consolider l'armure qui protège son cœur. Avec lui, elle le sait, elle n'aura jamais de temps pour se préparer à quoi que ce soit.

Quand Rafe prend une décision, elle est gravée dans le marbre... du moins pour lui. Tout ce qu'elle peut faire, c'est se démener pour ne pas rester à la traîne.

Voyant Ariana revenir vers leur table, Rafe se lève, comme l'exigent les bonnes manières, hommage à sa beauté éblouissante. Il la regarde, impressionné malgré lui. Même après une journée de voyage et dans une situation qu'elle n'a pas voulue, elle garde la tête haute, le visage rayonnant.

Il tire la chaise de sa compagne pour lui permettre de s'asseoir, puis se penche vers elle en faisant glisser ses doigts sur son cou. Doucement, il lui chuchote à l'oreille :

— En te voyant entrer dans une pièce, j'en ai le souffle coupé.

Ariana se raidit dans ses bras, puis elle se détend et s'appuie contre lui. C'est précisément la réaction que Rafe escomptait. Il faut qu'elle lui fasse confiance, qu'elle le laisse montrer qu'il n'est pas le monstre qu'elle croit. Il va prendre soin d'elle, il faut simplement qu'elle le laisse faire.

Quand Rafe rejoint sa place, ils restent un moment les yeux dans les yeux. En voyant la passion qui anime ceux de sa compagne, Rafe décide que le dîner est terminé. Il est temps de lui donner un aperçu de ce qui l'attend au cours des mois à venir.

— Apportez-moi l'addition ! lance-t-il au maître d'hôtel.

Il se lève et prend le bras d'Ariana, en se disant que décidément, l'hôtel est beaucoup trop loin.

4

— J'espère que tu as une bonne raison pour m'appeler à une heure pareille !
— Shane ? C'est toi ?

En entendant la frayeur dans la voix de Lia, une terrible appréhension s'empare de Shane. Instantanément, il se redresse dans son lit, parfaitement réveillé. Un coup d'œil au réveil lui indique qu'il est trois heures du matin. Quelque chose de grave est arrivé, c'est sûr.

— Lia ! Qu'est-ce qui se passe ? Où es-tu ? demande-t-il en sortant de son lit, entièrement nu, pour attraper les premiers vêtements qui lui tombent sous la main.

— Ma voiture est en panne et je suis à une rave party dans une grange abandonnée en dehors de la ville. La soirée… la soirée a tourné à la galère et je ne savais pas qui d'autre appeler. Rafe est à New York et Rachel me tuerait si elle savait que je suis venue ici…

— Donne-moi l'adresse, j'arrive tout de suite !

— Je ne connais pas l'adresse, mais je peux t'expliquer comment venir. Prends l'autoroute en direction du vieux moulin, sur une quinzaine de kilomètres, puis tourne sur un chemin de terre. Il y a un tonneau bombé en orange, qui indique où il faut aller. Reste sur cette route pendant une quinzaine de kilomètres, et tu me trouveras.

— Entendu. Je serai là dans moins de vingt minutes, lance Shane en sautant dans sa voiture avant d'allumer le moteur.

En roulant à cent soixante kilomètres à l'heure, il y sera dans le délai annoncé. En tout cas, il fera de son mieux.

— Ne raccroche pas!

Le ton paniqué de Lia incite Shane à appuyer sur l'accélérateur après avoir sorti sa voiture du garage et s'être engagé dans la rue déserte. Il n'aime pas du tout l'idée de la savoir à une fête où circule de l'ecstasy, au milieu de nulle part.

— Mais enfin, Lia, qu'est-ce qui t'a pris? Tu sais ce qui se passe dans ce genre de fêtes?

— Je n'étais jamais allée à une rave. J'avais juste envie de m'amuser.

— Lia, tu n'es plus une ado, enfin! Tu as vingt et un ans et une famille qui tient à toi. C'est totalement inconscient de ta part de faire des trucs pareils, gronde-t-il.

— Écoute, je ne t'ai pas appelé pour que tu me fasses la leçon, Shane.

— Super. Voilà même que tu parles comme une ado.

— Mais enfin, écoute-moi! Si je t'ai appelé, c'est parce que je sais que je peux compter sur toi. Est-ce que tu pourrais juste me sortir de là, sans en rajouter?

Avant d'avoir eu le temps de répondre, Shane entend un bruit sourd, comme si quelqu'un tambourinait contre la vitre, puis il entend Lia hurler. Ensuite, plus rien. La ligne est coupée. Shane tente aussitôt de rappeler Lia, mais il tombe sur sa boîte vocale. Le son de l'adorable voix de la jeune femme, si gaie, lui retourne le ventre. La vision du sort peu enviable qui pourrait lui être réservé le hante.

soumission

La panique le submerge tandis qu'il écrase l'accélérateur et sort de la ville à vive allure. Il manque de rater le chemin de terre, puis évite de justesse le fossé en tournant vers la droite, pour prendre le virage à plus de cent kilomètres à l'heure.

Après ce trajet sur le chemin de terre qui anéantit ses amortisseurs, sa voiture ne sera plus jamais la même. Mais il s'en moque éperdument. Une voiture se remplace. Lia, elle, est irremplaçable.

Shane a l'impression qu'une éternité s'écoule avant qu'il ne parvienne à la grange en ruines. De la musique à plein volume filtre à travers les murs décatis. Il abandonne sa voiture sur le parking et bondit du véhicule, submergé de panique en regardant autour de lui. Où faut-il commencer à rechercher Lia ? Il n'a pas la moindre idée de l'endroit où elle se trouve.

Espérant un miracle, il court entre les interminables rangées de voitures vides sans cesser de composer le numéro de Lia, en tendant l'oreille. Plus il s'éloigne de la musique, mieux il entend. Dès qu'il tombe sur sa boîte vocale, il recompose aussitôt le numéro dans l'espoir d'entendre la sonnerie, même si Lia ne peut répondre.

À chaque minute qui passe, son cœur se serre davantage à l'idée de ce qui est peut-être en train d'arriver à Lia. Son cerveau ne peut s'empêcher d'évoquer mille et un faits divers atroces relayés par les médias. Sa recherche devient encore plus frénétique.

Au moment où il s'apprête à appeler la police, il entend un faible son, comme une sonnerie de téléphone. Puis des voix. La conversation le met dans une colère noire.

soumission

— Allez, viens par là, toi! Tu sais que tu en as envie. Tout le monde vient ici pour se défoncer et se faire sauter.

— Si vous ne me laissez pas tranquille, mon fiancé va vous mettre une de ces raclées quand il arrivera!

Shane se précipite vers l'endroit d'où vient la voix de Lia. Juste au moment où il l'aperçoit, la tête de la jeune femme part en arrière, comme frappée au visage. Elle tombe à terre, et un autre type porte alors sa main à la braguette. Découvrant que les vêtements de Lia sont déchirés, Shane prie pour que le pire ne soit pas déjà arrivé.

Fou de rage, Shane bondit et assomme deux des quatre agresseurs sans leur laisser le temps de dire ouf. En voyant l'expression qui déforme son visage, les deux autres reculent aussitôt, laissant leurs deux copains prendre une raclée.

Même s'il meurt d'envie de tabasser les jeunes à terre ou de poursuivre les apprentis violeurs, Shane préfère voler au secours de Lia. Elle est à terre, recroquevillée, et sa lèvre blessée saigne.

Bouillonnant de colère, le jeune homme parvient à se contenir pour soulever délicatement Lia dans ses bras et la porter jusqu'à sa voiture.

— Shane? Je savais que tu viendrais! chuchote Lia en entrouvrant les yeux.

Elle lève la main pour la passer sur sa joue mal rasée. Il en a conscience, la confiance qu'elle lui accorde n'est pas tout à fait méritée, il n'est pas le héros qu'elle voit en lui. Trop de sombres secrets enfouis dans son passé le hantent. Il n'a pas toujours agi de façon honorable, c'est d'ailleurs ainsi qu'il a survécu.

— Ça va aller, Lia. Je me demande ce que tu as pris. On va directement aux urgences.

soumission

— Non, ramène-moi chez toi, Shane! Tu pourras t'occuper de moi avec amour, supplie-t-elle en faisant glisser sa main sur la nuque du jeune homme, avant de lui caresser le haut du torse.

Comment résister? Shane tente de se ressaisir en se disant que Lia n'est pas n'importe qui. Elle est la sœur de son meilleur ami. Rafe a déjà été trahi une fois par l'un de ses plus vieux amis. S'il profite de la situation, Rafe ne fera plus jamais confiance à qui que ce soit.

— Je ne peux pas faire ça, Lia. Rafe nous tuerait.

— Je n'ai aucune envie d'entendre le nom de mon frère lorsque je t'imagine en train de me déshabiller, répond-elle avec un petit rire coquin.

Soulagé de voir qu'elle va bien, Shane arrive à sa voiture et installe Lia sur le siège passager. Tandis qu'il se penche pour attacher sa ceinture de sécurité, elle prend sa tête entre ses mains et l'attire contre elle, jusqu'à ce que leurs lèvres se rencontrent.

Shane tente de se dégager, mais la saveur exquise de la bouche de Lia sur sa langue a raison de sa détermination. Il lui rend son baiser, jusqu'à ce qu'elle pousse un gémissement. Il se souvient alors qu'elle est blessée à la lèvre.

— Désolé, Lia. Ça n'aurait jamais dû arriver.

— Au contraire, Shane. Et bien d'autres choses encore auraient dû se passer. Tu me désires, je le sais, et moi… Simplement, ma lèvre me fait mal et j'ai l'impression que ma tête va exploser, répond-elle en gémissant.

Shane ferme doucement la portière, en s'efforçant de faire le moins de bruit possible, et rejoint rapidement le côté conducteur. Il saute dans la voiture, démarre et s'engage sur le chemin de terre, en conduisant plus prudemment qu'à l'aller. Il veut la conduire à l'hôpital le plus vite possible.

Sur la route, Lia pose sa main sur sa cuisse. Shane enfonce alors l'accélérateur, fonçant droit sur un buisson, avant de reprendre le contrôle du véhicule.

— Si tu veux qu'on arrive sains et saufs, Lia, ne fais pas des choses pareilles, marmonne-t-il, les dents serrées.

Il n'en revient pas de désirer la petite sœur de son meilleur ami, qui est non seulement blessée, mais aussi de toute évidence droguée. Shane se dit qu'une place de choix lui sera réservée en enfer s'il ne se ressaisit pas.

Angoissé par la situation, il doit cependant poser la question à Lia : ces hommes se sont-ils contentés de lui arracher ses vêtements et de la frapper au visage ? S'efforçant de contenir le malaise qui le saisit, il la regarde avant de parler.

— Lia, est-ce qu'ils t'ont... euh, je veux dire, est-ce que je suis arrivé à temps ? demande-t-il, incapable de formuler ses craintes.

Il faut un moment à Lia pour comprendre ce qu'il veut dire. Ses yeux s'écarquillent alors, lorsqu'elle comprend le danger auquel elle a échappé.

— Oui, tu es arrivé à temps, Shane, murmure-t-elle avant de fermer les yeux.

L'appréhension de Shane ne se dissipe pas pour autant. Et si elle lui mentait, par pudeur ?

— Tu sais que tu peux me dire la vérité, n'est-ce pas ?

Voyant que Lia ne répond pas, Shane tourne la tête vers elle et constate qu'elle a perdu connaissance. La situation est encore plus critique qu'il ne le pensait. Sitôt arrivé sur une route goudronnée, il écrase la pédale de l'accélérateur.

5

Ariana n'a pas la moindre envie de se délecter à la perspective de ce qui l'attend. Mais ses hormones lui jouent des tours. Elle voudrait haïr Rafe. Elle est déterminée à le détester. Mais à l'instant où il ouvre la porte de leur suite, elle ne ressent qu'une chose – un désir irrépressible et violent.

Dire qu'il y a moins d'un an, elle était une jeune étudiante réservée, le nez plongé dans ses livres, qui se demandait sérieusement si elle n'était pas frigide. Rafe a ouvert en elle une porte qu'elle ne parvient pas à refermer, en dépit de tous ses efforts. Pire encore, son appétit devient insatiable. Le bruit produit par la porte de la chambre d'hôtel en se refermant la fait sursauter. Désormais, ils sont seuls, pour la première fois depuis le début de leur voyage.

En avançant dans le hall pour rejoindre le gigantesque salon, elle sent que ses nerfs vont lui jouer des tours. Son minuscule appartement représente moins d'un quart de la superficie de la spacieuse suite! Ariana comprend que Rafe ait envie de s'offrir le meilleur, mais quand même… Une telle débauche de luxe n'est-elle pas un peu exagérée pour un séjour aussi court? Elle n'en revient pas!

Cependant, les gigantesques baies vitrées l'attirent irrésistiblement tandis qu'elle s'avance sur la moquette moelleuse. En découvrant la vue, elle en a le souffle coupé: Central Park!

soumission

Ariana s'était toujours dit, et plus encore depuis le terrible accident de sa mère, suivi de la découverte de son cancer, qu'elle ne verrait cet endroit qu'au cinéma. Et voilà que le gigantesque parc est là, devant elle, presque à portée de main. Elle remarque un télescope sur la droite, et va aussitôt appuyer son œil contre la lunette, sans savoir ce qu'elle va y découvrir. Qu'importe. Elle souhaite simplement avoir la sensation de plonger dans New York, pour la première fois de sa vie.

L'œil plaqué contre le télescope, Ariana scrute le parc. Ravie, elle découvre des promeneurs, plusieurs couples se tenant par la main, et un groupe d'enfants avec des bâtons lumineux fixés sur leurs vêtements, qui exécutent une danse. Une furieuse envie de dévaler les escaliers pour les rejoindre la saisit. Mais elle le sait, rien ne réussira à convaincre Rafe de sortir maintenant.

Amusé, Rafe s'étonne de son enthousiasme pour une ville dans laquelle il est venu si souvent. Ariana trépigne, passant d'un pied à l'autre, en s'agrippant au télescope pour tenter de tout voir à la fois. Il se sert un verre de bourbon, puis se cale confortablement dans le canapé pour la regarder.

En contemplant son émerveillement, il ne peut s'empêcher de sourire. Mais qu'a-t-elle bien pu voir qui la fascine à ce point ? Elle a éveillé sa curiosité. Cependant, il décide de rester assis. Il a de grands projets pour eux ce soir et il serait bien inspiré de s'octroyer quelques minutes de repos.

S'il la possédait sans attendre, son plaisir prendrait fin bien trop rapidement. Les réactions d'Ariana à ses caresses sont si parfaites qu'ils pourraient passer la nuit entière à prendre

soumission

du plaisir ensemble et encore, la nuit ne suffirait pas. Il avale la boisson ambrée, savourant la brûlure du liquide qui coule dans sa gorge avant de passer dans son sang. Cependant, même cet alcool fort ne parvient pas à atténuer son désir violent.

En réalité, il ne peut plus attendre. Il veut aussi lui faire comprendre qu'à partir de maintenant, c'est lui qui mène la danse.

— Ari!

Le ton autoritaire de sa voix ne laisse aucun doute: il exige toute son attention. Tout de suite. Il constate avec plaisir qu'elle lâche le télescope pour se tourner lentement vers lui. Les yeux expressifs de la jeune femme s'écarquillent en découvrant le désir brut qui brille dans ceux de Rafe.

En voyant le frémissement qui la parcourt, il en a le cœur net: elle peut lui tenir tête autant qu'elle veut, mais au final, elle lui appartient. Elle se pliera à ses ordres – pour son plus grand plaisir.

— Approche!

Le cerveau d'Ariana lui ordonne de résister. Elle ne va quand même pas céder à Rafe aussi facilement? Mais au fond, ne serait-ce pas la meilleure chose à faire? Il a besoin d'exercer sa domination. En lui résistant, elle serait forcément perdante – perdante et pire encore, insatisfaite.

S'efforçant de respirer calmement, elle fait un pas dans sa direction, puis un autre. Rapidement, elle n'est plus qu'à deux mètres du canapé. Tendue, elle attend la suite.

— Je veux que tu te déshabilles devant moi. Commence par la jupe, puis enlève le haut. Garde tes dessous et tes talons.

Je veux admirer ton anatomie, avec juste quelques morceaux de dentelle… et rien d'autre.

En entendant le ton ferme, un frisson la parcourt. Une incroyable timidité l'envahit soudain en croisant son regard. La pièce est bien éclairée, les rideaux sont ouverts. Elle ne peut quand même pas se déshabiller complètement à la vue de tous. Le simple fait d'y penser la met mal à l'aise.

— Ari, j'ai horreur de me répéter, prévient-il d'un ton sans appel.

Ariana a les doigts qui tremblent lorsqu'elle touche les boutons de sa jupe bleu nuit. À grand-peine, elle parvient à faire passer les petites perles dans les boutonnières. Elle libère le tissu fluide qui glisse le long de son corps pour atterrir sur le sol. D'un coup de pied, elle l'écarte, puis porte la main au premier bouton de son chemisier.

Le regard de Rafe, dont les yeux se sont assombris lorsqu'elle défait ce bouton et le suivant, lui donne l'assurance nécessaire pour continuer. Il change de position dans le canapé, tandis que son désir monte d'un cran, violemment. Visiblement, ce petit numéro de strip-tease l'excite terriblement. Ce constat suscite chez elle une vague de chaleur dans le ventre. Elle ne devrait pas avoir envie de lui faire plaisir, mais l'admiration qu'elle lit dans son regard flatte son ego. Il la désire, il la veut, son corps le bouleverse.

Ses doigts cessent alors de trembler. Ariana s'attaque aux derniers boutons de la rangée avant d'entrouvrir son chemisier. D'un mouvement d'épaule, elle fait glisser le tissu. Un léger mouvement suffit à faire tomber le vêtement, qu'elle lance dans la même direction que la jupe.

Ne sachant que faire ensuite, elle attend les consignes. Tandis que les yeux de Rafe descendent le long de son

soumission

anatomie, s'attardant sur ses seins, son ventre, ses cuisses, elle sent que la chaleur continue à irradier dans son sexe. Le bout de ses seins durcit, dans l'attente des caresses. Sa culotte est humide. Son corps tout entier se prépare à accueillir de nouveau la généreuse érection de son tyran.

— Magnifique, Ari. Tu es parfaite. La courbe de tes seins, l'arrondi de tes hanches si féminines, la rondeur de ton petit cul, tout cela est parfait. Je pourrais passer des heures à te prendre, sans jamais me lasser.

Les mots auraient pu la froisser, mais ils la séduisent terriblement. Jamais elle n'aurait cru qu'un homme pourrait la désirer à ce point. Et pourtant, il est là, en train de la dévorer des yeux, comme si elle était le mets le plus exquis ayant jamais existé.

— Enlève ton soutien-gorge! commande-t-il d'une voix sourde.

Ariana saisit le fermoir sur l'avant, qu'elle dégrafe lentement. Lorsque le soutien-gorge s'entrouvre et qu'elle sent les bretelles se détendre sur ses épaules, elle éprouve un immense soulagement. Plaquant le tissu contre sa poitrine d'une main, elle lève l'autre main pour faire glisser une bretelle sur ses épaules. Puis elle change de main et baisse l'autre bretelle. Jamais ce geste anodin n'a provoqué en elle des sensations aussi érotiques qu'en cet instant. Lorsque le tissu soyeux glisse le long de son corps, elle reste tremblante devant lui, vêtue seulement d'un tout petit morceau de dentelle noire et d'escarpins à talons de huit centimètres de haut.

Bien qu'elle se sente sexy dans les yeux de Rafe, elle doit résister à la tentation de relever les bras pour se cacher. Plus il la fixe en silence, plus elle est mal à l'aise. Va-t-elle pouvoir rester ainsi encore longtemps? Elle n'en sait rien.

— Prends tes seins dans tes mains et caresse-les!

— Pardon?

Elle ne peut pas faire ça!

— Fais ce que je dis Ari, sans discuter! L'hésitation est la porte ouverte au châtiment. J'aime regarder tes mains glisser sur les rondeurs de tes seins. Je veux te voir pincer le bout de tes mamelons entre tes doigts. Fais-le, en avançant lentement vers moi! Garde les mains sur tes seins et viens me chevaucher! Allez, viens sur moi!

Pétrifiée, Ariana reste les bras le long du corps. Dans une seconde, il va lui dire qu'il s'agit d'une plaisanterie, c'est sûr... Mais il ne la quitte pas des yeux. Rafe attend qu'elle obtempère.

Le bas-ventre en feu, Ariana lève timidement les mains, ses doigts remontent lentement le long de son ventre. En arrivant sous ses seins, elle marque un temps d'arrêt. Ce qu'elle fait est mal, vraiment mal. Elle n'est pas censée se donner du plaisir.

Tandis que ses mains commencent à passer sur ses seins, les yeux de Rafe s'illuminent, comme si des flammes allaient jaillir de leurs profondeurs violet sombre. Ce qu'elle lit sur son visage lui donne le courage de poursuivre, de baisser les mains et d'aller à la rencontre de la putain qui se cache en elle... une putain profondément enfouie en toute femme, lui ont appris ses lectures, mais qui exige la présence d'un homme exceptionnel pour remonter à la surface. Rafe est exactement ce genre d'homme. Cette découverte lui donne une telle assurance érotique qu'elle a du mal à comprendre le phénomène qui s'empare de son corps.

Elle passe les mains sur ses seins, en les soupesant et en les malaxant comme il le lui a ordonné. Au moment où ses paumes passent sur les pointes hypersensibles, elle sent son

soumission

pouls battre dans son clitoris et sa tête bascule vers l'arrière. Un feulement s'échappe de sa gorge nouée, tandis qu'une vague de désir envahit tout son corps.

Du bout des doigts, Ariana décrit des cercles sur ses mamelons rose sombre et les pince, envoyant de nouvelles vagues de chaleur dans son corps. Elle ouvre les yeux et s'avance vers xRafe. C'est si bon… Si elle désire plus que tout sentir les mains de Rafe sur elle, elle doit reconnaître que les caresses qu'elle se prodigue elle-même sous ses yeux lui procurent un plaisir infini.

Elle presse doucement ses seins et les serre l'un contre l'autre, au moment où elle rejoint Rafe et effleure ses genoux avec ses jambes. Les pupilles de Rafe sont dilatés, ses yeux presque noirs. Sans une seconde d'hésitation, Ariana se glisse sur ses genoux et le chevauche, tout en continuant à pétrir ses seins presque douloureux.

— Maintenant, touche-toi! Penche-toi en arrière et caresse ton clitoris! Je veux te regarder dans les yeux et voir le plaisir monter en toi, chuchote-il d'une voix rauque.

Désormais, Ariana n'hésite plus. Les mains de l'homme la maintiennent, tandis qu'elle se laisse aller en arrière. Elle glisse la main jusqu'au bas de son ventre, puis dans la dentelle de son string. Comme son sexe est tout humide, son doigt glisse sur son clitoris et y dessine des cercles, là où convergent tant de terminaisons nerveuses. Elle frotte toute cette zone, faisant rapidement monter le plaisir. Ses hanches basculent en avant, à la rencontre de l'étreinte.

Au moment précis où elle sent qu'elle va atteindre l'orgasme, Rafe lui attrape la main pour l'écarter de son sexe. Elle pousse un râle de frustration, elle allait jouir!

soumission

— Parfait, Ari. Tu es d'une sensualité délicieuse. Tant de désirs sommeillent en toi et n'attendent que d'être éveillés, déclare Rafe avant de glisser le doigt d'Ariana dans sa bouche.

Les hanches d'Ariana viennent se frotter contre son érection dure comme de la pierre. Elle veut que ce jeu cesse, qu'il vienne étancher cette soif qui la consume.

— Je t'en prie, Rafe. J'ai fait ce que tu demandais. Ne me laisse pas comme ça! supplie-t-elle.

Rafe l'attire vers lui pour prendre ses lèvres. Ce n'est pas la réunion lente et sensuelle de deux bouches. C'est de la faim, de la possession, de l'avidité. Il déboutonne rapidement son pantalon, libérant son membre avant de se protéger. Puis il arrache le string d'Ariana, dernier obstacle qui les sépare, et se glisse en elle tandis que l'air explose dans ses poumons.

— Viens sur moi, Ari! lance-t-il tout en agrippant ses hanches.

Ariana saisit les épaules de Rafe. Son corps bouge tout seul pour monter et descendre le long du membre épais, qui entre dans son sexe et en sort. Elle est à deux doigts de basculer. Surtout, elle ne veut pas que cela s'arrête, mais comment faire durer cet instant?

— Oh oui, Ari! Plus vite! C'est si bon, tu vois, on est faits l'un pour l'autre.

La voix de son partenaire est altérée par le désir. Il baisse la tête pour prendre l'un de ses mamelons durcis dans sa bouche et le sucer énergiquement.

— Oui! crie-t-elle tandis que le plaisir devient de plus en plus violent.

— Laisse-toi aller, Ari! ordonne-t-il en la plaquant fermement contre lui.

soumission

Il saisit ses hanches et commande leur va-et-vient. Il la pénètre énergiquement, se plongeant dans la chaleur moite d'Ariana tout en poussant un râle de plaisir.

Leurs gémissements emplissent la vaste suite et se mêlent.

— Lâche prise, Ari! Jouis avec moi! s'écrie Rafe.

Son corps tout entier se raidit, tandis qu'Ariana sent son membre qui se met à palpiter. Le cri de Rafe suffit à la faire basculer et elle le rejoint dans l'orgasme.

Après un instant de silence, Rafe prend la tête d'Ari entre ses mains et la regarde dans les yeux, qu'elle a mi-clos.

— Merci de m'avoir fait confiance. C'était… magnifique.

En entendant ces mots, Ariana a le sentiment que son cœur va s'arrêter de battre.

Il ne croit pas à l'amour. Pour lui, ça n'est que du sexe.

La tête appuyée contre l'épaule de Rafe, elle se répète ces deux phrases. Surtout, ne pas donner trop d'importance à ses paroles, ne pas courir le risque d'avoir le cœur brisé.

Lorsqu'il la soulève dans ses bras pour la porter jusqu'à la chambre de la suite, avant de l'allonger délicatement sur le lit, elle se dit qu'elle se met en danger. Il va falloir trouver un moyen de traverser ces prochains mois le cœur intact.

Quand Rafe revient de la salle de bains et s'allonge à côté d'elle avant de l'attirer dans ses bras, elle sent soudain que ses yeux la brûlent. Elle pensait qu'il ne dormait jamais avec ses maîtresses. Comme s'il lisait dans ses pensées, il prononce des mots qui lui font l'effet d'une douche froide, chassant aussitôt ses illusions.

— La chambre qui communique avec celle-ci n'était pas disponible. Habituellement, nous ne dormirons pas ensemble, mais je ne voulais pas que tu sois dans une suite à part. Nous allons donc loger tous les deux ici ce week-end.

Ariana prie pour que le sommeil vienne vite, tout en retenant ses larmes. En entendant la respiration lente et régulière de Rafe, qui s'est endormi, elle s'autorise à verser quelques larmes. Demain, elle va travailler à endurcir son cœur.

6

— À vos souhaits! lui lance une femme en l'entendant éternuer.

Surprise, Ariana lève les yeux et remercie l'inconnue qui disparaît dans le flot des promeneurs.

En regardant les enfants qui courent partout et les ados qui jouent au frisbee, Ariana ressent une vague de frustration. Elle est à Central Park, à New York! Et elle en a assez de rester assise dans l'herbe.

On raconte souvent que les habitants de New York ne sont pas aimables. Mais les quelques mots sympathiques prononcés par une inconnue ont suffi à ce qu'elle se sente à l'aise dans cette ville. Vêtue d'un chemisier confortable et d'un corsaire, avec un grand chapeau et des maxi-lunettes de soleil, Ariana est prête à explorer la ville. Elle a envie de voir autant de choses que possible avant leur départ.

— Ça y est, je crois avoir compris pourquoi vous êtes toujours tellement de mauvais poil.

Surpris, Rafe lève les yeux de son écran en relevant les sourcils. Personne ne lui dit jamais des choses aussi désagréables… enfin, personne à part visiblement sa nouvelle maîtresse, pourtant supposée plus obéissante que toute autre personne de son entourage.

— Je travaille, Ari. J'ai accepté de t'accompagner au parc, mais ma journée de boulot ne s'arrête pas pour autant.

Après cette réponse cinglante, Rafe baisse de nouveau les yeux sur l'écran de son iPad et termine l'e-mail qu'il était en train de rédiger. Il espère qu'Ariana en aura bientôt assez et que leur petite sortie à Central Park sera terminée.

Cela fait des années que Rafe descend dans le même hôtel, mais pas une fois il n'est allé s'installer dans l'herbe de ce parc mythique. Quel intérêt, vraiment? Il trouve cela presque drôle qu'Ariana ait réussi à le convaincre, en lui cassant les pieds jusqu'à ce qu'il accepte.

Si n'importe quelle autre femme lui avait demandé cela, il l'aurait envoyé balader. Mais ce n'est pas le cas d'Ariana, manifestement. Impossible de la laisser toute seule dans le parc, où elle ferait une proie facile. Elle l'a déjà prouvé à plusieurs reprises : elle est un peu trop naïve. Il frissonne à l'idée des ennuis qu'elle pourrait s'attirer dans une ville comme New York. Certes, on est en plein jour et de nombreux policiers patrouillent un peu partout, mais cela ne suffit pas à le rassurer.

Un peu plus tôt, dans leur suite, Rafe s'est entendu lui proposer de l'accompagner au parc. Les yeux d'Ariana se sont illuminés à cette perspective et elle s'est mise à danser sur place. Rafe se demande s'il a eu tort. Pour une raison étrange, Ariana lui semble encore plus attirante lorsqu'elle baisse sa garde.

— Hors de question que je reste plantée ici, pendant que vous avez les yeux rivés sur votre stupide ordinateur. Si vous avez envie de travailler, libre à vous. Moi, j'ai envie de m'amuser. Retournez donc dans votre chambre, pour y faire ce que vous faites si bien! Moi, je vais aller à la rencontre des gens et m'amuser un peu.

soumission

— Mais toi aussi, tu es en train de travailler, Ari. Tu ne l'as pas déjà oublié, j'espère?

— Pas du tout. Vous n'êtes qu'un donneur de leçons arrogant, que je ne vais pas laisser gâcher ma journée. Il fait un temps magnifique, il y a des gens partout et je suis dans la Grosse Pomme pour la première fois de ma vie. Vous pouvez toujours essayer de jouer au maître et à l'esclave si ça vous amuse. Moi, je fais une pause.

Sur ces mots, Ariana se lève et s'éloigne avec assurance. Rafe est tellement sidéré par ses mots et son attitude ouvertement frondeuse qu'elle a le temps de parcourir une bonne vingtaine de mètres avant qu'il ne referme la bouche et se lève. Un sourire se dessine sur ses lèvres, tandis qu'il regarde sa proie. Comment a-t-il pu croire une seconde qu'il parviendrait à la soumettre?

Tout en rangeant son iPad, Rafe appelle son assistant:

— Annulez tous mes rendez-vous de la journée!

Sans laisser à Mario le temps de répondre, Rafe raccroche, puis se lance sur les traces d'Ariana, qui est à une bonne centaine de mètres, mais toujours à portée de vue. Il s'engage sur ses pas, ce qui stimule son tempérament de prédateur.

Il entend alors son rire, qui l'emplit de joie. Elle est si différente des autres femmes, si pure. Même s'il est allé loin avec elle, trop loin, elle garde le sourire, parvenant malgré tout à trouver matière à se réjouir. Briser sa joie de vivre serait un véritable crime.

En sentant des bras puissants qui l'enserrent, Ariana suffoque. Un instant, la panique la submerge, avant de réaliser

soumission

qu'il s'agit de Rafe. Il la serre dans ses bras, puis la plaque fermement contre lui. Rafe baisse sa tête vers elle.

Découvrant son regard de braise, Ariana croit s'évanouir.

— Où vas-tu comme ça ?

— Je ne sais pas encore. Je vais bien trouver un truc amusant à faire, répond-elle. Et vous ? Vous n'aviez pas du travail ?

— J'ai décidé de prendre une journée.

Rafe desserre son étreinte et lui prend la main tout en s'engageant dans le parc. Ariana se demande que penser de ce changement d'attitude. Encore une situation où il lui semble avoir affaire à Dr Jekyll et Mister Hyde… Rafe lui paraît presque insouciant.

— Alors comme ça, sur un coup de tête, vous avez décidé de faire un tour dans Central Park ?

— Exactement, juste comme ça. Je te rappelle que je suis le patron, je fais ce que je veux, répond-il avec arrogance.

Ariana n'arrive pas à lui en vouloir, trop heureuse de passer une après-midi presque normale en sa compagnie.

— Dans ce cas, nous sommes en train de perdre du temps, observe-t-elle en accélérant le pas.

Ariana est déterminée à faire le plus de choses possible durant son court séjour dans cette ville qui lui paraît magique.

Sans lâcher sa main, elle accélère sur le chemin, en s'arrêtant ici et là pour regarder artistes de rue, chanteurs ou danseurs, et en insistant pour que Rafe donne un peu d'argent à chacun d'eux. Elle n'a pas la moindre idée des efforts qu'il déploie pour ne pas céder à tous les caprices de la jeune femme, qui admire tout avec la spontanéité d'une enfant.

soumission

Arrivée au Gapstow Bridge, Ariana découvre le pont avec émerveillement. Elle a l'impression d'avoir été transportée en Europe. L'architecture de la construction semble antérieure à la Première Guerre mondiale, et elle en admire les moindres détails.

— Ce pont, Ari, a été construit sur le modèle du ponte di San Francesco de San Remo, en Italie. Cette région magnifique se trouve non loin de la ville natale de ma mère.

— C'est magnifique, Rafe! J'imagine que vous venez souvent ici, pour avoir un peu l'impression d'être chez vous? Je me demande comment vous faites pour être tiraillé ainsi entre deux pays... interroge Ariana en regardant autour d'elle.

— Dès que j'ai le mal du pays, je pars en Italie, ce qui n'arrive pas très souvent. Mon travail m'occupe beaucoup. Mais peut-être devrons-nous aller là-bas dans quelques mois. J'y possède plusieurs entreprises et partir là-bas n'est jamais désagréable.

— Vous voulez dire que je viendrais avec vous?

Depuis les événements qui ont perturbé son existence ces derniers mois, Ariana a renoncé à son rêve de voyager. Cette perspective ne compense bien évidemment pas le fait qu'elle soit contrainte d'être la maîtresse de Rafe, mais un petit voyage n'a rien de désagréable.

— Ça sera purement professionnel, Ari, alors ne t'emballe pas trop!

Les paroles de Rafe lui font l'effet d'une douche froide.

— Bien sûr, répond-elle en continuant de marcher.

La magie de cette journée s'est en partie envolée. Sans lui laisser le temps de s'éloigner, Rafe lui attrape le bras.

— Écoute, je suis désolé... Par moments, je ne sais vraiment pas m'y prendre avec toi. Cette situation est totalement nouvelle pour moi. Je voulais simplement éviter que tu commences à espérer que cette histoire débouche sur une union plus durable. Notre relation est... disons, temporaire.

Qu'importe si Rafe dit cela non par cruauté, mais simplement pour éviter qu'elle souffre. Ses mots lui font l'effet d'un coup de poignard dans le cœur. C'est précisément pour ça qu'elle ne veut pas s'attacher à lui : elle ne peut pas se permettre d'éprouver des sentiments.

Le bonheur qu'elle ressentait quelques instants plus tôt s'est envolé. Ariana se détourne et se remet à marcher. Il est inutile de lui rappeler la nature exacte de leur relation. Elle a simplement envie passer une journée où tout cela n'a aucune importance, une journée où une fille normale se promènerait avec un homme dans un parc magnifique, comme tous les autres couples normaux autour d'eux.

Visiblement, même cela ne lui est pas permis, pas tant qu'elle est la maîtresse appointée de Rafaëlle Palazzo. Soudain, elle s'étonne de ne pas voir le ciel obscurci de nuages noirs, tant elle se sent d'humeur sombre.

— Suis-moi! lance Rafe en lui prenant la main et en l'entraînant dans son sillage.

Ariana n'a qu'une envie: rentrer à l'hôtel. Mais elle lui emboîte le pas, «comme une gentille petite maîtresse soumise», songe-t-elle avec amertume.

La mauvaise humeur d'Ariana ne tarde pas à se dissiper en découvrant ce qu'il lui montre. Quelques personnes non loin d'eux semblent préparer quelque chose. Soudain, quelqu'un branche un haut-parleur et la musique s'élève.

— Qu'est-ce qui se passe?

soumission

— Attends, tu vas voir, répond-il avec un sourire qui achève de dissiper sa mauvaise humeur.

Elle voit alors le grand groupe entamer une danse synchronisée.

— Oh, un flashmob! s'exclame Ariana en avançant de quelques pas pour mieux voir.

Elle n'en a encore jamais vu en vrai! Surexcitée, elle regarde le spectacle, qui attire d'autres touristes aussi enthousiastes qu'elle.

Une fois la représentation terminée, Rafe l'emmène faire une longue promenade dans le parc. Ariana se précipite vers le magnifique zoo, qui présente des animaux de régions tropicales, tempérées et polaires de toutes les parties du monde. Parmi eux, un couple d'humains se promène, main dans la main, se désignant mutuellement différents spécimens. Ils éclatent de rire en découvrant un singe quelque peu exhibitionniste, qui urine du haut d'un arbre.

— Oh, Rafe! Voilà ceux que je préfère! s'exclame Ariana en désignant les otaries, dans la cour centrale.

Les animaux, d'humeur joyeuse, exécutent divers tours pour obtenir des friandises, avant de disparaître dans l'eau. Juste à côté se trouve l'enclos des pingouins. Ariana ne peut s'empêcher de rire en les voyant se dandiner, avant de disparaître dans l'eau comme des boulets de canon. Ils semblent tellement s'amuser que leur enthousiasme est communicatif.

Rafe est obligé de la traîner hors du zoo: passionnée d'histoire, Ariana est tombée en admiration devant le bâtiment de l'arsenal, en bordure du zoo, dont elle admire les nombreux trésors d'architecture.

Tandis qu'ils poursuivent leur promenade, Ariana se dit que la journée passe décidément beaucoup trop vite.

soumission

— Stop! s'écrie-t-elle lorsqu'ils croisent un vendeur de hot-dogs. Impossible de venir à New York sans déguster un hot-dog! insiste-t-elle en voyant le regard dubitatif de Rafe.

— Hors de question que j'ingurgite l'un de ces immondes sous-produits d'origine animale, proteste-t-il tandis qu'elle l'entraîne vers le stand.

— Ne me dites pas que depuis toutes ces années où vous venez à New York, vous n'avez jamais dégusté un hot-dog dans la rue? Écoutez, Rafe. Vous avez fixé vos règles, permettez-moi de fixer les miennes. Je refuse de quitter ce parc tant que nous n'en aurons pas mangé un chacun. Il paraît qu'ils sont exceptionnels.

Ariana le regarde droit dans les yeux, les mains sur ses hanches. Elle ne plaisante pas. Il lui impose des compromis sur tout? Eh bien, elle a envie de voir le grand Rafaëlle manger un hot-dog.

À sa plus grande surprise, elle le voit s'avancer et commander deux hot-dogs. En approchant la viande de provenance inconnue de ses lèvres, il fronce le nez, mais il prend une bouchée. Ariana a envie d'éclater de rire. Soudain, il lui paraît un peu plus humain.

— Alors, qu'en dites-vous? interroge-t-elle lorsqu'il a avalé sa première bouchée.

Pour sa part, c'est vraiment le meilleur hot-dog qu'elle ait jamais mangé.

— Je ne comprends pas comment tu peux manger ça avec le sourire, Ari. C'est parfaitement immonde, décrète-t-il.

L'air dégoûté qu'il affiche la fait éclater de rire.

— Si vous le terminez, je ne me plaindrai plus jamais des plats étranges que vous me faites goûter, promis! annonce-t-elle.

soumission

Rafe hausse les sourcils, mais son regard s'illumine. Il scrute le visage d'Ariana, comme s'il se demandait si le jeu en vaut vraiment la chandelle.

— J'ai un autre deal à te proposer.
— À quoi pensez-vous? demande-t-elle, inquiète.
— Il s'agit d'une chose que je te demanderai plus tard.
— Quel genre de chose?

Hors de question qu'elle cède sur tout.

— Tu verras. Je vais manger ton hot-dog ultra-gras et probablement avarié, et toi, tu devras m'accorder une petite faveur plus tard.
— Entendu. J'ai vraiment envie de vous voir terminer ce hot-dog.

Avec un grand sourire, Rafe prend une nouvelle bouchée, puis une autre, et encore une. Lorsqu'il a terminé de manger, Ariana comprend qu'elle s'est fait avoir, car Rafe va en chercher un deuxième. Super: elle vient de consentir à lui accorder une faveur qui reste à définir, en contrepartie d'un défi qui n'a de toute évidence rien coûté à Rafe.

Eh bien, il semble meilleur comédien qu'elle…

7

Il fait déjà nuit lorsque Rafe et Ariana arrivent au *Sea Grill Restaurant*. Leur table donne sur la patinoire du Rockefeller Center, où de nombreux patineurs se démènent pour glisser sur la glace sans tomber. Elle meurt d'envie d'aller les rejoindre, mais décide d'attendre patiemment: le dîner ne devrait pas durer une éternité.

— Tu as déjà fait du patin à glace, Ari? demande Rafe tout en tirant la chaise pour lui permettre de s'asseoir.

— Jamais, mais ça fait longtemps que j'en rêve. En faire pour la première fois au Rockefeller Center serait absolument génial, même s'il est fort probable que je me couvre de ridicule, répond-elle, exaltée.

— Nous avons de la chance que la patinoire soit encore ouverte. Elle ferme demain, jusqu'à l'hiver prochain.

— Je n'ai pas très faim, en fait. Je pourrais toujours grignoter quelque chose plus tard, estime-t-elle en lançant un regard envieux en direction de la surface blanche de la patinoire.

Ariana se dit que s'ils attendent trop, la patinoire risque de fermer et elle aurait manqué cette chance à tout jamais.

— Rassure-toi, Ari, elle sera encore ouverte lorsque nous aurons fini de dîner, promis, observe-t-il en riant.

À contrecœur, Ariana prend la carte, à la recherche du plat le moins long à préparer. Cependant, le restaurant est bondé,

soumission

et elle se dit qu'elle ne sera pas sur la glace avant une bonne heure, quoi qu'il arrive.

— Est-ce que tu veux que je commande pour nous?

Le premier réflexe d'Ariana est de décliner et de répondre qu'elle est parfaitement capable de choisir elle-même. Mais jusqu'à présent, elle n'a pas été déçue par les choix gastronomiques de son compagnon. Les plats seront très probablement plus à son goût si elle le laisse commander.

— Excellente idée, répond-elle en se tournant de nouveau vers les patineurs qui glissent sur la glace illuminée.

Au moment où le sommelier vient leur servir leur vin, tous les patineurs quittent la glace, à l'exception d'un homme et d'une femme. Ariana voit l'homme tomber à genoux et tendre quelque chose à sa partenaire. Une demande en mariage, en direct!

Elle ne peut entendre ce qu'ils se disent, mais manifestement, la jeune femme a accepté la demande en mariage. La foule autour de la patinoire applaudit et crie de joie, puis tous les patineurs retournent sur la glace.

— Comme c'est romantique, soupire Ari, parlant à haute voix sans même s'en rendre compte.

— Je connais d'autres manières autrement plus romantiques de faire une demande en mariage, rétorque Rafe.

Étonnée, Ariana tourne la tête pour le dévisager. Il n'a pas l'air du genre à se creuser la tête sur ce genre de sujets. Comme s'il lisait dans ses pensées, il poursuit:

— Ce que je veux dire, c'est que si un homme tient à faire une demande en mariage – ce qui est parfaitement idiot, sachant que plus de 50 % des mariages débouchent sur un divorce – il y a des manières beaucoup plus intimes et agréables de le faire qu'en plein milieu d'une patinoire glacée.

soumission

— Mais il l'aime si fort qu'il veut que la terre entière le sache, répond-elle tandis que le serveur apporte leurs amuse-bouches.

Elle attrape une grosse crevette qu'elle trempe dans une exquise sauce au raifort avant d'en prendre une bouchée, tout en attendant sa réponse.

— J'imagine que tu trouverais aussi romantique une demande en mariage faite lors d'une rencontre sportive? Tu aimerais qu'un jour, ton fiancé proclame ses intentions sur un gigantesque panneau d'affichage dans un stade, devant tout le monde?

— Eh bien oui, ça me ferait plaisir qu'il ose dire son amour devant tout le stade et les téléspectateurs qui suivent la retransmission.

— Ah, les femmes… marmonne-t-il tout en attrapant un morceau de homard.

— Il n'y a pas de mal à être romantique, Rafe. Vous abordez vos relations comme des transactions commerciales, mais tout le monde n'agit pas ainsi. La plupart des gens recherchent l'amour et la passion, ils ont envie de tomber amoureux. Un jour, vous trouverez de nouveau l'amour et ce jour-là, vous verrez! Vous aussi, vous ferez une demande en mariage dégoulinante de romantisme! dit-elle avec conviction, en prenant une autre crevette.

— Je peux te garantir que ça n'arrivera pas!

— Les hommes les plus catégoriques sont ceux qui tombent le plus follement amoureux, remarque-t-elle.

— Disons que nous ne sommes pas d'accord sur ce point, alors, rétorque-t-il, mettant un point final à cette discussion.

Il est préférable, en effet, de clore le sujet, car les conversations avec Rafe sur le thème de l'engagement la mettent mal à l'aise. Elle ne sait que trop bien ce qu'il attend d'elle dans leur histoire.

Elle regarde de nouveau vers la glace, où un couple de patineurs virevolte avec professionnalisme. L'homme soulève sa partenaire à bout de bras tout en tournant sur lui-même, avant de la lâcher. Elle décrit plusieurs tours en l'air, puis atterrit sur la glace avec élégance. Les autres patineurs, qui avaient ralenti pour les admirer, se mettent à applaudir.

En voilà qui ont le goût du risque, remarque Ariana. Comme il doit être effrayant d'être soulevée aussi haut, puis lâchée au-dessus de la glace! De plus, les lames des patins sont extraordinairement fines et tranchantes. Elle en est sûre, elle trébucherait et trancherait un membre à quelqu'un si elle tentait d'exécuter une figure pareille. Mieux vaut qu'elle ne tente pas l'expérience.

Après qu'ils ont dégusté le repas exceptionnel, dans un silence étrange, elle se prépare à aller sur la glace pour la première fois de sa vie. Une fois les patins loués et chaussés, elle longe le mur pour s'avancer vers la patinoire. L'exaltation qu'elle ressent l'emporte sur son irritation envers Rafe. Tandis qu'elle esquisse le premier pas sur la glace scintillante, son cœur se met à battre à tout rompre.

Ariana prend de la vitesse. Soudain, elle sent qu'elle perd l'équilibre et se met à mouliner des bras. C'est sûr, elle va tomber et ça va faire mal. Au moment précis où son pied décolle de la glace pour décrire un arc vers le haut, des bras puissants se glissent autour de sa taille, par derrière. Et elle sent le torse solide de Rafe plaqué contre son dos, tel un mur.

— Ça n'est pas aussi facile que ça en a l'air, on dirait! lui glisse-t-il à l'oreille avec un rire.

— Non, carrément pas! approuve-t-elle tout en se délectant de la chaleur de son corps.

Il la pousse vers l'avant, puis tous deux s'élancent lentement sur la glace, l'une des jambes de Rafe glissée entre celles d'Ariana.

Son souffle réchauffe la nuque de la jeune femme, soudain consciente du romantisme de l'instant. Comment peut-il être si doux à un moment, et si dur l'instant d'après? Et comment va-t-elle protéger son cœur alors qu'il la fait littéralement craquer?

Ils font le tour de la patinoire en riant et en regardant les autres patineurs, débutants comme eux ou experts. Lorsque l'heure du départ arrive, elle quitte la patinoire à contrecœur, presque comme une enfant. Cette soirée est parfaite et elle n'a aucune envie de la voir s'achever.

Rafe l'aide à descendre de la glace. Lorsqu'ils s'assoient, elle constate avec surprise qu'il prend ses pieds sur ses genoux pour défaire les lacets de ses patins. Au moment où il retire les patins d'Ariana et frotte la plante douloureuse de ses pieds, leurs regards se croisent.

— Tu vas sans doute avoir un peu mal aux pieds, après ta première séance de patinage. Si cela te plaît vraiment, il faudra que je t'achète une paire de patins à ta pointure. Une fois que tu y seras habituée, ils seront aussi confortables qu'une paire de baskets, tu verras.

— Comment se fait-il que vous vous y connaissiez aussi bien?

— Rachel adorait ce sport quand elle était petite. Je l'amenais à une patinoire près de chez nous. Cette gamine pouvait passer des journées entières sur la glace. Elle aurait pu continuer à haut niveau, même professionnel, si elle avait voulu, mais cela demandait beaucoup de travail et de sacrifices. Pour elle, c'était un simple loisir. Malgré tout, j'adorais l'amener à la patinoire.

— On dirait que vous êtes un grand frère formidable !

Rafe lui tend ses escarpins, puis il retire lui aussi ses patins avant de remettre ses élégantes chaussures en cuir. Ariana ne l'a encore jamais entendu réagir à un compliment.

— Rentrons à l'hôtel ! La journée a été longue, dit-il en lui tendant la main.

Sans hésiter, Ariana prend sa main. Elle qui croyait être la plus malheureuse des femmes, vingt-quatre heures sur vingt-quatre, en le fréquentant contrainte et forcée... Force est de constater que c'est loin d'être un calvaire. Ce qui est sûr, en revanche, c'est qu'elle s'apprête à vivre un cauchemar... parce qu'elle va s'attacher à lui et qu'il va se lasser d'elle. Elle espère être suffisamment forte lorsque ce moment arrivera.

Rafe regarde décoller les hélicoptères transportant des hommes d'affaires qui partent au travail. Il l'a fait souvent lui-même. Il adore New York, une ville trépidante dont le rythme ne ralentit jamais. Même le week-end, les affaires continuent et les gens travaillent, ce qu'il devrait d'ailleurs lui-même être en train de faire.

Or il est tranquillement installé sur l'esplanade qui domine Financial District, à Manhattan, tandis que des hommes et des femmes en tenue d'affaires se pressent pour gagner encore plus d'argent.

Assise à côté de lui, Ariana déguste une viennoiserie en sirotant un café. Il est tôt le matin, et il a promis de lui faire visiter la ville. Il a annulé ses rendez-vous professionnels pour faire plaisir à sa maîtresse aux yeux de biche.

soumission

Habituellement, il se moque éperdument des désirs de la femme à ses côtés. Après tout, il est l'employeur, elle, la subalterne. Cependant, il ne semble rien pouvoir refuser à Ari.

Elle a envie de visiter la ville. Ils vont donc visiter la ville, même s'il se dit qu'au fond, il devrait voir cela comme une perte de temps. Cependant, est-il vraiment en train de perdre son temps? C'est fort agréable et il a décidé de se consacrer à la recherche du plaisir.

Tandis qu'ils commencent à flâner, un SDF appuyé contre un bâtiment attire le regard d'Ari. Rafe prend la main de la jeune femme et essaie de l'éloigner.

— Une minute, dit-elle en dégageant sa main.

Elle se dirige vers l'homme, sort quelques dollars de son porte-monnaie, puis les met dans le gobelet du SDF.

— Dieu vous bénisse, mademoiselle, dit-il avec un sourire édenté empli de tristesse, qui témoigne d'une vie difficile.

— Vous aussi, monsieur, répond Ariana d'une voix étouffée.

Une fois qu'Ariana a la tête tournée, Rafe sort un billet de cent dollars et le glisse dans le gobelet. Une larme coule sur la joue de l'homme, qui ouvre la bouche pour le remercier. Mais Rafe pose le doigt sur sa bouche. Inutile d'en faire tout un plat. Inutile aussi qu'Ariana sache ce qu'il vient de faire.

S'il a lui-même connu une enfance très privilégiée, Rafe n'a jamais oublié les épreuves qu'a connues Shane, son meilleur ami. Ces difficultés ont changé le regard qu'il porte sur le monde. Rafe considère qu'il faut travailler dur pour obtenir ce qu'on veut, mais il sait aussi que parfois, la vie joue des tours dont il est difficile de se remettre.

Peut-être l'homme utilisera-t-il cet argent pour s'offrir une énième bouteille d'alcool. Mais peut-être s'en servira-t-il pour s'acheter des vêtements neufs et prendre une douche, afin de pouvoir trouver du travail. Rafe a foi en son instinct, qui le pousse toujours dans la bonne direction. Il veut croire que cet homme a besoin d'un petit coup de pouce pour reprendre sa vie en main.

La matinée passe rapidement tandis qu'ils flânent dans la ville pour arriver sur Times Square. Rafe n'arrive pas à détacher ses yeux du visage d'Ariana qui regarde autour d'elle, fascinée par les milliers de personnes qu'ils croisent sur les vastes trottoirs.

— J'ai déjà vu cet endroit dans des films, mais ça paraît inimaginable qu'en vrai, il y ait tellement de monde. Si je clignais des yeux une fraction de seconde, j'ai l'impression que je serais perdue. Comment les gens font-ils pour s'y retrouver dans cette ville?

— Question d'habitude. On distingue facilement les touristes des New-Yorkais à la manière dont ils se déplacent. Les touristes sont plus lents et regardent autour d'eux. Les habitants de la ville, eux, ont le regard fixé sur leur objectif et ils zigzaguent entre les gens. New York est une plaque tournante pour le business. Et si on veut s'en sortir, on a intérêt à s'adapter.

— Je crois que je n'aimerais pas vivre ici. Tout va trop vite pour moi. Ce que j'aimerais, en revanche, c'est goûter à la légendaire pizza new-yorkaise. Il paraît qu'on ne fait pas mieux.

Une pizza? Ce n'est pas ce que Rafe aurait choisi pour déjeuner, mais une fois de plus, il est incapable de refuser quoi que ce soit à Ari. Un instant plus tard, ils sont à la *John's*

Pizzeria. En voyant le regard d'Ariana s'illuminer après avoir pris sa première bouchée dégoulinante de fromage fondu, il se dit que toute la graisse qu'il va ingurgiter en vaut définitivement la peine.

— Je me demande comment tu fais pour rester aussi mince avec toutes ces horreurs que tu avales, remarque-t-il dans un éclat de rire tout en attrapant une autre serviette en papier pour éponger l'huile sur ses doigts.

— C'est sans doute parce qu'habituellement, je ne mange pas aussi bien. Je survis avec un régime à base de nouilles ramen et de soupes en conserve. Ma mère est une excellente cuisinière, mais avant son accident, je vivais en résidence universitaire et je me nourrissais de plats réchauffés au micro-ondes, confie Ari. Elle a toujours bien pris soin de moi, mais nous faisions attention à nos finances. Sur le campus, je veillais à ne pas trop dépenser d'argent. C'est formidable de manger tous ces repas extraordinaires, ajoute-t-elle en reprenant une bouchée avant d'enrouler un long fil de fromage autour de son doigt.

— Euh… je ne dirais pas qu'une pizza est un repas extraordinaire, répond-il, incapable de détacher ses yeux de la bouche d'Ariana qui lèche ses doigts maculés de fromage fondu.

— C'est parce que vous êtes un vrai snob!

À son regard pétillant, il comprend qu'elle le taquine. Malgré tout, il ne peut laisser passer une remarque pareille sans représailles.

— La pizza, c'est terminé pour toi. Au dîner, nous mangerons du caviar.

Elle le dévisage tout en prenant une nouvelle bouchée avant de croquer avec ostentation dans la pâte fine.

soumission

— J'ai du mal à imaginer ce que des œufs de poisson peuvent avoir de si extraordinaire. Sérieusement: c'est totalement dégoûtant!

— Disons qu'on apprend à aimer ça! s'exclame Rafe dans un éclat de rire.

— Oui, eh bien moi je préfère le fromage fondu aux œufs de poisson salés. Je promets de ne plus jamais vous traiter de snob si vous ne me traînez plus dans des restaurants chics où on sert des plats aux noms imprononçables, dit-elle.

Elle éclate de rire en voyant son air horrifié. La remarque d'Ariana est d'autant plus drôle qu'elle l'a prononcée avec le plus grand sérieux. Aucune de ses précédentes maîtresses n'a jamais préféré les pizzas et les hot-dogs au caviar Beluga et aux huîtres. Qui est dans le vrai? se demande Rafe.

Après avoir terminé leur déjeuner, ils reprennent leur promenade sur les trottoirs animés de New York. Rafe prend la main d'Ariana pour lui faire découvrir la magnifique architecture de la ville.

— New York est connu pour son mélange de bâtiments anciens et de gratte-ciel ultramodernes. La ville compte de nombreux trésors cachés. Il y a des choses à voir à quasiment tous les coins de rue. Ajoute à cela la créativité de tous ces gens qui travaillent dans le monde du spectacle ou des arts, et tu comprendras pourquoi cette ville est si exceptionnelle. Je ne pourrais pas tout te montrer en quelques jours, ni même en quelques semaines. En revanche, je peux te donner un petit aperçu de ce qui incite les New-Yorkais à tant aimer leur ville.

— Comment se fait-il que vous connaissiez si bien cette ville, puisque vous avez grandi en Italie et en Californie?

— Mon père voyageait beaucoup pour ses affaires et nous passions au moins deux semaines par an à New York. Je connais bien Chicago, Seattle et Philadelphie aussi. À dix-huit ans, j'étais déjà un grand voyageur! répond-il.

— Quelle chance! Moi, je n'avais jamais quitté la Californie jusqu'à aujourd'hui. Mais je crois que vous avez ouvert la boîte de Pandore : je m'amuse comme une folle, même si j'ai très mal aux pieds.

— Veux-tu que nous rentrions à l'hôtel?

— Pas question! Nous n'avons même pas vu la statue de la Liberté, ni l'Empire State Building, s'exclame-t-elle, horrifiée.

Rafe éclate de rire et hèle un taxi. Pourquoi ne pas terminer la soirée au sommet de l'Empire State Building? Il se ressaisit aussitôt : non, cette idée romantique est parfaitement ridicule. Non, en réalité, s'il a envie d'y aller avec Ari, c'est parce qu'admirer les lumières de New York, de nuit, est une expérience inoubliable... et pas du tout parce qu'il a une folle envie de la serrer dans ses bras et de l'embrasser sur fond de ville illuminée. Ce n'est pas comme s'il était devenu l'un de ces amoureux transis ridicules qui déclament des poèmes.

Malgré ses réflexions cyniques, Rafe ne peut s'empêcher de la prendre dans ses bras au sommet de l'Empire State Building. Involontairement, il baisse la tête et sa bouche rencontre celle d'Ari. Ses lèvres viennent caresser celles de la jeune femme, les incitant à s'entrouvrir pour lui permettre de sentir le goût de sa bouche. Il passe ses bras autour de la taille d'Ariana et se perd dans sa douceur.

Mais qu'est-ce qui lui a pris de faire une chose pareille? Après ça, il pourrait bien avoir un mal fou à rétablir la distance qu'il a toujours veillé à préserver entre ses maîtresses et lui. Lorsqu'il hèle un taxi dans la rue pour rentrer à l'hôtel, il se dit que c'est pourtant précisément ce qu'il va faire. Quoi qu'il lui en coûte.

8

Dans un crissement de freins, Shane pile devant l'entrée des urgences de l'hôpital le plus proche. Il coupe le moteur, puis bondit de la voiture pour se précipiter vers la portière du côté passager. Deux infirmiers arrivent en courant au moment où il hisse Lia hors de la voiture.

— Elle était à une soirée, et je pense qu'on lui a fait prendre de la drogue!

— Installez-la sur ce brancard, nous allons nous occuper d'elle immédiatement!

— Monsieur, venez avec moi, je vous prie! J'ai quelques documents à vous faire remplir.

— Pas question! Je l'accompagne, lance Shane à l'infirmière qui tente de l'empêcher de passer.

Il faudrait bien plus qu'une femme d'une cinquantaine de kilos pour l'empêcher de rester aux côtés de Lia.

— Êtes-vous de la famille, monsieur?

Il lui faut un moment pour comprendre le sens de la question. Pendant ce temps, les infirmiers emmènent Lia plus loin, dans une salle d'examen, suivis par un médecin qui l'examine aussitôt.

— En fait, je suis un ami de la famille, répond-il enfin, en tentant de nouveau de passer le barrage des infirmiers et des médecins.

soumission

— Les personnes étrangères à la famille ne sont pas autorisées à suivre le patient, insiste la femme, tandis qu'un membre de la sécurité apparaît à sa droite.
— Mais c'est moi qui l'ai amenée ici !
— C'est le règlement, monsieur, désolée. Si vous voulez bien remplir cette fiche et indiquer ce qui lui est arrivé, nous pourrons nous occuper d'elle.

L'infirmière reste d'un calme olympien, ce qui accroît la colère de Shane. Cette femme l'empêche d'être aux côtés de Lia ! Il finit par attraper la fiche qu'elle lui tend, pour remplir les informations concernant Lia, qu'il connaît toutes par cœur. Les minutes qui suivent lui semblent les plus longues de sa vie, tandis qu'il attend d'avoir de ses nouvelles. Pourvu qu'il ne soit pas arrivé trop tard…

Le médecin sort de la salle et demande à une infirmière de l'accompagner, pour venir voir Shane. Heureusement, car celui-ci est fou d'inquiétude.

— Bonjour, monsieur Grayson. C'est vous qui avez conduit mademoiselle Palazzo ici, n'est-ce pas ?
— Oui. Il faut absolument que je la voie, insiste Shane en essayant de forcer le passage.
— Je comprends, monsieur. Je dois vous dire que son état est assez préoccupant. Savez-vous où nous pouvons joindre sa famille ?
— Aucun membre de sa famille n'est en ville, répond-il, frustré, en se passant la main dans les cheveux pour les ramener en arrière.

Nerveusement, il fait quelques pas dans le couloir.

— Pouvez-vous me dire comment elle va ?
— Je pense qu'on lui a fait prendre de la drogue. Nous devons attendre les résultats du labo pour savoir ce qu'elle

a ingéré. J'ai demandé à ce qu'ils soient réalisés en urgence, pour qu'un traitement puisse être entamé sans attendre. J'aurais besoin de savoir combien de temps elle est restée inconsciente. En avez-vous une idée?

— Environ une demi-heure, je dirais. Je l'ai amenée ici le plus vite possible. Dites-moi qu'elle va s'en sortir! supplie Shane en attrapant le bras du médecin.

— Nous allons faire tout ce qui est en notre pouvoir, concède le médecin pour toute réponse tout en dégageant son bras.

Ce n'est pas vraiment la réplique que Shane escomptait.

Les minutes passent, tandis qu'il attend dans le couloir les résultats du laboratoire. S'il arrivait quelque chose à Lia, Shane ose à peine en imaginer les conséquences, pour lui et pour la famille de la jeune fille. Lorsqu'il l'a rencontrée, voici de nombreuses années, elle n'était que la petite sœur casse-pieds de son meilleur ami. Les années ont passé et la petite fille est devenue une femme, une femme très attirante, qui croque la vie à pleines dents.

Quel cauchemar! Lia est trop jeune, elle a trop à offrir au monde pour mourir. Le simple fait de l'imaginer dans son lit d'hôpital, si fragile, le rend fou de douleur. Si elle lui inspire des sentiments très forts, il ne peut envisager une seconde d'aller plus loin avec elle. De toute manière, il n'est pas du genre à se caser. Il doit continuer à la considérer comme une sœur. Malheureusement, les sentiments qu'elle lui inspire sont de moins en moins fraternels…

En fin de matinée, Lia se trouve soudain secouée par une crise d'épilepsie. Shane entend de l'animation dans la chambre, puis des médecins arrivent précipitamment. Il a le sentiment que son cœur va s'arrêter de battre. Certes, un patient peut faire une unique crise d'épilepsie, sans que les conséquences soient trop graves, mais comment être sûr que c'est le cas? Là, il ne peut y couper: il va devoir prévenir sa famille. D'ailleurs, il aurait dû le faire à l'instant où Lia et lui sont arrivés à l'hôpital. Il espérait que la mésaventure de la jeune fille se limiterait à une simple gueule de bois… Mais il s'est trompé.

Il compose le numéro de Rafe qui décroche à la deuxième sonnerie.

— Il faut que tu rentres. C'est Lia. Je suis à l'hôpital avec elle et elle vient de faire une crise d'épilepsie.

— Comment ça? Mais qu'est-ce qui s'est passé? demande Rafe.

— Elle m'a appelé vers trois heures du matin, cette nuit. Visiblement, ta sœur a décidé d'aller à une rave party, pour la première fois de sa vie. Et pour couronner le tout, elle y est allée toute seule. Les médecins ne savent pas exactement ce qu'elle a absorbé, mais elle a perdu connaissance sur le chemin de l'hôpital. Et il y a quelques minutes, elle a fait une crise d'épilepsie.

— Mais pourquoi ne m'as-tu pas appelé aussitôt? hurle Rafe à l'autre bout du fil.

— Je ne pensais pas que c'était aussi grave, Rafe. Tu étais en voyage, alors c'est moi qu'elle a appelé. Je l'ai amenée à l'hôpital le plus vite possible, mais là, j'ai vraiment la trouille. Rentre le plus vite possible!

— As-tu déjà prévenu mes parents?

— Non. C'est toi que j'ai appelé en premier. Si tu pouvais prévenir ton père et Rachel, ça serait bien. Je n'ai pas envie de leur raconter toute cette histoire.

soumission

— Entendu, je vais les appeler de la voiture, sur la route de l'aéroport. Nous partons tout de suite. Et… Shane, merci d'avoir été là pour elle !

Rafe s'efforce de parler d'une voix calme pour remercier son ami, puis il raccroche. Shane a le sentiment que le poids qui pesait sur ses épaules s'est un peu allégé. Il sait faire face en cas de crise, mais il a besoin de la présence de son ami à ses côtés. Si quelque chose devait arriver à Lia, il serait incapable d'affronter la terrible nouvelle.

Les heures passent et le stress gagne de plus en plus l'organisme privé de sommeil de Shane. Il refuse de s'asseoir et fait les cent pas dans le couloir, sans s'éloigner de la chambre de Lia. Il le sait, un peu de caféine lui ferait le plus grand bien, mais il ne veut pas s'éloigner de la chambre, même pas pour dix minutes, le temps d'aller chercher un café. Et si elle choisissait précisément ce moment pour se réveiller et ne voyait personne ?

Lorsque Rafe sera là, Shane pourra faire une petite sieste réparatrice et ils se relaieront pour que l'un d'eux soit aux côtés de Lia lorsqu'elle se réveillera. Car elle va se réveiller, c'est sûr. Il ne peut en être autrement.

— Monsieur Grayson, puis-je vous parler une minute ?

Tournant la tête, Shane voit dans l'encadrement de la porte le médecin présent lors de l'admission. L'expression de son visage semble indiquer qu'il n'est pas porteur de bonnes nouvelles.

— Bien sûr.

À contrecœur, Shane se lève, les jambes ankylosées. Il n'a pas la moindre envie d'entendre ce que le médecin va lui annoncer, mais il n'a guère le choix.

— Monsieur Grayson, la police voudrait vous parler.

Shane voit deux hommes en uniforme, qui se tiennent derrière le médecin. Que se passe-t-il? Il n'a ni le temps, ni la patience de répéter une nouvelle fois toute cette histoire. Il n'a pas la moindre idée de ce que Lia a fait avant son arrivée. Il ne pourra rien leur dire de plus que ce qu'il a déjà répété.

— Désolé, mais il est inutile de m'interroger. Je n'étais pas là lorsqu'elle a pris ces substances qui l'ont rendue malade. Vous perdez votre temps, et vous me faites perdre le mien.

Shane tourne les talons pour repartir vers la chambre. À ce moment, il sent une main qui lui empoigne fermement le bras. Il se retourne brusquement et lance un coup de poing, sans même réfléchir. Au moment où son poing percute le visage du policier, il comprend qu'il s'est mis dans de sales draps.

— Ça suffit, monsieur Grayson. Vous êtes en état d'arrestation, pour coup et violences sur agent. Vous êtes aussi soupçonné d'agression contre mademoiselle Palazzo.

Shane met un instant à comprendre ce que l'homme vient de lui dire. Les deux policiers lui ramènent les mains derrière le dos pour lui passer les menottes. En manque de sommeil et hors de lui, il n'arrive pas à comprendre ce qui se passe. Tout cela n'a aucun sens. Croient-ils vraiment que c'est lui qui a fait prendre de la drogue à Lia? Sont-ils stupides à ce point?

— Vous plaisantez, j'espère? Lia est comme une sœur pour moi. Je vous conseille de détacher ces menottes, avant que j'appelle mon avocat et que je vous fasse poursuivre pour détention arbitraire.

soumission

Le procureur et le préfet de police sont des amis personnels de Shane. Il en est sûr, il pourrait faire infliger un blâme aux policiers, voire les faire suspendre s'il le voulait.

— Nous sommes prêts à prendre le risque, monsieur Grayson, répond l'un des policiers d'une voix calme, pas le moins du monde intimidé.

— Nous avons quelques questions à vous poser, ce que nous ferons au commissariat. Frapper un agent est un délit grave, monsieur. Et agresser une jeune femme est encore plus grave, déclare le policier avec un dégoût non dissimulé.

Shane ne peut s'empêcher de ressentir de la considération pour cet homme. Certes, il tient le mauvais coupable, mais au moins essaie-t-il de trouver l'agresseur. Et puis le niveau de stress de Shane est déjà tel que cette arrestation n'y change rien.

En pensant à Lia dans son lit d'hôpital, Shane n'a pas la moindre envie d'aller faire un tour au commissariat.

— Appelez donc votre supérieur et expliquez-lui à qui vous venez de passer les menottes! Je pense que vous allez me libérer rapidement et me présenter vos excuses en prime, lance Shane en regardant les deux hommes.

Ceux-ci se regardent nerveusement, puis leurs traits se durcissent. Shane se dit qu'il va aller faire un tour sur la banquette arrière de l'une de ces immondes voitures de patrouille. Reste à prier pour qu'il ne finisse pas dans la même cellule qu'un ivrogne.

— Vous avez le droit de garder le silence. Tout ce que vous direz pourra être utilisé contre vous devant un tribunal. Vous avez le droit à un avocat. Si vous n'en avez pas les moyens, un avocat sera commis d'office. Est-ce que vous avez compris ces droits, monsieur Grayson?

— Oui, je les comprends, et même infiniment mieux que vous. Je commence à en avoir assez. Quand nous serons arrivés au commissariat, vous allez regretter ce que vous venez de faire.

Les deux hommes gardent le silence et l'escortent jusqu'à leur voiture. Shane pourrait continuer à hurler et à s'énerver, mais cela ne ferait que retarder leur arrivée au commissariat, où il pourra enfin parler à Bill, leur supérieur.

Lorsqu'ils le poussent dans le véhicule, sans ménagements, il réprime un haut-le-cœur en sentant l'odeur de transpiration et d'autres sécrétions corporelles. Il se dit que dans un contexte différent, sa mésaventure les aurait sans doute bien fait rire, Rafe et lui. En chemin, Shane laisse reposer sa nuque contre l'appuie-tête en vinyle et compte jusqu'à cent. Constatant qu'il ne s'est toujours pas calmé, il recommence.

À leur arrivée au commissariat, Shane n'a toujours pas décoléré.

— Je veux passer un coup de fil, ordonne-t-il en entrant dans le commissariat.

— Vous le ferez quand nous l'aurons décidé, rétorque l'un des policiers en le poussant en direction des cellules.

— Ça devrait être interdit d'être aussi incompétent. J'exige de parler au procureur, tout de suite.

— On verra ça plus tard, répond l'autre policier avec un sourire mauvais, avant de faire entrer Shane dans une cellule et de refermer la porte.

Les deux hommes s'éloignent. Incrédule, Shane les regarde partir. Il ne sait que penser. Il se laisse tomber sur le banc glacé et attend.

Manifestement, il est là pour un petit bout de temps.

9

— Qu'est-ce qui se passe?
— Nous devons rentrer immédiatement. C'était Shane. Il est arrivé quelque chose à Lia, répond Rafe en se levant.
— Mais que s'est-il passé? J'espère que ça n'est pas trop grave, dit Ariana en le suivant au pas de course.
— Je ne sais pas trop. Shane avait l'air inquiet. Il faut que je joigne mes parents.

Ariana reste silencieuse, tandis qu'ils attendent la limousine. Tous deux prennent place à l'arrière. Rafe appelle immédiatement son pilote, pour lui demander de préparer l'avion. Puis il téléphone à ses parents, qui décident eux aussi de rentrer immédiatement en Californie.

En montant dans l'avion, Ariana se rend compte que toutes leurs affaires sont restées à l'hôtel. Certes, ce n'est pas le moment d'aborder un détail matériel, mais que faire s'il y a des choses dont Rafe a besoin?

— Rafe, nous n'avons pas pris nos affaires, dit-elle doucement.

Choquée, elle découvre le teint terreux de Rafe. Il a l'air perdu. Elle ne l'a jamais vu ainsi. Comment un homme qui déborde à ce point d'amour pour sa sœur peut-il faire preuve d'une telle indifférence face aux autres femmes? Décidément, elle ne comprend pas et ne comprendra sans doute jamais.

— Je vais demander à Mario de nous les faire envoyer. Nous devons partir tout de suite, répond Rafe, d'une voix à peine audible.

Tandis que l'avion décolle, Ariana se cale contre son siège en se disant qu'elle aimerait pouvoir faire quelque chose pour lui. Mais quel rôle est-elle censée jouer dans sa vie? Elle n'en sait rien, ce qui lui rend la tâche bien difficile.

Lorsque l'hôtesse de l'air entre dans la cabine pour leur servir des boissons, Ariana décide de se comporter avec Rafe comme avec tout autre être humain qui subirait une épreuve.

Elle se lève et se dirige doucement vers lui. En l'entendant approcher, il lève les yeux d'un air inquiet, comme s'il craignait qu'elle tire profit de sa vulnérabilité. Super! Voilà le sentiment qu'elle lui inspire. Ariana sent que ses yeux la brûlent et que les larmes lui montent aux yeux.

Malgré tout, Ariana vient s'asseoir sur ses genoux, sans hésiter, et se blottit contre lui en glissant ses bras minces autour de son cou, pour le serrer chaleureusement contre elle. Elle transgresse peut-être les règles du jeu qu'il a fixées, mais il a probablement besoin de réconfort, qu'il le veuille ou non.

Un moment, les bras de Rafe restent immobiles, appuyés sur les accoudoirs du siège. Puis il les relève lentement pour poser ses mains sur le dos d'Ari, l'attirer contre lui et appuyer sa tête contre l'épaule de la jeune femme. Pendant quelques secondes, il l'autorise à la réconforter. Elle ne sait qui profite davantage de cet instant: elle ou lui?

— Ça va aller, Rafe. Lia est quelqu'un de fort. Je ne sais pas ce qui s'est passé, mais certaines personnes sont tout simplement trop extraordinaires pour nous quitter. Tes deux sœurs ont été d'une gentillesse incroyable avec moi, alors que rien ne

soumission

les y obligeait. Il ne peut rien arriver à des personnes comme elles, parce que sinon, plus rien sur terre n'aurait de sens.

— J'aimerais que les choses fonctionnent ainsi, Ari. Malheureusement, des tueurs prennent des vies, parfois même sans être inquiétés, des bébés meurent dans leur sommeil sans qu'on sache pourquoi et de belles personnes s'en vont. Je refuse de croire que cela puisse arriver à ma sœur, mais je me sentirai beaucoup mieux lorsque nous serons auprès d'elle.

Ariana ne sait que répondre. Oui, il a raison, mais elle refuse de faire preuve de pessimisme. Ne sachant que dire pour le réconforter, elle choisit de le consoler en silence. Aucun d'eux ne prononce un mot, tandis que l'avion traverse le continent américain, comme au ralenti.

— Je viens voir ma sœur, Lia Palazzo.
— Un instant, monsieur, répond l'infirmière en pianotant sur son ordinateur.
— Rafe!

Il se retourne et découvre Rachel qui se précipite vers lui.

— Tu as de ses nouvelles? Est-ce que Shane est avec Lia? Tu as parlé à papa et à maman?

Il la bombarde de questions, sans lui laisser le temps de répondre.

— Lia va bien, Rafe. Elle s'est réveillée il y a une heure environ, répond-elle avec un petit sourire, les yeux rouges.

Rafe met quelques secondes à comprendre. Puis il la serre fort dans ses bras, tandis qu'un immense soulagement s'empare de lui.

soumission

— Emmène-moi auprès d'elle, demande-t-il en s'écartant légèrement pour la regarder dans les yeux.

— Bien sûr, tu vas la voir. J'étais avec elle, je suis sortie de la chambre pour t'attendre.

Elle se dirige ensuite vers Ariana pour la serrer dans les bras, lui manifestant ainsi sa reconnaissance d'avoir pris soin de son frère durant le vol.

— Merci d'être venue dès votre retour.

— Je suis si contente d'apprendre qu'elle s'est réveillée. Est-ce qu'elle va bien ?

— Oui, ça va aller. Un salaud lui a fait prendre de la drogue dans une fête. Heureusement, le médecin a réussi à identifier la substance et il lui a administré le traitement adéquat. Si je n'étais pas aussi inquiète, je lui flanquerais une bonne raclée pour m'avoir fait aussi peur, déclare Rachel tout en les guidant dans le couloir jusqu'à la chambre de Lia.

— Je suis heureuse d'entendre qu'elle va mieux. Je vais attendre dans le couloir, pour vous permettre de vous retrouver en famille, propose Ari.

Sans laisser à Rafe le temps de protester, Rachel intervient.

— Pas question que tu attendes dehors. Lia a besoin d'être entourée, de sa famille et de ses amis, d'autant que Shane s'est fait arrêter et l'a laissée tomber ! Lorsqu'elle s'est réveillée, il n'y avait personne.

Rafe s'arrête net et découvre un sourire malicieux sur les lèvres de Rachel.

— Une fois que j'aurai vu Lia, tu m'expliqueras ce qui s'est passé, pas devant elle, bien sûr.

Un instant, il se dit qu'elle ne va pas lui répondre. Puis elle commence à parler.

— Apparemment, deux policiers sont venus parler à Shane de ce qui était arrivé à Lia. Il était tellement furieux qu'il a donné un coup de poing à l'un d'eux. Et il s'est fait arrêter, les menottes aux poignets.

Rafe attend qu'elle poursuive son récit, mais Rachel tourne les talons et reprend le chemin de la chambre de Lia. Sidéré, il regarde sa sœur qui avance dans le couloir. En quelques pas, il la rattrape.

— Tu voudrais bien en dire un peu plus? Je ne suis vraiment pas d'humeur à jouer aux devinettes, Rachel!

— Je sais que tu es mort d'inquiétude, alors je ne relèverai pas le ton sur lequel tu me parles. Mais il se trouve que je n'en sais pas davantage. Il va falloir que tu poses la question à Lia. Cela dit, je doute qu'elle en sache beaucoup plus, car tout cela est arrivé pendant qu'elle était inconsciente.

— Comment peux-tu parler avec autant de légèreté de ce qui est arrivé à notre sœur? aboie-t-il.

— Crois-moi, je n'étais pas du tout dans cet état-là il y a quelques heures. Mais maintenant Lia est réveillée. Elle est épuisée, mais elle va bien. Cela dit, j'aurais bien envie de lui remonter les bretelles: comment peut-on être stupide au point d'aller à une fête au beau milieu de nulle part… surtout sans moi!

Rafe décide de laisser tomber pour le moment. Décidément, ses deux sœurs ont bien besoin de grandir. On dirait que Rachel n'a pas compris la gravité de ce qui vient de se passer. Il les a tellement protégées, toutes les deux, qu'elles n'ont pas la moindre idée des dangers qui les guettent. Visiblement, il va falloir qu'il les sermonne.

Ils entrent tous les trois dans la chambre de Lia, dont les yeux s'emplissent de larmes en les apercevant.

— Je suis tellement désolée que tu aies été obligé de rentrer, Rafe. Je vais mieux maintenant, c'est promis, confie-t-elle d'une voix faible, tout en levant les bras vers son frère pour le serrer contre elle.

Il l'attire tendrement contre lui pour tenir la tête de sa sœur contre son torse, comme il le fait depuis qu'elle est tout petite. Silencieusement, elle se met à pleurer dans son cou.

— Tout va bien, Lia. Quand tu seras complètement rétablie, je te ferai la leçon, compte sur moi! Mais pour le moment, je suis heureux de voir que tu es en vie et que tu vas bien. Tu sais, si quelque chose devait t'arriver, je ne m'en remettrais pas, dit-il en se réjouissant de pouvoir la serrer dans ses bras.

Il le sait, d'autres victimes d'agressions n'ont pas eu autant de chance.

— J'ai déconné. Je ne referai plus jamais un truc aussi idiot. Inutile de me faire la morale, assure-t-elle dans un sanglot.

Rafe n'en est pas si sûr. Très vite, elle aura oublié son erreur et recommencera à se mettre en danger. Par moments, il se dit qu'il aurait aimé vivre à une époque où il aurait pu les enfermer, elle et Rachel. Ainsi, il serait sûr qu'elles soient en sécurité. Il le sait: s'il s'avisait de leur dire une chose pareille, elles pousseraient de grands cris.

— Maintenant que je suis rassuré sur ton état de santé, raconte-moi ce qui est arrivé à Shane!

Lia s'écarte de lui et un sourire se dessine lentement sur son visage, tranquillisant un peu plus Rafe sur son état.

— Eh bien, j'étais inconsciente quand c'est arrivé. Mais le médecin m'a raconté qu'il s'est montré peu coopératif et que les agents l'ont embarqué au commissariat. Je crois qu'un petit séjour en cellule lui fera le plus grand bien.

Rafe remarque qu'elle est essoufflée d'avoir prononcé ces quelques mots, ce qui montre qu'elle est encore faible. Mais au moins est-elle assez en forme pour sourire de la mésaventure de Shane.

— Dis-moi, je pensais que Rachel et toi, vous aimiez bien Shane.

Rafe a du mal à comprendre pour quelle raison ses deux sœurs se réjouissent manifestement de l'arrestation de son meilleur ami.

— Oh, il était un peu pénible ces derniers temps. Un petit séjour dans une cellule malodorante lui donnera une leçon, répond-elle avant d'incliner la tête en arrière pour lui lancer un regard noir.

Les soupçons de Rafe s'accroissent encore en découvrant les émotions contradictoires qui se dessinent sur le visage de Lia. Il est temps pour lui d'avoir une explication avec Shane.

10

— Dis donc, tu es beau comme tout derrière les barreaux ! J'espère que tu ne t'es pas déjà dégoté une fiancée ?

Shane fulmine en voyant le visage ironique de son meilleur ami. Comment Rafe peut-il plaisanter alors que Lia est à l'hôpital dans un état grave, à plusieurs kilomètres de là ? Son meilleur ami serait-il vraiment aussi insensible que le prétendent certains ?

— Fais-moi sortir d'ici, tout de suite ! Ces abrutis de flics ne m'ont même pas laissé passer un coup de fil ni parler à Bill. S'ils ne se font pas suspendre pour un mois au moins, je vais…

— Calme-toi, mon garçon ! J'ai parlé à Bill dès que j'ai appris ce qui s'est passé. Les deux agents qui t'ont arrêté viennent d'arriver dans la région. Ils sont de Los Angeles, où la procédure est un peu différente. Je pense qu'ils vont passer un mauvais quart d'heure dans le bureau de leur supérieur. Si je demande à ce gentil policier d'ouvrir la porte de ta cellule, est-ce que tu promets d'être sage ?

— Mais enfin Rafe, comment peux-tu plaisanter alors que Lia est blessée, inconsciente et peut-être même pire que cela ? Je pensais que tu étais un mec bien, fulmine Shane dont la voix se brise presque.

Puis il se ressaisit rapidement. Inutile de montrer à Rafe à quel point il tient à sa sœur.

— Tu me connais, Shane. Penses-tu réellement que je serais en train de blaguer si Lia n'était pas hors de danger?

Il faut quelques secondes à Shane pour comprendre les mots de son ami. Puis ses yeux s'écarquillent de surprise, tandis qu'il se laisse tomber sur le dur banc de sa cellule. Bien sûr, Lia a dû se réveiller en son absence.

— Elle va bien, dit Shane, soucieux de prononcer ces mots à haute voix.

— Oui. La drogue a été éliminée de son organisme. Et la crise d'épilepsie n'était qu'un effet secondaire de ce que ces salauds lui ont fait avaler. Elle a demandé à manger et elle bénéficie de toute l'attention possible. Je dois t'avouer qu'elle était furieuse que tu sois parti, même menotté, informe Rafe en éclatant de rire.

— J'attends avec impatience le jour où nos places seront inversées, Rafe. Et crois-moi, tu finiras un jour derrière les barreaux, au moins une fois dans ta vie, déclare Shane en guise de représailles.

— Alors là, tu rêves mon ami. Mais avant que la porte de cette cellule ne s'ouvre, j'aimerais avoir une petite discussion avec toi, annonce Rafe à son ami tout en prenant une chaise et en feignant de se mettre à l'aise.

— De quoi tu parles? Je veux sortir d'ici, tout de suite! Ces idiots ont violé tous mes droits. Ne me dis pas que tu vas cautionner ça!

— Bien sûr que non. N'empêche que j'ai quelques questions à te poser. Et comme tu as l'habitude de t'en aller quand on te met en difficulté, je vais profiter de ta présence dans cette cellule pour obtenir des réponses.

Shane va l'étriper, c'est sûr! Juste une fois dans sa vie, il n'aura pas volé son œil au beurre noir. Son ami l'aura cherché, en s'obstinant à le laisser dans cette cellule aux odeurs de pisse. Mais Shane connaît Rafe mieux que quiconque. Et il sait parfaitement qu'il ne sortira pas de la cellule avant que ce dernier ne soit arrivé à ses fins.

— Finissons-en, Rafe! J'ai passé une nuit éprouvante, et une journée encore pire. Je n'hésiterai pas à réduire ton joli petit visage en bouillie si tu ne me fais pas sortir d'ici rapidement.

— Alors je ne vais pas y aller par quatre chemins. Comment se fait-il que la première personne que ma sœur demande à voir en se réveillant dans une chambre d'hôpital, après avoir été droguée et presque violée, c'est toi?

Bien que Rafe parle très calmement, Shane perçoit nettement le soupçon dans sa voix.

Jamais Shane ne mentirait à son meilleur ami. En même temps, comment lui avouer les fantasmes que lui inspire Lia? Il préférerait être n'importe où ailleurs que derrière des barreaux, avec le regard accusateur braqué sur lui.

— Sincèrement, je n'en sais rien, Rafe. Lia a toujours eu un faible pour moi, tu le sais, mais pendant des années, j'ai réussi à la tenir à distance, sans difficulté. L'année dernière, elle est passée à la vitesse supérieure. Je ne vais pas te mentir. Moi aussi j'ai des sentiments pour elle. Attends! Avant que tu explose, sache que je m'efforce de la chasser de mon esprit, ajoute Shane en levant les mains pour se défendre.

Rafe le fixe un instant. Puis ses épaules s'affaissent et il paraît presque vaincu.

— Je sais à quel point Lia peut se montrer persuasive. Mais tu ne touches pas à ma petite sœur! Est-ce clair?

— Je n'arrive pas à croire que tu me dises une chose pareille. Bien sûr, enfin! Je ne suis pas un ado en rut pour me jeter sur des jeunes filles innocentes. Ça, ça serait plutôt ton genre, d'ailleurs, rétorque Shane.

Voyant le sourire qui illumine le visage de Rafe, Shane comprend que le clash a été évité… du moins pour le moment. Le frère aîné de Lia garde le silence une minute, puis se tourne vers son ami, avec une lueur malicieuse dans les yeux.

— Tout va bien alors, le chapitre est clos. Revenons à tes petits soucis actuels. Alors, tu promets de te tenir à carreau si ce gentil policier te laisse sortir?

— Ce que je promets, c'est que si tu ne me fais pas sortir de cette cellule dans les dix secondes à venir, je vais te casser la figure, tonne Shane.

En éclatant de rire, Rafe fait un signe de tête au policier, qui regarde les deux hommes comme s'il avait affaire à des fous. Il se garde bien toutefois de faire la moindre remarque, son supérieur étant manifestement furieux du traitement réservé à Shane.

D'un geste posé, l'homme ouvre la porte. Aussitôt, Shane jaillit de la cellule et fusille Rafe du regard avant de se lancer dans le couloir, en direction des escaliers. Plus vite il sera parti de ce commissariat, mieux ça vaudra.

Il veut aller voir Lia, mais impossible de lui rendre visite à l'hôpital en sentant aussi mauvais.

— Emmène-moi chez toi, c'est plus près que mon appartement! Je voudrais prendre une douche en vitesse, avant de retourner à l'hôpital.

— Je pense que je peux faire ça pour toi, sachant que je me suis bien amusé à tes dépens, répond Rafe.

— Je t'assure, Rafe, que si tu avais la moindre idée de ce que j'ai enduré ces dernières vingt-quatre heures, tu ferais moins le malin, lance Shane avant de changer de sujet.

Rafe ne lui fait pas peur, mais il ne veut pas perdre de temps et retarder le moment où il reverra Lia.

— Plus sérieusement, Lia va bien. Tu lui as sauvé la vie. Et je t'en suis vraiment reconnaissant.

Surpris par le ton sérieux, Shane se retourne.

— Je n'ai pas hésité une seconde à faire tout mon possible. C'est de Lia qu'il s'agit, tout de même.

— Il n'y a pas beaucoup de gens en qui j'ai confiance, Shane, et tu en fais partie. Merci d'avoir été là.

Rafe serre Shane dans ses bras en lui assénant une tape dans le dos. Puis il le raccompagne à sa voiture.

Durant le trajet jusque chez Rafe, qu'ils parcourent en silence, le malaise de Shane s'accroît. Son meilleur ami vient de lui dire toute sa reconnaissance, alors que Shane a passé des heures et des heures à fantasmer sur Lia, d'une manière très peu fraternelle. Non, impossible qu'il s'engage dans une histoire avec Lia. Ce serait vraiment trop compliqué.

11

— J'ai l'impression que chaque centimètre carré de mon corps est passé sous un rouleau compresseur. Il me faut des médicaments beaucoup plus forts.

— Veux-tu que j'aille chercher un médecin, Lia? J'avoue que je ne sais pas trop ce qu'il faut faire, reconnaît Ari, qui s'affole.

Elle part dans la salle de bains pour y mouiller un gant de toilette, afin de rafraîchir un peu le front de Lia. La jeune fille pousse un grognement lorsque Lia pose le tissu sur sa peau brûlante. Ariana se demande comment quelqu'un a pu vouloir faire du mal à une jeune femme aussi adorable.

Une soirée de cauchemar lui revient en mémoire: elle avait bu trop de tequila dans un bar et cet immonde serveur, Chandler, en avait profité pour glisser de la drogue du violeur dans son verre. Ariana s'est efforcée de chasser cette soirée de sa mémoire, mais la vision de Lia allongée sur un lit d'hôpital ressuscite en elle ce souvenir[1].

Voyant la mine terreuse de Lia, Ariana se dit que la substance qu'on lui a fait prendre était bien plus nocive. Elle décide de raconter sa mésaventure à Lia, pour la réconforter.

— Tu sais, je suis passée par là, moi aussi. Alors si tu as envie d'en parler, sache que je suis là. Ce qui m'est arrivé était

---

1. Voir *Capitulation* («Surrender», volume 1).

différent, mais si ton frère n'avait pas été là, je n'ose même pas imaginer ce qui aurait pu se produire.

Surprise, Lia écarquille les yeux et paraît soulagée. Elle a tellement honte de ce qui lui est arrivé et elle se sent si mal physiquement. Les paroles d'Ariana tombent à point nommé.

— Je devrais être plus choquée, mais Shane est arrivé à mon secours, et pour être honnête, je ne me souviens pas de grand-chose. Je m'amusais, puis soudain, j'ai eu l'impression d'être plongée dans le brouillard. Tout de suite, j'ai compris qu'on avait mis quelque chose dans mon verre. Je me suis précipitée dans ma voiture, pour appeler Shane. Le reste de la soirée... eh bien, je ne m'en souviens pas vraiment... avoue Lia.

— Sache que je suis là pour toi! Tous ces machos qui t'entourent t'incitent peut-être à croire que tu dois être plus forte que tu ne l'es en réalité. Mais tu as le droit de dire que tu as eu peur, dit Ariana en lui prenant la main.

— Tu es quelqu'un de bien, Ari. Je suis tellement contente de t'avoir rencontrée. Tu sais, j'adore ma famille, mais ils ont toujours été si protecteurs avec moi que parfois, je fais des trucs idiots par rébellion. Non pas qu'ils aient tort de me protéger; simplement, je veux qu'ils comprennent que je ne suis plus une petite fille. Désormais, je suis une femme et j'adore ça. Encore plus sans doute si seulement Shane remarquait que je suis devenue adulte. Peut-être me trouves-tu immature, mais si tu avais subi cela pendant des années, comme moi, tu aurais sans doute déconné, toi aussi, soupire Lia.

— Je dois reconnaître que je t'envie un peu. Mon père était un alcoolique qui est parti quand j'étais toute petite, et je n'ai aucun souvenir de lui. Compte tenu de mon histoire, je ne devrais pas toucher à une goutte d'alcool, mais parfois, s'évader un peu est bien agréable. J'ai toujours été sage, en partie parce que ma mère a tout sacrifié pour moi, et aussi parce que je suis très exigeante. Parfois, moi aussi je transgresse toutes les règles, pour essayer de rattraper ce que je n'ai jamais fait. Je donnerais tout ce que j'ai pour avoir une grande famille aimante comme la tienne. Elle te semble étouffante par moments, mais dis-toi que tu as vraiment de la chance!

— Désolé pour ton père, Ari. C'est terrible. Je n'imagine même pas ce que doit être une enfance privée de père mais ta mère est certainement une personne exceptionnelle, car tu es devenue quelqu'un de bien. J'ai beaucoup de chance d'avoir grandi entourée de ma famille. Mais j'aimerais avoir une grande famille aimante… et pouvoir passer quelques nuits torrides avec Shane, ajoute-t-elle avec un sourire malicieux.

— Lia, enfin! proteste Ariana en regardant vers la porte.

— Oh, ne me fais pas la morale! Tu ne vas pas me dire que toi, tu n'as jamais passé de nuits mouvementées. À ce propos, ma chère, où en es-tu avec mon frère?

Ariana feint de n'avoir pas entendu la question, résolue à ne pas approfondir le sujet. Elle se lève pour retourner dans la salle de bains et mouiller de nouveau le gant de toilette, avant de revenir au bord du lit. Soudain, Lia pousse un râle, comme si elle souffrait terriblement.

— Qu'est-ce que je peux faire, Lia? Est-ce que tu as besoin de quelque chose?

— Un verre d'eau froide, ça serait formidable, gémit Lia.

Ariana ne voit pas la lueur malicieuse qui brille dans les yeux de la jeune femme.

— Tiens, voilà pour toi, dit Ariana en lui tendant un verre d'eau. Quand les médecins pensent-ils pouvoir te laisser rentrer chez toi?

— Oh, parle-moi un peu d'autre chose que de cet hôpital ou de ma mésaventure! J'ignore quand je vais sortir. La seule chose qui pourrait me faire du bien, c'est qu'on me change les idées, observe Lia sur un ton boudeur.

Ariana marque un temps d'arrêt, puis s'efforce de changer de ton.

— Tu sais, j'ai passé une journée à Central Park…

— Oh non! gémit Lia. Je connais Central Park par cœur, j'y suis allée un millier de fois. Parle-moi plutôt de Rafe et toi! Alors, ça fait des étincelles entre vous? Tu craques?

— Lia! Je n'y crois pas. Ça ne fait même pas vingt-quatre heures que tu as été agressée, et tout ce qui t'intéresse, c'est ma vie sexuelle! Il y a des priorités, quand même, gronde Ari.

— Mais c'est une priorité! Et même une priorité de premier plan. Tu n'étais pas là quand Sharon lui a brisé le cœur, avant de le piétiner. Rafe était différent alors, plus gentil. Je sais qu'il peut se comporter comme un beau salaud. Mais je continue à voir mon grand frère derrière cette façade. Il est toujours là, derrière, il attend simplement que quelqu'un vienne le délivrer. On ne se connaît pas bien mais je peux te dire que depuis que tu es entrée dans sa vie, je l'ai vue renaître, redevenir l'homme que je portais aux nues.

Non, Rafe ne tient pas à elle, Ariana le sait. Il veut simplement l'avoir pour maîtresse, un objet sexuel qu'il emmène avec lui en société de temps en temps. Il le lui a dit et répété. Lia se fait des films.

Le plus terrible, c'est qu'il y a des moments où Rafe est bon et gentil. Ariana entrevoit alors une facette de sa personnalité qu'il s'efforce de cacher à tout prix, mais qui, par moments, transparaît. Et si Lia avait raison? S'il avait envie d'être aimé, tout en craignant d'accorder sa confiance?

soumission

Si Ariana s'ouvrait à cet homme mystérieux et qu'ensuite il se lassait d'elle avant de la laisser tomber, elle serait anéantie. Son cœur à elle serait brisé. Pourrait-elle survivre à une épreuve pareille? Elle ferme les yeux un instant. *Pourvu que quelque chose vienne faire diversion. Je ne veux pas penser à ça maintenant. Bon Dieu, par pitié…* Elle n'a pas les idées assez claires pour y réfléchir.

— Maintenant que tu te sens mieux, Lia, tu vas m'entendre. Je n'arrive pas à croire que tu sois partie au beau milieu de nulle part, dans un endroit où tu ne connaissais personne, sans même m'appeler!

Ariana sourit en découvrant la mine coupable de Lia, lorsque sa sœur entre dans la chambre.

— Désolée, Rachel, sincèrement. J'avais simplement envie d'expériences nouvelles. Et tout se passait bien jusqu'à ce qu'un abruti s'amuse à glisser quelque chose dans mon verre.

— C'était vraiment débile de ta part, et tu le sais. Heureusement que Shane est arrivé à temps. Les choses auraient pu être bien pires. Quelqu'un t'a droguée et tu as failli te faire violer. Est-ce que tu te rends compte du danger? Tu aurais pu mourir. Ne va plus jamais dans ce genre d'endroit! Jamais, tu m'entends? Et surtout pas toute seule!

— Ah, parce que tu serais venue avec moi si je te l'avais demandé, mademoiselle-l'innocence-incarnée?

— Je n'y serais pas allée avec plaisir, mais je ne t'aurais pas laissée y aller toute seule, rétorque Rachel.

— Je pense que ce que Rachel essaie de te dire, c'est qu'elle est heureuse que tu ailles bien et qu'à l'avenir, elle aimerait être avec toi quand tu te sentiras d'humeur… aventureuse. J'ignore comment s'est passée votre enfance, vous qui avez grandi au sein d'une famille nombreuse. Moi, j'étais enfant unique et je peux vous dire que je me sentais vraiment seule. Peut-être que vous vous rendez dingues par moments, mais au fond, il y a tant d'amour entre vous. C'est une chose infiniment précieuse, une chance dont il faut avoir conscience et qu'il faut chérir.

Après avoir prononcé ces mots, Ariana se demande un instant si la colère des deux sœurs ne va pas se retourner contre elle, si elles vont reprendre leur dispute ou faire la paix. Sans lui laisser le temps d'avoir la réponse à sa question, Rafe entre, accompagné de Shane.

— Voilà qui est bien dit, Ari, je n'aurais pas fait mieux. Merci.

Stupéfaite, Ariana voit Rafe se diriger droit vers elle et la serrer dans ses bras, avant de lui donner un long baiser langoureux devant ses sœurs et son ami. Il ne laisse aucun doute sur le fait qu'Ariana et lui forment un couple.

Rafe relâche son étreinte, laissant Ariana chancelante. Cet homme sait embrasser!

— Quant à toi, Lia, si tu refais quoi que ce soit d'aussi stupide, je t'enfermerai personnellement à double tour dans une pièce avant de jeter la clé. Tu aurais pu te faire tuer!

— Compte sur moi pour t'aider, Rafe! ajoute Shane, tandis que les deux hommes cernent le lit de Lia.

— Vous êtes de vrais hommes de Cro-Magnon mais je vous adore. Merci de veiller sur moi! Croyez-moi, je ne ferai plus jamais un truc aussi stupide, j'ai compris la leçon, déclare Lia d'un air ingénu.

Ariana a le sentiment que la jeune femme n'en est pas à sa dernière bêtise. À en juger par les regards débordant d'amour que lui lancent Rafe et Shane, les deux hommes ont l'air de croire à la sincérité de ses excuses. Qu'ils sont crédules !

— Bien, maintenant que les choses semblent rentrer dans l'ordre, je vais aller rendre visite à ma mère, lance Ariana en s'éloignant pour se diriger vers la porte.

Elle se dit aussitôt qu'elle aurait aimé que sa voix soit moins teintée d'émotion.

— Je viens avec toi.

— Non, surtout pas ! Je veux dire, restez plutôt encore un peu avec votre sœur ! Je viendrai vous retrouver ici, Rafe. En tout cas, merci d'avoir proposé de m'accompagner.

Ariana quitte la chambre et s'engage dans le couloir.

Il ne faut surtout pas que sa mère la voie avec Rafe. Non seulement Ariana ne sait plus où elle en est avec lui, mais elle ne veut pas que sa mère découvre la nature du contrat qu'elle a conclu avec lui.

Sandra, la mère d'Ari, doit quitter l'hôpital dans deux jours. Grâce au pacte passé avec Rafe, elle retrouvera sa maison, sans savoir que sa fille a été obligée de la vendre. Rafe a engagé des déménageurs pour remettre en place les meubles et les autres biens de Sandra. Il suffira ensuite à Ariana de lui expliquer que les objets manquants ont dû être vendus pour financer les dépenses de santé – un faible prix à payer pour le rétablissement de sa mère.

Elle passe aux toilettes pour se remaquiller et pour s'assurer que son émotion n'est plus visible. Sa mère a subi suffisamment d'épreuves, inutile qu'elle voie sa fille sur le point de se désintégrer.

Une fois présentable, elle se dirige vers l'ascenseur pour rejoindre le sixième étage.

soumission

En entrant dans la chambre, Ari découvre sa mère assise dans son lit, visiblement en bien meilleure forme. Toute son inquiétude se dissipe alors. Cette femme formidable sera bientôt sur pied, et elle pourra même reprendre son travail dans sa boutique de fleurs qu'elle aime tant!

Sa mère réalise de magnifiques créations florales, uniques en leur genre. Et ses clients viennent de loin pour lui commander des bouquets. De plus, elle sait donner à chaque client le sentiment d'être sa priorité absolue.

Sandra travaille beaucoup, mais elle est heureuse ainsi. Et Ariana fera tout ce qui est en son pouvoir pour que cela ne change pas, même si elle doit pour cela renoncer à une part de son bonheur. Sa mère a tant sacrifié pour Ari. Maintenant, c'est à son tour d'en faire de même pour elle.

— Je pensais que tu ne rentrais que demain, ma chérie.

La voix de sa mère la tire de ses réflexions et elle s'avance vers elle.

— La sœur de monsieur Palazzo a eu un accident et nous avons dû rentrer plus tôt, répond Ariana en se dirigeant vers le lit de sa maman, pour la serrer dans ses bras.

— Mon Dieu! Elle va bien?

— Oui, ça va. Sa famille est avec elle, j'en ai profité pour venir te voir. Cela ne fait que quelques jours que je ne t'ai pas vue, mais tu m'as manqué. J'imagine que tu es impatiente de sortir. Il me semble que tu es ici depuis une éternité.

— Oui, une éternité. Je rêve de retrouver mon lit, répond Sandra en tendant la main vers son verre d'eau. Alors, raconte. Comment c'était à New York?

— C'était extraordinaire. Nous ne sommes pas restés longtemps et nous n'avons pas beaucoup travaillé, mais j'ai passé une après-midi à Central Park! J'ai aussi fait du patin à glace au

Rockefeller Center. Je ne suis pas douée, mais cela m'a vraiment plu. J'espère y retourner un jour et visiter davantage la ville.

— Il faudrait que nous y allions ensemble. Je ne connais pas la côte Est. Nous pourrions organiser des petites vacances sympathiques, en passant par les chutes du Niagara.

— Ça serait magnifique, maman. Il faudrait prévoir cela en été, parce qu'il paraît qu'il fait vraiment froid près des chutes.

— Et ton nouveau job, Ari, est-ce qu'il te plaît? Penses-tu pouvoir terminer tes études tout en travaillant là-bas?

En partant pour New York, Ariana a annoncé à sa mère qu'elle avait décroché une promotion au sein du groupe dans lequel elle travaillait, et qu'elle était maintenant directement sous les ordres de Rafe. Elle n'a pas su comment lui présenter la situation autrement. Sandra ne doit apprendre la vérité sous aucun prétexte.

— J'aime bien ce job, même si je ne maîtrise pas encore tout ce qu'on attend de moi. C'est une bonne expérience, je crois. Promis, maman, je ferai mon possible pour reprendre mes études rapidement. Et je réussirai mes examens. Ainsi, tu pourras être fière de moi lors de la remise des diplômes, au département d'histoire de l'université.

— Ari, tu le sais, je serai toujours fière de toi, quoi que tu fasses de ta vie. Si je tiens tellement à ce que tu décroches ce diplôme, c'est parce que tu as travaillé si dur pour l'obtenir et que tu le mérites. C'est tellement dommage d'arrêter si près du but. Si tu ne terminais pas tes études à cause de moi, je ne me le pardonnerais jamais.

— Maman, cet accident est arrivé par ma faute. Tu n'as rien à te reprocher!

— Nous pouvons débattre toute la journée de nos responsabilités respectives, cela ne nous avancera à rien. Ce qui compte, c'est je ne serai pas entièrement heureuse tant que tu n'auras pas ce diplôme en poche. Tu as sacrifié une bonne partie de ta jeunesse pour obtenir des bourses et faire des études. Maintenant, il est temps pour toi d'être récompensée.

— Mais tout va bien, maman. Tu sais, la plupart des diplômés de l'université rêvent de décrocher un job dans une entreprise aussi prestigieuse que la Palazzo Corporation. C'est une société très cotée. Je sais ce que tu penses, inutile de le dire. Je ne vais pas abandonner mes études. C'est promis, je n'y resterai que six mois. Ensuite, je retournerai à l'université, même si je dois pour cela vendre mon âme au diable.

Ariana grimace en pensant à ce qu'elle vient de dire. Si elle vend son corps, ce n'est pas pour financer ses études, mais pour le bien-être de sa mère. Et le pire, c'est qu'elle commence à éprouver des sentiments pour son tortionnaire.

— Ari! Ne dis pas ce genre de choses, même pour plaisanter! s'exclame Sandra, avant d'ajouter, d'un ton détaché: Écoute, il faut que tu m'en dises davantage sur ton boss – ce Rafe Palazzo, qui a été si gentil avec moi.

Ariana se raidit lorsque sa mère la scrute avec intensité. Elle a réussi à éviter le sujet à de nombreuses reprises, mais sa mère est une femme perspicace. Ariana va devoir se montrer persuasive pour la convaincre qu'il ne se passe rien avec son «patron».

— C'est quelqu'un de bien, qui a décidé de donner une chance à une fille qui a abandonné ses études. Je ne vois pas ce que je pourrais te dire de plus à son sujet. Il est assez secret, note Ari, évasive.

— J'ai quand même l'impression qu'il est un peu plus pour toi qu'un patron.

— C'est ridicule, maman. Monsieur Palazzo est juste quelqu'un de bien. Il… m'aide beaucoup, conclut Ariana, sans conviction.

— Tu penses vraiment que je vais croire qu'il ne se passe rien entre vous?

— Mais non, rien du tout!

— Ari, je pense que ta mère est une femme intelligente et perspicace.

Ariana se retourne et découvre Rafe adossé à l'encadrement de la porte, d'un air nonchalant. Elle lui lance un regard implorant, pour le supplier de ne pas démentir ses propos. Il lui adresse alors un clin d'œil, qu'elle ne sait comment interpréter.

— Bonjour, Rafe. Vous vouliez apporter une précision? demande Sandra, en les dévisageant l'un et l'autre.

— C'est un plaisir de vous voir rétablie, Sandra, répond Rafe en entrant dans la chambre et en portant la main de Sandra à sa bouche pour y planter un baiser.

Sidérée, Ariana voit sa mère se pâmer. Cet homme sait y faire avec les femmes, les jeunes et les moins jeunes. Sans doute réussirait-il à faire cesser une émeute avec un simple sourire et un clin d'œil enjôleur!

Ariana constate que la présence de Rafe la rend de plus en plus irritable. La facilité avec laquelle il a embobiné sa mère l'exaspère.

— Dites-moi la vérité, Rafe, chuchote Sandra.

— Il m'est impossible de vous mentir. Votre fille me plaît beaucoup, répond-il avant de s'avancer vers Ariana, sidérée, et de l'embrasser délicatement.

Les lèvres de Rafe n'effleurent les siennes que le temps d'une seconde, mais Ariana en a le vertige.

soumission

— J'en étais sûre. Je l'ai su dès que vous m'avez conduite jusqu'à sa chambre. Aucun homme ne ferait cela pour une vieille dame, à moins d'espérer quelque chose en contrepartie, observe Sandra sur le ton du détective ravi de résoudre une énigme ardue.

— Maman, enfin! s'exclame Ari, horrifiée par les sous-entendus de sa mère.

— Vous êtes gracieuse et magnifique, Sandra. C'était un véritable plaisir de pousser votre chaise roulante dans les couloirs. Je dois avouer que pour un peu, j'en pincerais pour vous, et non pour votre fille.

Bouche bée, Ariana voit sa mère rougir! Est-elle réellement dupe de ces belles paroles? Contrariée, Ariana se demande s'il n'y aurait pas une part de vérité dans ce que Rafe vient de dire. Il va falloir le tenir à l'écart de sa mère!

— N'avions-nous pas un travail urgent à terminer, monsieur Palazzo? demande Ariana, soucieuse de donner un tour plus neutre à leur conversation.

— Inutile de prendre un ton professionnel, Ari. Notre histoire n'est plus un secret pour personne, répond Rafe en se dirigeant vers elle.

Ariana recule si brusquement qu'elle se cogne contre le mur.

— Pas devant ma mère! implore-t-elle lorsqu'il arrive à sa hauteur.

— Plus tard alors, lui glisse-t-il à l'oreille avant de passer doucement ses doigts sur sa joue.

Puis il prend la main d'Ariana dans la sienne, achevant de la mettre au bord de la crise de nerfs.

soumission

— Ça a été un véritable plaisir de vous revoir, Sandra. Je me réjouis de savoir que vous allez rentrer chez vous après-demain.

— Merci, Rafe. Et prenez bien soin de ma petite fille, avise Sandra sur un ton de mère poule.

— Comptez sur moi!

Ariana se demande si Rafe a croisé les doigts discrètement. Si sa mère savait ce que Rafe a prévu de lui faire, elle bondirait sans doute de son lit en attrapant une seringue au passage, pour la lui planter dans l'œil. Ou alors elle infligerait des dommages irréversibles à une région de son anatomie située plus bas…

— Je t'aime, maman. Je repasserai te voir demain. Il ne restera plus qu'un jour avant que tu retrouves ton lit, à la maison.

— Le temps passera encore plus lentement. C'est quand on est pressé que toutes les horloges semblent s'être arrêtées. Moi aussi, je t'aime ma chérie. Maintenant, rentre vite chez toi! Je suis sûre que tu es épuisée après tous ces voyages.

— Oui, je pense que je vais dormir douze heures d'affilée cette nuit. À bientôt, maman.

Ariana se penche en avant pour serrer sa mère dans ses bras, puis elle se tourne à contrecœur vers Rafe, qui lui prend le bras pour sortir de la chambre avec elle.

Ils rejoignent l'ascenseur en silence, puis montent dans la cabine vide. Quelle malchance, personne pour dissiper la tension entre eux!

Sitôt les portes fermées, Rafe la plaque contre la paroi de l'ascenseur pour l'embrasser, beaucoup moins chastement que précédemment. Lorsque les genoux d'Ariana commencent à flancher, il s'écarte d'elle et passe la main dans ses cheveux pour lui tirer la tête en arrière.

— Je devrais te punir d'avoir menti, trouver une méthode exquise pour te châtier…

— Je ne voulais pas que ma mère soit au courant, se défend-elle.

— Je ne cache pas ma vie privée, Ari. Les secrets ne font que compliquer la situation. J'aime que l'identité de mes maîtresses soit connue, pour éviter toute spéculation.

Ariana n'en revient pas de la désinvolture dont il fait preuve. Évidemment, il a déjà eu quantité de relations de cette nature. Alors, à quoi bon se cacher d'en avoir une de plus?

— J'aimerais pouvoir être aussi détachée que vous, mais j'en suis incapable. Ma mère ne devait pas savoir, pour nous.

— Je suis une personnalité publique, Ari, et ton visage sera bientôt dans les journaux. À moins que ta mère ne lise pas la presse, ne regarde pas la télévision ou ne discute pas chez le coiffeur, elle sera rapidement au courant. Une transparence totale est le meilleur moyen pour moi d'éviter d'être harcelé par les médias.

— N'empêche qu'elle n'avait pas besoin d'en être informée aussi rapidement, rétorque Ari, d'un ton boudeur.

Elle tient à marquer au moins un point.

— Personnellement, je trouve qu'il faut prendre le taureau par les cornes. Sachant que nous allons passer un certain temps ensemble, mieux vaut ne pas avoir à nous préoccuper de qui est informé et de qui sait quoi.

— Premièrement, nous ne serons pas ensemble si longtemps et deuxièmement, ma vie privée ne regarde que moi. Si je n'ai pas envie d'en parler à certaines personnes, c'est mon droit.

— Tout comme c'est mon droit d'en parler à qui je le souhaite. Tu ne sortiras pas gagnante de cette discussion, Ari.

D'ailleurs, tu ne seras pas souvent victorieuse en m'affrontant. Mais tu l'as sans doute déjà remarqué? demande-t-il en se penchant pour l'embrasser dans le cou.

Une fois de plus, elle désire cet homme tout en le détestant. S'il ne cesse jamais de lui inspirer ce sentiment, les trois mois à venir promettent d'être longs, très, très longs…

12

— Je n'arrive pas à croire que tu nous quittes !

— Je pars simplement travailler dans un autre bâtiment. Ce n'est pas comme si je quittais la ville, répond Ariana à Amber d'un ton rassurant.

Tout en prononçant ces mots, elle se dit qu'en réalité, il sera difficile pour elle de continuer à voir ses amies.

— C'est comme si tu partais à l'étranger ! gémit Miley en serrant Ariana dans ses bras.

— Allons, allons, tu exagères. Je te promets de me débrouiller pour trouver le temps de vous voir, aussi souvent que possible.

Elle se demande comment elle pourra tenir sa promesse, avec l'emploi du temps que Rafe lui impose. Mais Amber, Miley et Shelly ont été si gentilles qu'elle ne veut pas les perdre de vue. Une telle perspective lui déchire le cœur.

— Dans ce cas, prévoyons quelque chose vendredi soir ! lance Amber sur un ton de défi.

Ariana frissonne. Rafe a déjà des projets pour ce vendredi, et pour quasiment tous les vendredis et les samedis à venir. Il ne lui reste que ses dimanches.

— Je suis libre dimanche. On pourrait se retrouver pour déjeuner toutes ensemble ?

— Le dimanche ? Mais ça n'est pas fun du tout ! répond Amber.

— Avec ce nouveau job, je vais avoir du mal à me libérer les vendredis et samedis soirs. Mais le dimanche, je suis disponible, c'est sûr.

— Il ne peut pas te demander de travailler six jours sur sept !

Ariana aimerait que ce soit vrai. Cependant, elle savait ce qu'elle faisait en acceptant cette proposition. Et après avoir conduit sa mère chez elle et vu la joie se dessiner sur son visage, elle n'arrive même pas à regretter sa décision.

Sandra n'a pas dit un mot au sujet des objets manquants. Elle s'est contentée de féliciter Ariana sur l'état de son intérieur. Rafe a fait venir une équipe de ménage pour que tout soit impeccable, du sol au plafond.

— C'est sûr, vous allez nous manquer. Vous n'êtes restée que quelques mois, parmi nous, mais vous étiez devenue un élément indispensable de l'équipe, lui confie son supérieur qui s'approche du petit groupe, tenant à la main un plat chargé de gâteaux et de biscuits.

Les amies d'Ariana lui ont organisé un pot de départ. Toute la journée, Ariana a lutté contre l'émotion à l'idée qu'elle ne reviendrait plus dans ces locaux et qu'elle n'y retrouverait plus ses amies. Elle n'a pas la moindre idée de ce qui l'attend le lendemain, au siège de Palazzo.

Pourvu que Rafe ait tenu parole… Elle ne bluffait pas en disant qu'elle n'accepterait jamais d'être payée pour être sa maîtresse. Elle a besoin d'un vrai travail et elle se démènera pour le faire de son mieux, quel que soit le poste. Quoi qu'il arrive, son passage par la Palazzo Corporation sera un plus sur son CV.

— Merci, monsieur Flander ! Vous allez me manquer. Vous avez été un supérieur parfait.

Ariana sent sa gorge se serrer et préfère se taire. Elle s'est fait des amis à ce poste, qu'elle a vraiment du mal à quitter.

Très investie dans ses études, elle a eu du mal à se forger des amitiés. Et perdre ce petit groupe auquel elle s'est attachée est une véritable épreuve pour elle. Cependant, elle refuse de s'apitoyer sur son sort. Comment pourrait-elle regretter ce sacrifice consenti pour le bien de sa mère?

— Bon, d'accord. J'arrête de te faire culpabiliser! Voyons-nous dimanche! Mais ne t'avise pas d'annuler! menace Miley en serrant de nouveau Ariana dans ses bras.

— Je note tout de suite la date dans mon agenda, dit Ari.

La perspective de voir sa mère et ses amies lors de ses jours de congé rendra les exigences de Rafe plus faciles à supporter. Ses semaines de travail épuisantes seront au moins ponctuées par des dimanches agréables.

— Bon... J'ai reculé l'heure du départ jusqu'au dernier moment, mais là, je dois vraiment y aller. Une voiture m'attend en bas, annonce Ariana.

— Eh bien dis donc... Tu as un chauffeur maintenant? persifle Shelly.

— Mais non, enfin. Monsieur Palazzo a gentiment proposé de m'envoyer une voiture, parce que la mienne a rendu l'âme et que j'ai un gros carton à transporter.

Mentir à ses amies n'est pas aisé et Ariana sent ses joues s'embraser. Pourvu qu'elles ne se doutent de rien...

Amber lui lance un regard suspicieux, mais elle garde le silence. Ariana lui en est reconnaissante.

Après avoir de nouveau embrassé tout le monde, elle prend son carton et se dirige vers la sortie. Amber la suit.

soumission

Devant l'ascenseur, la jeune femme retient le bras d'Ariana et la regarde droit dans les yeux.

— Ari, tu sais qu'en cas de problème, tu peux m'appeler. Même si nous avons surtout fait la fête ensemble, tu es mon amie et tu es quelqu'un de bien. Je suis inquiète pour toi. Si ce Rafe Palazzo fait quoi que ce soit qui te déplaît, n'hésite pas à m'appeler! Tu peux compter sur moi.

Interloquée, Ariana dévisage Amber. Comment va-t-elle pouvoir continuer à fréquenter cette femme formidable, alors qu'elle n'a cessé de lui mentir? Elle s'en veut terriblement. Cependant, elle ne peut lui dire la vérité. D'une part parce que Rafe lui a fait signer cette maudite clause de confidentialité. Et d'autre part parce qu'elle a honte de ce qu'elle a accepté de faire pour permettre à sa mère de retrouver sa maison.

— Tout va bien, Amber, je t'assure. Cette promotion est une chose formidable. Quant à ma relation avec Rafe, c'est un peu compliqué à expliquer, mais ça va aller, ne t'en fais pas! Promis, je t'appellerai si j'ai besoin de toi.

Amber reste les yeux plantés dans les siens encore quelques secondes, avant de la serrer contre elle.

— Si tu as besoin de moi, n'hésite surtout pas!

Puis elle tourne les talons pour retourner à son bureau.

Dans l'ascenseur, en appuyant pour la dernière fois sur le bouton du rez-de-chaussée, Ariana retient ses larmes. Préserver son amitié avec ces femmes ne sera pas facile. À terme, elle pourrait les perdre de vue, alors qu'elles ont été là pour elle à une période difficile de sa vie.

Ariana traverse lentement le hall avant de sortir du bâtiment. Surprise, elle découvre Rafe, à côté de la voiture. Que fait-il là?

— Tout va bien ? demande-t-il en s'avançant prestement vers elle pour lui prendre le carton des mains.

La sincérité de sa voix achève d'abattre les dernières défenses d'Ari, dont les larmes se mettent à couler.

— Qu'est-ce qu'il se passe ? demande-t-il en tendant le carton à Mario, avant de la serrer dans ses bras.

Que pourrait-elle répondre ? *Je suis effondrée parce que vous m'obligez à quitter mes collègues* ? Il y a peu de chances qu'il se montre compréhensif.

Rafe l'aide à monter à l'arrière de la voiture. Puis il s'engouffre à son tour dans la limousine, où il l'attire aussitôt sur ses genoux. Il écarte délicatement une mèche du visage d'Ariana et la laisse pleurer dans ses bras.

— Dis-moi ce qui ne va pas, Ari !
— J'adorais ce job. Ça me rend tellement triste de devoir tout quitter, reconnaît-elle.

Rafe se fige un instant, avant de se détendre.

— Tu vas voir, ton nouveau poste va te plaire. Je t'ai affectée au département qui gère les œuvres caritatives. Tu choisiras les associations à qui nous verserons de l'argent. C'est aussi toi qui remettras les fonds et qui étudieras les projets que nous finançons.

Aussitôt, Ari est intriguée, ce qu'elle se garde bien de montrer. Pourtant, ses larmes cessent de couler, la curiosité prenant le pas sur la tristesse. Elle lève la tête pour regarder Rafe dans les yeux, puis elle demande : « Est-ce que c'est un poste créé spécialement pour moi ? », en priant pour que ce ne soit pas le cas. Elle veut se sentir utile.

— Non. C'est un service qui compte déjà six personnes, et il en faudrait une dizaine. Simplement, je me montre très difficile dans le recrutement de cette équipe. Certaines des personnes que nous soutenons ont vécu des épreuves très dures. C'est pourquoi il leur faut des interlocuteurs d'une grande gentillesse, avec infiniment de compassion. Dès que tu m'as parlé d'un job, j'ai su que tu serais parfaite dans ce service.

Qu'il est difficile de le détester quand il est aussi gentil! Elle ne s'attendait pas à aimer son nouveau job. Pourtant, elle doit reconnaître qu'elle brûle d'en savoir davantage. Peut-être que ce sera passionnant.

— Je ne sais pas si je dois prendre ça pour un compliment ou une insulte, répond-elle avec un sourire.

— Je t'assure, Ari, que j'apprécie beaucoup la compassion dont tu sais faire preuve. Ça n'est pas donné à tout le monde. Et si nous allions dîner dans un bon restaurant pour fêter ton nouveau poste? Je ne suis pas toujours le tyran que tu t'évertues à voir en moi.

Tout en se demandant ce qu'il cherche à lui faire dire, Ariana estime préférable de ne pas anéantir sa bonne humeur. Puisqu'elle doit passer les mois à venir à ses côtés, autant qu'ils soient en bons termes, non? Cela ne sera pas toujours le cas – ils sont bien trop têtus l'un et l'autre – mais elle peut bien s'amuser le temps d'une soirée sans culpabiliser.

— Bonne idée. Je suis pressée d'en savoir davantage, concède-t-elle.

Durant le trajet vers le petit restaurant de fruits de mer auquel Mario les conduit, Rafe lui donne davantage de précisions sur son nouveau travail. Ariana a de plus en plus hâte de découvrir son poste. Peut-être qu'après tout, certains changements dans sa vie ne seront pas aussi terribles qu'elle le craignait…

soumission

Pendant quelques heures, Ariana oublie qu'elle se trouve là contrainte et forcée. Elle oublie qu'elle a dû quitter un job qui lui plaisait, elle oublie même qu'elle ne le porte pas dans son cœur.

Le dîner est excellent et elle se surprend à éclater de rire à plusieurs reprises. Lentement, le mur qu'elle a érigé pour se protéger le jour où leurs chemins se sépareront commence à vaciller.

13

Ariana laisse tomber son sac à main sur la console près de l'entrée, avant de s'avancer dans l'appartement. Cela fait deux jours qu'elle n'a pas vu Rafe, ce qui est inhabituel. Elle se demande où elle en est. Par moments, elle tient à lui. À d'autres, elle ferait tout pour ne plus jamais le revoir.

Ses sentiments s'emballent, et la confusion s'empare d'elle. Elle l'a prié de lui laisser un peu de temps pour elle, sans le voir. Ariana se surprend à constater que Rafe, qui a respecté son souhait, lui manque. Elle ne peut même pas lui reprocher de se comporter en tyran, comme elle pensait qu'il le ferait. Car à bien des reprises, il a accédé à ses demandes.

Comment va-t-elle pouvoir tenir trois mois, dans cet état de confusion mentale permanente?

— Tu as passé une bonne soirée?

Ariana sursaute. C'est dimanche soir, et il est rare qu'il vienne la voir ce jour-là, respectant son désir d'avoir une journée de congé. Elle n'est pas sûre de ce que sa présence lui inspire.

— Oui. J'ai vu les filles. Nous avons dîné ensemble, puis nous sommes allées danser.

Le regard de Rafe se noircit lorsqu'elle parle de danser. Comment lui en vouloir? Trop souvent, quand elle sort avec Amber, Miley et Shelly, elle boit trop, avant de se retrouver dans des situations périlleuses, voire plus.

soumission

— J'ai bu des sodas toute la soirée. Ne me lancez pas ce regard! s'exclame-t-elle avec un sourire.

— Parfait. Il faut que tu sois sobre pour la suite du programme. Tu te souviens du service que tu m'as promis?

— Quel service? demande-t-elle, surprise.

— Le pari que tu as perdu à Central Park!

Ari n'en revient pas. Il a triché!

— De quoi s'agit-il? demande-t-elle, méfiante.

La lueur d'excitation qui brille dans les yeux de Rafe n'augure rien de bon. Il va parfois trop loin. Lorsqu'elle a refusé ce qu'il exigeait d'elle, il a toujours respecté sa décision, mais elle se demande d'où lui viennent toutes ces idées…

— Je te sens plus à l'aise vis-à-vis de moi, Ari, mais je sais aussi qu'il t'arrive d'être inquiète. Je connais ta peur de l'inconnu, c'est pourquoi je veux te montrer que les choses sont bien pires dans ton imagination que dans la réalité.

— Qu'est-ce que vous allez faire? demande-t-elle avant de reculer de quelques pas en le voyant se lever.

— Quelque chose qui va t'apporter beaucoup de plaisir.

— Ça n'est pas une réponse, Rafe. Je veux savoir exactement ce que vous entendez faire, lance-t-elle en reculant davantage.

Les yeux brillants, Rafe la suit, du pas lent et calme de l'homme assuré de parvenir à ses fins.

— Est-ce que tu me fais confiance?

— Non.

Il s'arrête net, comme si elle l'avait frappé au visage. Ariana cesse de reculer en voyant son air blessé. Lui fait-elle confiance? Au fond, il ne lui a jamais fait de mal. Il a tenu toutes ses promesses et il lui a donné du plaisir, au-delà de ses fantasmes les plus fous.

soumission

Alors, lui fait-elle confiance ? Elle doit reconnaître que la réponse est oui.

— En fait, c'est faux, Rafe. Vous ne m'avez jamais fait de mal. C'est juste que j'ai peur, reconnaît-elle.

En un clin d'œil, il la rejoint et passe la main sur sa joue.

— Je ne te ferai jamais de mal, je te l'ai promis.

L'envie de le contredire la démange. Peut-être ne lui fera-t-il jamais mal physiquement, mais qu'en est-il de son cœur ? C'est sûr, il va le briser, et la douleur sera bien pire qu'une fracture. Oui, Rafe va lui faire mal – ce n'est qu'une question de temps – mais elle en est venue à accepter cette idée. Il est comme il est et elle suffisamment idiote pour éprouver des sentiments pour lui. Le jour où il la quittera pour de bon, son cœur sera en miettes et elle ne pourra s'en prendre qu'à elle-même.

— Je sais que vous n'avez pas l'intention de me faire du mal. Qu'attendez-vous de moi ?

Les yeux de Rafe brillent de nouveau lorsqu'il la conduit dans la pièce vide de l'appartement. Il allume la lumière. Interloquée, Ariana secoue la tête, rouvre les yeux et regarde partout dans la pièce. Elle a encore du mal à comprendre.

— Ne t'inquiète pas. Ce soir, j'ai prévu d'aller encore plus loin avec toi. Remets entièrement ton corps entre mes mains et fais-moi confiance ! Je vais te faire décoller et tu connaîtras un plaisir infini, chuchote-il à son oreille, tout en commençant à relever le bas du chemisier d'Ari.

Ariana a envie de lui dire d'arrêter, de tourner les talons et de sortir de la pièce. Mais avoir seulement cette possibilité lui donne l'assurance nécessaire pour rester, tandis que Rafe lui enlève son haut en le faisant passer au-dessus de sa tête. Puis

soumission

ses mains redescendent et se posent sur ses clavicules, où il fait courir ses doigts.

Ariana frissonne lorsque les mains de Rafe passent sur sa poitrine, effleurant à peine la dentelle qui la couvre. La pointe de ses seins durcit instantanément en se tendant vers lui, avide de ses caresses.

Il fait glisser ses mains sur le plat du ventre d'Ariana. Lorsqu'il déboutonne son jean et commence à faire descendre la fermeture, elle en a la chair de poule. Il se plaque contre son dos, elle perçoit clairement son excitation.

Il poursuit ses gestes lents pour glisser ses doigts dans le jean d'Ari, qu'il tire vers le bas, avec sa culotte. Du bout du pied, il écarte les vêtements, puis il fait remonter ses mains sur les flancs d'Ari. Il la penche délicatement vers l'avant, afin de pouvoir dégrafer son soutien-gorge. En un clin d'œil, elle se retrouve entièrement nue. Les mains de Rafe se mettent à explorer son corps.

— Non… gémit-elle, tandis que ses genoux commencent à flancher.

— Chut… Laisse-toi aller, lui chuchote-t-il à l'oreille, tout en faisant glisser une main jusqu'à son ventre pour l'attirer contre lui, qui est encore habillé.

Tandis qu'une main la maintient plaquée contre lui, l'autre la caresse. Elle passe sur ses seins, pince ses mamelons. Puis ses doigts descendent et glissent sur son sexe.

Ses lèvres dessinent une succession de baisers sur l'épaule d'Ariana. Il la mordille doucement. Il veut marquer son corps, elle lui appartient. Elle tente de se retourner, mais il la maintient fermement, pour poursuivre son supplice érotique.

Il se plaque derrière elle, l'obligeant à avancer. La gorge d'Ariana se noue en découvrant ce qui l'attend.

soumission

— Fais-moi confiance, lui souffle-t-il en guise d'encouragement, tout en lui soulevant le bras pour le glisser dans une entrave en cuir couverte de fourrure.

Il l'attache ensuite à une chaîne suspendue à un grand cercle de métal muni de deux anneaux. Ariana se dit que cet accessoire ressemble à un anneau entourant un globe terrestre. Sauf qu'en l'occurrence, c'est elle qui est à la place du globe.

Elle s'appuie contre lui, tandis qu'il lui attache un poignet, puis l'autre. Sans lui laisser le temps de bouger, il se baisse pour lui attacher les chevilles avec des liens en cuir comparables. Puis il les fixe sur la structure ronde, laissant Ariana debout, les jambes écartées, à l'intérieur du cercle métallique. Elle tire sur ses entraves pour tenter de se détacher, en vain. Elle est immobilisée, incapable de bouger.

Il pousse doucement la structure métallique qui se balance légèrement, solidement maintenue par une chaîne en acier accrochée au plafond. Rafe peut désormais faire pivoter Ariana dans toutes les directions, tout en la laissant attachée. Le cercle à l'arrière est immobile, maintenant son corps avec une structure en cuir tressé qui permet de l'immobiliser tout en offrant l'accès à son dos.

— Qu'est-ce que vous allez faire? gémit-elle en le voyant se redresser.

La bouche remonte sur l'intérieur de sa cuisse, puis ses lèvres viennent se poser sur ses secrets les plus intimes.

— Tout, répond-il.

Quelques caresses expertes prodiguées avec sa langue laissent Ariana haletante. Toute sa peur s'est envolée. Il passe la main dans son dos pour l'attirer contre lui, plus près de sa bouche, pour la dévorer d'un interminable baiser. Ariana se redresse, avec le sentiment d'une lumière aveuglante derrière ses yeux, tandis qu'elle tire sur les entraves qui la retiennent.

— Oh, Rafe, je vous en supplie, gémit-elle tandis qu'il glisse ses doigts en elle pour exercer des va-et-vient calés sur les mouvements de sa langue.

Toutes ces sensations ont rapidement raison d'Ari, qui perd tout contrôle et sent qu'elle se contracte pour atteindre le sommet du plaisir.

En rouvrant les yeux, elle constate que Rafe a disparu. Paniquée, elle regarde autour d'elle, en se demandant ce qu'il mijote. Une éternité plus tard, il revient dans la pièce, totalement nu. Il tient à la main un objet qu'Ariana ne parvient pas à identifier dans l'obscurité.

Lorsqu'il s'approche, Ariana reconnaît un battoir. Aussitôt, la panique la submerge. Il lui a pourtant promis... S'il l'a souvent obligée à transgresser ses limites, il ne lui a jamais fait de mal... et là, il tient à la main un objet destiné à provoquer la douleur.

Ariana tire sur ses entraves, tandis que son inquiétude cède la place à une véritable panique. Il faut qu'elle quitte immédiatement cette pièce. Et si Rafe était bel et bien le monstre pour lequel elle le prenait au début?

14

— Mais vous aviez promis de ne jamais me faire de mal, implore-t-elle en tirant sur ses entraves.

Rafe s'interrompt. Découvrant une larme qui coule sur la joue de la jeune femme, il devient livide. Peut-être cela va-t-il l'inciter à renoncer à ce qu'il s'apprête à faire ? Effrayée, elle continue à tirer sur les entraves qui retiennent ses mains et ses jambes, pour tenter de les détacher.

— Arrête ça, ordonne-t-il d'une voix ferme mais douce. Je n'ai qu'une parole, Ari. Je veux aller plus loin pour te faire découvrir des plaisirs inédits. Je veux t'embarquer dans une spirale de la jouissance, si folle que tu en perdras la tête. Et tu me supplieras de continuer. Je ne te ferai aucun mal.

Sans dire un mot, elle fixe le battoir. Rafe marque un temps d'arrêt, et semble réfléchir.

— Tu me fais faire des choses que je n'ai jamais eu envie de faire jusque-là. Pour toi, j'accepte des compromis, ce que je ne suis pas certain d'apprécier.

Il s'avance vers elle, puis fait glisser sa main sur le bras d'Ari, suscitant du plaisir partout où passe sa caresse. Puis il détache son bras droit. Pleine d'espoir, elle attend qu'il poursuive, mais il ne détache qu'un bras.

— Je vais te laisser faire une chose que je n'ai jamais permise à aucune femme. Ça sera la seule et unique fois que tu en auras le droit.

Sans un mot, il saisit la main d'Ariana pour y placer le manche du battoir. Les yeux de la jeune femme s'écarquillent, allant de l'accessoire à Rafe. Qu'a-t-il derrière la tête?

— Sens le contact de la fourrure comparé au cuir et vois comme c'est doux. Quand tu la passes sur ta peau, c'est comme un massage. Quand je l'abattrai sur la chair de tes fesses, tu ne ressentiras aucune douleur, juste une pression, qui accroîtra ton plaisir. Ça laissera une légère trace rose sur ta peau, ce qui va m'exciter comme un fou. Mais ce n'est rien comparé à l'effet que cela te fera. Mon plaisir proviendra de l'apogée de ton plaisir. Voir ton corps frémir et sentir que tu jouis me rend dingue.

Le souffle d'Ariana ralentit, les mots commencent à la toucher. Et elle se dit qu'elle a envie qu'il continue, qu'il expérimente avec son corps. C'est sûr, elle va ressentir un plaisir intense, comme il lui en donne toujours, avec dextérité.

— Frappe mon ventre! Tu vas voir que je ne gémis pas, que ça ne fait pas mal. Et tu verras la trace laissée sur ma peau. Tu pourras me frapper aussi souvent que tu le souhaites, pour bien comprendre comment fonctionne cet accessoire. Sache toutefois que c'est une proposition que je ne te ferai qu'une unique fois. Après cette nuit, je ne te le permettrai plus jamais. C'est *moi* qui veux te conduire au firmament de ta passion.

Une étrange excitation s'empare d'Ariana. Du pouvoir. Il lui donne le pouvoir. Ce constat la met dans tous ses états. Sans hésiter une seconde, elle lève son bras libre et fend l'air avec le battoir.

Lorsque la fourrure douce s'abat sur la chair ferme de son partenaire, un claquement remplit l'air. Et une légère marque rosée apparaît sur son ventre.

Elle lève de nouveau le bras pour atteindre la hanche, puis l'autre flanc. Dix coups plus tard, sa peau est rose, sans toutefois comporter de véritables marques.

Un peu essoufflée, Ariana baisse le bras avant de croiser le regard de Rafe. Il soutient son regard, sans tenter de lui reprendre l'accessoire.

Elle n'a aucune envie de reconnaître qu'elle meurt de curiosité. Mais le fait qu'il n'ait pas bronché et qu'il soit resté impassible lui donne envie de découvrir ces sensations. L'appréhension est toujours présente, prête à rejaillir, mais la curiosité est en train de l'emporter.

— Si ça ne me plaît pas, tu arrêteras?

— Ai-je jamais trahi ta confiance, en te faisant des choses que tu ne voulais pas? T'ai-je déjà fait mal? S'il y avait le moindre risque de te faire souffrir, je ne le ferais pas, Ari. Mais pour dissiper ta peur, je t'assure que si tu me le demandes, j'arrêterai, promet-il en tendant la main vers elle.

Après un court instant d'hésitation, elle lui rend le battoir. Rafe semble soulagé. Aussitôt, il rattache le poignet d'Ari.

Rafe fait le tour d'Ari, quittant un instant son champ de vision avant de réapparaître de l'autre côté. Il décrit plusieurs cercles autour d'elle, faisant monter la tension d'Ariana qui est au supplice et qui meurt d'envie de le voir enfin passer à l'action.

Puis il se place derrière elle et elle sent enfin le contact de la fourrure douce sur sa nuque. Il passe le battoir sur son dos, puis sur la courbe de ses fesses avant de remonter le long du dos.

Soudain, il écarte le battoir, puis l'abat sur sa fesse. Le coup inattendu la fait sursauter, puis elle comprend qu'il avait raison: elle n'a ressenti aucune douleur, simplement une légère pression sur sa peau. Il passe la paume de la main à l'endroit où il l'a touchée. Puis Ariana sent le battoir s'abattre sur sa peau, sur l'autre fesse.

Plusieurs fois, elle sent l'accessoire en fourrure s'abattre sur sa peau, aussitôt suivi par la caresse de la main de Rafe. Chaque coup fait tressauter son corps, fait frémir son intimité qui devient de plus en plus humide.

— Ta peau est à peine rose. Par contre, je vois que ton sexe est tout mouillé, que tu te prépares à m'accueillir.

Il passe le battoir sur le sexe d'Ariana, sur ses lèvres gorgées de sang. Elle frissonne à ce contact, qui manque la faire jouir de nouveau.

— Tu aimes ça, Ari. Dis-moi que ça te plaît, lui chuchote-t-il à l'oreille tout en se plaquant contre elle par derrière et en lui caressant le sexe avec le battoir.

— Ça ne ressemble à rien ce que j'aurais pu imaginer. Je… je ne sais pas comment… comment expliquer ce que ça me fait, mais ça me procure un plaisir… indescriptible. Tu avais raison, il n'y a pas de douleur, que du plaisir. Prends-moi! J'ai besoin de te sentir en moi, le supplie-t-elle tandis qu'il soulève de nouveau le battoir pour le passer sur son clitoris.

Ariana pousse un gémissement, proche de l'orgasme.

— Pas encore, Ari. Tu as déjà joui une première fois. Il va falloir patienter un peu, répond-il tout en caressant les lèvres de son sexe.

Il pense peut-être qu'elle n'est pas prête, mais une seule caresse de plus contre son clitoris au comble de l'excitation suffirait à la faire basculer. Elle se garde bien de produire le moindre son, dans l'espoir qu'il lui donnera ce qu'elle attend de toutes ses forces. Un rire dans son oreille lui apprend qu'il a compris son manège.

— Je sais lire dans ton corps, Ari. Je sais parfaitement quand tu t'apprêtes à jouir, je sais ce qui te fait crier et je sais comment te faire décoller. Là, tu fais semblant d'être loin de jouir, mais tu ne m'auras pas. J'y vois clair dans ton petit jeu.

Laissant échapper le battoir de ses mains, il vient se placer devant elle et Ari le dévore des yeux. Son torse est musclé, sa taille fine, ses hanches magnifiques. Et puis il y a cette érection superbe, qui se dresse fièrement devant elle. Elle aurait tant envie de tendre la main, de le toucher, de sentir son goût exquis sur ses lèvres.

Il attrape plusieurs entraves qu'elle n'avait pas remarquées, pour les fixer sur le cercle en métal. Puis il en place une derrière son dos, une autre devant son ventre, en les serrant bien autour de son bassin. Il saisit ensuite le bord du cercle, qui se met à bouger. L'ensemble de la structure commence à tourner, suscitant de nouveau la panique d'Ariana qui tente de s'opposer au mouvement qui l'entraîne.

— Tu es bien attachée, tu ne risques pas de tomber, promis, annonce-t-il.

Rapidement, sa peur s'estompe en voyant Rafe qui s'avance pour placer son érection juste devant la bouche d'Ari. Oui, elle a envie de sentir la peau veloutée de Rafe sur sa langue, de le faire crier de plaisir.

Un instant plus tard, son membre épais vient effleurer ses lèvres. Elle ouvre la bouche pour le recevoir et le lèche pour sentir le goût de son plaisir. Il bascule légèrement le bassin en avant pour s'enfoncer davantage dans sa bouche. Avidement, elle le suce, en le prenant aussi profondément dans sa bouche que possible.

La main de Rafe descend pour lui maintenir la tête, tandis qu'il fait lentement aller et venir ses hanches. Son érection disparaît dans la bouche d'Ariana, puis ressort, humide de salive.

— Oui, Ari, c'est si bon, gémit-il en accélérant son mouvement.

L'extrémité de son sexe vient toucher le fond de sa bouche, jusqu'au haut de sa gorge. Ariana a envie de le prendre complètement dans sa bouche, mais son sexe est trop gros ; impossible de l'enrober tout entier. Comme elle aimerait avoir les mains libres, pour pouvoir l'enserrer fermement tout en le suçant...

Rafe se retire de sa bouche avec un râle et Ariana voit avec délectation le plaisir s'écouler de l'extrémité de son érection. Décidément, susciter de la faiblesse chez cet homme si fort est terriblement excitant.

Il la fait pivoter de nouveau, de manière à la redresser, puis il se plaque contre elle en dévorant ses lèvres. Il plonge sa langue profondément dans sa bouche, tandis que ses mains glissent jusqu'aux fesses d'Ariana pour les agripper. Il presse alors son sexe humide contre l'ouverture d'Ari. Elle tente de bouger contre lui, mais les liens la maintiennent. Elle a tellement envie qu'il la prenne – elle en a assez des préliminaires. Elle veut qu'il la pénètre, maintenant, tout de suite.

Le souvenir du contact de sa langue sur le sexe de Rafe, de ces quelques gouttes annonciatrices de l'orgasme lui donne le vertige.

Rafe s'écarte d'elle, puis il fait de nouveau pivoter le cercle qui la retient prisonnière pour incliner son corps en arrière et exposer le sexe brûlant d'Ari.

Lorsqu'elle a atteint le bon angle, il la pénètre, lui arrachant un cri de plaisir tandis qu'il exerce des va-et-vient. Elle ne le voit pas entrer en elle, mais elle sent que les parois de son sexe l'enserrent, pour l'empêcher de se retirer.

Rafe fait descendre sa main pour dessiner avec son pouce des cercles sur le clitoris rose d'Ari, tout en accélérant ses va-et-vient. Ariana lâche prise, oubliant ses peurs, ses soucis, pour ne penser à rien d'autre qu'à l'extase que lui procure Rafe en prenant le contrôle de son corps.

Il continue à la caresser avec adresse, faisant monter toujours plus la tension, jusqu'à ce qu'elle atteigne de tels sommets qu'elle pense ne plus pouvoir redescendre sur terre. Les gémissements de Rafe, de plus en plus excité, emplissent la pièce, tandis qu'il surfe avec elle sur la vague du plaisir pour exploser au même moment.

Dès l'instant où Ariana vole en éclats entre les mains de Rafe, il la suit pour basculer avec elle dans un plaisir sans fin. Le corps d'Ariana l'agrippe et palpite autour de lui, tandis que leurs gémissements se mêlent.

Lorsque leur corps-à-corps s'arrête enfin, Ariana ne sait plus où elle est. Sans les entraves qui la maintiennent debout, elle se serait effondrée à terre. Faire l'amour avec Rafe la vide complètement, d'une manière si extraordinaire qu'elle se dit que jamais elle ne connaîtra cela avec un autre.

Comment pourrait-elle ressentir une sensation aussi magique que ce qu'elle éprouve dans les bras de Rafe? À peine consciente, Ariana remarque vaguement qu'il détache ses entraves. Elle appuie sa tête sur son épaule, tandis qu'il la soulève pour la porter jusqu'au lit.

Lorsqu'il l'allonge sur les draps frais, elle gémit. Elle ne veut pas le laisser partir. Sa dernière pensée est un choc mêlé de plaisir lorsqu'elle le sent monter dans le lit à ses côtés et se blottir contre elle en la serrant dans ses bras. Elle le sait, elle se réveillera seule. Mais pour le moment, il est là.

15

Ariana sort du lit en gémissant. Elle a des courbatures partout. Jamais elle n'aurait cru qu'on pouvait avoir un appétit sexuel aussi insatiable. Si ses marathons nocturnes doivent se poursuivre, elle va devoir se mettre sérieusement au sport pour être plus en forme.

— Rafe?

Ariana retient son souffle en attendant sa réaction. Constatant qu'elle n'obtient aucune réponse, elle respire. Non pas qu'elle s'ennuie au lit, au contraire : leurs ébats sont extraordinaires. Même trop! Comment peut-on faire autant l'amour en une semaine?

Cela fait maintenant trois semaines qu'elle est la maîtresse de Rafe, et elle n'a passé que quatre jours sans lui – dont deux dus à un déplacement professionnel. Il a bien tenté de la convaincre de renoncer à ses précieux jours de congé, ce qu'elle a refusé catégoriquement, expliquant qu'elle en avait besoin pour se ressourcer. Après chaque jour de congé, il est venu la voir le lendemain matin, pour une séance de rattrapage.

Elle entre lentement dans la cuisine, où elle découvre en souriant une cafetière pleine et un message.

Nous avons un cocktail professionnel ce soir. J'ai réservé une styliste, qui passera te voir à l'appartement à dix heures. Tu ne travailles pas aujourd'hui. Mon chauffeur passera te chercher à midi, pour t'accompagner au salon.

La perspective de se faire tripoter les cheveux et le corps par des inconnues n'enchante guère Ariana, surtout après sa dernière visite au salon, qui ne lui a pas laissé un bon souvenir. On lui a épilé des endroits que personne ne devrait avoir à se faire épiler, ce qui a heurté sa pudeur naturelle. Sa visite chez le médecin, la semaine précédente, a été tout aussi désagréable. Rafe a insisté pour qu'elle consulte ce spécialiste, souhaitant à tout prix éviter qu'une grossesse accidentelle ne vienne perturber leur relation.

Leur relation? Quelle plaisanterie! Jusqu'ici, le seul aspect positif est ce job qu'elle a obtenu et qu'elle apprécie. Consciente qu'il l'a nommée à ce poste uniquement pour lui faire plaisir, elle travaille toutefois le plus dur possible, pour être fière de ses réalisations. La réalité, c'est qu'on lui dicte ses faits et gestes vingt-quatre heures sur vingt-quatre, et qu'elle a exécuté tant de figures du *Kama Sutra* qu'elle a bien du mal à se souvenir de la position du missionnaire.

Le plus perturbant, c'est qu'elle n'est même pas malheureuse. Rafe ne la traite pas mal, bien au contraire. La plupart du temps, il est distant, mais rarement désagréable.

Un coup d'œil à l'horloge lui apprend qu'il n'est que huit heures. Soulagée, elle se dit qu'il lui reste deux heures avant le débarquement de la styliste. Voilà qui lui laisse suffisamment de temps pour prendre un bon bain chaud et détendre ses muscles douloureux.

Elle attrape un roman policier dans la bibliothèque avant de se diriger vers la salle de bains et d'ouvrir le robinet de la baignoire. Elle n'a pas la moindre envie de lire une histoire d'amour – d'ailleurs, croit-elle encore en ce sentiment mythique?

Sa mère le lui a dit et répété : le sexe et l'amour sont deux choses différentes. Elle lui a aussi conseillé de se préserver, car tant de gens confondent les deux. Ariana commence à comprendre comment une telle méprise peut survenir.

Entre les bras de Rafe, elle éprouve des sentiments forts. Quand ensuite il la laisse seule dans son lit, elle est submergée par une immense sensation de vide et ne peut retenir un flot de larmes qui vient tremper son oreiller. Comment pourrait-elle faire abstraction de ses sentiments, alors qu'elle voit cet homme tous les jours?

Ariana se laisse glisser dans l'eau en fermant les yeux, puis elle inspire le parfum délicat de l'huile de mangue. Bientôt, les jets d'eau massent ses jambes et ses reins douloureux. Après quinze minutes jubilatoires dans le bain, à ne rien faire du tout, elle commence à se sentir mieux. Elle prend une gorgée de thé, puis décide d'entamer sa lecture.

Une heure plus tard, Ariana réalise qu'elle n'a pas vu le temps passer et repose à contrecœur *Dôme* de Stephen King. Quel est donc ce champ de force qui a coupé les habitants de cette petite ville du reste du monde? Elle préférerait mille fois passer la journée entière dans la baignoire, plongée dans cette histoire, plutôt que d'assister à une soirée coincée avec un tas d'inconnus prétentieux.

Rafe ayant décidé de faire d'elle sa chose, tel un marionnettiste tirant les ficelles de sa vie, elle n'a pas le choix. Que se passerait-il si elle lui tenait tête? Cette idée la fait sourire. Oui, elle pourrait l'envoyer promener, mais elle sait qu'il honorera sa partie du contrat. Il serait déloyal de ne pas faire un effort de son côté.

Le travail dans le département caritatif de l'entreprise, où elle évalue les lettres de gens sollicitant une aide financière, avant d'y répondre, est très éprouvant. Certains courriers l'ont émue aux larmes.

Ariana a été très surprise du flot de lettres de remerciements qu'ils reçoivent. Non seulement Rafe verse des millions de dollars à de bonnes causes, mais il se rend aussi personnellement sur le terrain. Elle a subtilisé une photo envoyée par une classe d'une école élémentaire. On y voit Rafe entouré d'enfants âgés de six ans. Il porte un T-shirt qu'ils ont manifestement réalisé pour lui, sur lequel figurent les empreintes de leurs petites mains. Dans leur lettre, les enfants le remercient chaleureusement pour son aide, qui leur a permis de financer un voyage de classe.

Les courriers se succèdent, débordant de gratitude. Les causes sont variées : dons d'ordinateurs à un centre pour seniors ou argent permettant le maintien de programmes touchés par des restrictions budgétaires. Indéniablement, Rafe a un cœur d'or. Alors, pourquoi se comporte-t-il ainsi avec les femmes ?

Son ex l'a trompé, et alors ? C'est arrivé à tant d'hommes et de femmes avant lui. Lorsqu'un mariage vole en éclats, c'est souvent en raison d'une infidélité ou de problèmes financiers. Tous les divorcés ne deviennent pas des monstres au cœur froid pour autant.

Ariana découvre peu à peu que Rafe est loin d'être un monstre. Il souhaite simplement que les femmes aient cette

soumission

image de lui. Que se passerait-il si quelqu'un tentait d'ôter quelques épaisseurs de sa carapace?

Aura-t-elle le cran d'essayer? Sincèrement, elle n'en sait rien. Peut-être se comporterait-il de manière odieuse, une fois de trop? Dans ce cas, elle n'aurait sans doute pas l'endurance nécessaire pour chercher à découvrir ce que cache son armure. Sans doute ce scénario-catastrophe est-il plus probable que celui d'un adoucissement de son cœur...

Avec un grand soupir, Ariana sort de la baignoire. À peine a-t-elle fini d'enfiler ses vêtements qu'on sonne à la porte. L'heure est venue de jouer à se déguiser.

Ariana ne voit pas passer les deux heures qui suivent, consacrées à l'essayage de dizaines de tenues. Finalement, la styliste semble satisfaite et libère Ariana de cette épreuve. Laquelle des tenues sélectionnées va-t-elle porter? Elle n'en sait rien et en réalité, elle s'en moque éperdument. Après tous ces essayages, boutonnages et laçages, le salon de coiffure lui fait presque l'effet d'une récréation.

Au lycée et à l'université, Ariana a découvert avec surprise que beaucoup de femmes adorent s'habiller et se faire dorloter... enfin, si on peut appeler ça ainsi. Cependant, cela n'a jamais été son cas. Elle s'est toujours passionnée davantage pour ses études que pour les dernières nouvelles de la mode parisienne. Tout ça lui paraît si futile.

En revanche, Ariana est capable de consacrer du temps à la quête du jean parfait: le jean qu'on enfile et qui vous va comme s'il avait été réalisé sur mesure. Elle en possède un qu'elle adore. Il date d'avant l'époque où elle s'efforçait à tout prix de cacher ses courbes. Lorsqu'elle l'enfile et qu'il moule ses fesses, elle se sent mince et sexy. Oui, elle préfère un beau jean à une robe en soie. Ariana sourit en formulant cette idée.

Elle décide d'emporter son livre au salon de coiffure. Ainsi, se faire tirer, lisser et tordre les cheveux dans tous les sens la dérangera moins. Elle se plonge de nouveau dans le roman, oubliant le brouhaha des cancans autour d'elle. Lorsqu'elle lève les yeux de son livre, cette seconde épreuve est terminée, elle aussi.

Ariana rentre à l'appartement où elle enfile la robe en satin doré préparée pour elle, avant de se regarder dans la glace. Elle doit reconnaître qu'elle est conquise. Elle est loin d'être vaniteuse, mais là, elle se trouve belle. Lentement, elle s'approche du miroir et se regarde, de la tête aux pieds.

Une partie de ses cheveux a été relevée, pour dégager son visage, les autres boucles sont lâchées et tombent en cascade dans son dos. Et la robe? Les mots lui manquent pour la décrire. Le vêtement épouse ses courbes comme une seconde peau, avec un décolleté dangereusement plongeant et une échancrure presque indécente dans le dos. Un centimètre de tissu en moins, et la robe dévoilerait des parties de son anatomie qui ne sont pas destinées à être exposées en public.

La maquilleuse, quant à elle, l'a métamorphosée. Avec ces yeux sombres et ces lèvres roses, Ariana a presque un petit côté exotique. Regard mystérieux, boucles en cascade et robe dorée: elle se sent comme une princesse d'un autre temps. Il ne manque plus qu'un chevalier qui viendrait la secourir dans son donjon.

Tandis qu'elle se tourne devant le miroir, pour voir l'effet des talons de dix centimètres qu'elle vient d'enfiler, elle

soumission

se sent invincible. Un peu de futilité a du bon, finalement, se dit-elle en riant. Peut-être cette journée n'aura-t-elle pas été totalement dépourvue d'intérêt (ni la nuit à venir, d'ailleurs).

D'un pas plus chaloupé que d'habitude, Ariana rejoint l'ascenseur et descend dans le hall, avec un large sourire. Rafe est retenu au bureau, il la rejoindra sur place. Elle est curieuse de découvrir sa réaction en la voyant. Son éprouvante journée de préparatifs lui vaut un compliment.

— Bonsoir, mademoiselle Harlow. Vous êtes très en beauté ce soir.

— Merci beaucoup, Mario. Je redoutais vraiment cette journée de préparatifs, mais cette robe m'a tout fait oublier, répond-elle en riant.

— La robe est magnifique, mais sur vous, elle devient sublime.

— Mario, vous êtes un charmeur, dit-elle en prenant la main qu'il lui tend pour l'aider à monter à l'arrière de la voiture.

— Je pense que ma femme ne serait pas ravie d'entendre cela, répond-il en plaisantant avant de fermer la portière et de contourner la voiture pour s'installer au volant.

— J'ignorais que vous étiez marié, Mario. Votre épouse a beaucoup de chance d'avoir un mari comme vous.

— Je pense qu'elle serait entièrement d'accord avec vous certains jours, et un peu moins parfois!

Ariana adore la manière dont Mario sait la mettre à l'aise. C'est un homme d'une grande gentillesse, dont le seul défaut est de refuser de l'appeler par son prénom! Elle s'est disputée avec lui à ce sujet bien des fois. À quoi bon revenir sur le sujet par cette belle soirée?

soumission

Ils discutent un instant, puis Ariana replonge dans ses pensées. Elle se demande si Rafe va la trouver à son goût. Puis aussitôt, s'en fait le reproche.

16

Rafe jette un coup d'œil à sa montre, pour la énième fois. C'est parfaitement ridicule. Il se moque totalement d'être en retard à cette soirée à laquelle il n'a pas la moindre envie de se rendre. Alors, pourquoi ne cesse-t-il de regarder l'heure?

Sa vie est totalement sens dessus dessous. Il n'arrive même plus à assister à une réunion sans penser en permanence à Ari. Et voilà que maintenant, il traverse la ville à toute allure pour la rejoindre à une soirée qui promet d'être d'un ennui mortel.

Il est en train de perdre le contrôle. Le pire, c'est qu'il s'en moque, la plupart du temps. En présence d'Ari, il se sent vivant, il a le sentiment que tout devient possible. Malgré ses efforts pour ne pas s'attacher à elle, il suffit d'un sourire de cette femme pour le séduire.

La situation est parfaitement absurde, il le sait. Mais il ne peut s'empêcher de regarder sa montre, une fois de plus.

— Dans combien de temps arrivons-nous?

— Nous y serons dans cinq minutes, monsieur Palazzo.

Rafe a envie de hausser le ton et d'ordonner au chauffeur d'accélérer, mais il se force à se caler confortablement dans son siège pour se servir un verre. S'il ne veut pas plaquer Ariana contre le mur dès qu'il l'apercevra, il va lui falloir une bonne dose de bourbon.

soumission

Son appétit sexuel n'a jamais été aussi intense. Il la désire, nuit après nuit, sans interruption, hormis ces maudits dimanches qu'elle a tenu à se réserver. Elle ne s'en rend certainement pas compte, mais il se retient. Il voit bien que son corps est endolori, même si elle ne se plaint pas. Elle continue à lui tenir tête, elle est la pire soumise qu'on puisse imaginer, mais elle le rend… heureux.

Sitôt la limousine devant le bâtiment, Rafe ouvre la portière, sans laisser au chauffeur le temps de faire le tour pour lui ouvrir. Il bondit et se précipite dans l'élégant country club.

La soirée a été organisée pour célébrer le contrat unissant sa société à une entreprise d'électronique étrangère, une fusion qui créera des dizaines de milliers d'emplois et générera des milliards de chiffre d'affaires, dans les deux pays. Rafe devrait aller rejoindre ses nouveaux partenaires, et non scruter la foule des invités à la recherche d'une petite friponne aux cheveux sombres qui le met dans tous ses états.

Il attrape deux flûtes de champagne sur le plateau d'un serveur, puis il fend la foule, déterminé à trouver Ariana. Il faut absolument qu'il la voie cinq minutes en privé. Ensuite, il aura retrouvé ses esprits et sera en état de discuter avec ses investisseurs.

En entrant dans un salon, il entend le rire d'Ari, et toutes ses appréhensions s'envolent aussitôt. Puis il la voit. Un court instant, Rafe reste immobile, comme pétrifié, serrant trop fort les flûtes à champagne. La beauté d'Ariana est à couper le souffle.

Ariana lui fait face, vêtue d'une robe dorée qui met parfaitement en valeur toutes ses courbes. Il admire son teint d'albâtre, tout juste rehaussé de ce qu'il faut de maquillage pour mettre en valeur ses yeux de braise et ses lèvres charnues.

Lorsqu'elle éclate de rire en jetant la tête en arrière, le ventre de Rafe se serre en découvrant son décolleté sublime, mis en valeur par la coupe irréprochable de sa robe. Lorsque l'interlocuteur d'Ariana lève le bras pour lui caresser l'épaule, le désir cède la place à la fureur.

Ariana lui appartient... et un type vient de commettre une regrettable erreur, en posant la main sur elle.

Rafe traverse rapidement la foule des invités, ignorant les quelques personnes qui tentent de lui adresser la parole. Ariana ne le voit pas arriver, jusqu'à ce qu'il lui attrape le bras pour l'éloigner de son interlocuteur.

— Rafe! Quel manque de correction. J'étais en train de discuter avec quelqu'un, proteste-t-elle.

— Fin de la conversation, rétorque-t-il en la tirant par le bras, pour lui faire traverser toute la salle et l'éloigner de cet homme avant que sa colère n'explose.

— Mais qu'est-ce qui se passe? demande-t-elle tout en le suivant à grand-peine sur ses talons hauts.

Rafe s'apprête à lui répondre, mais lorsqu'il la fait passer devant lui pour lui faire franchir une porte, il découvre l'arrière de la robe. Cette peau dévoilée aux regards masculins fait encore monter d'un cran sa colère.

Inutile de dire que la styliste sera virée.

— Qu'est-ce qu'il y a? Pourquoi vous comportez-vous ainsi? demande-t-elle tandis qu'il l'entraîne sur les marches de la terrasse, avant de s'avancer sur la pelouse.

Apercevant un petit chemin isolé, il l'emmène dans cette direction. Puis il trouve une petite alcôve avec un banc, dans laquelle il l'attire pour la plaquer contre lui.

soumission

— Tu m'appartiens! Ne l'oublie jamais, gronde-t-il avant de plaquer ses lèvres sur celles d'Ari. Son baiser brûle de désir, d'une soif de possession, d'une faim sans limites. Il voudrait la marquer au fer rouge, s'assurer qu'elle ne regardera plus jamais un autre homme.

Rafe le sait, la jalousie le ronge, mais il ne peut se maîtriser. Ses mains saisissent les hanches d'Ariana tandis qu'il la serre contre lui, contre son érection d'acier. Puis il se recule et s'assied sur le banc, avant d'attirer Ariana vers lui, pour qu'elle se tienne debout entre ses cuisses.

La colère qui bouillonne toujours en lui se mêle à une passion dévastatrice qui parcourt son érection. Rafe se penche en avant et saisit le bas de la robe d'Ari, qu'il remonte pour dégager ses magnifiques hanches. Il maudit la semi-pénombre qui l'empêche d'admirer toute la beauté d'Ari.

— Viens sur moi! ordonne-t-il en l'attirant vers lui.

Ariana trébuche, mais il la rattrape et l'aide à s'installer sur ses cuisses musclées.

Sentir Ariana le chevaucher le met dans tous ses états. Il passe les mains sur le dos de la jeune femme, puis s'enivre du parfum de sa nuque.

— Personne ne doit te voir dans cette robe à part moi, gronde-t-il.

— Ça n'est qu'une robe, Rafe, souffle-t-elle.

Surpris, il lève la tête pour la regarder dans les yeux. Toutefois, l'éclat de la lune ne lui permet que de discerner les contours de son visage.

— Tu as raison, Ari, ça n'est qu'une robe mais sur toi, le tissu prend vie et sublime tes courbes. Dès lors, tous les hommes présents dans la pièce n'ont plus qu'une idée en tête:

t'emmener chez eux et te faire l'amour, toute la nuit. Or c'est un droit qui n'appartient qu'à moi.

Ariana frissonne dans ses bras et se penche vers lui. Il ne résiste pas à la tentation de prendre sa bouche tout en se déshabillant. Au diable les préliminaires, il n'a qu'une envie, plonger profondément en elle. Pourvu qu'elle soit prête, se dit-il, car il est à deux doigts d'exploser.

— Prends-moi, Rafe! Montre-moi que je t'appartiens, supplie-t-elle tout en agrippant les épaules de Rafe.

Un immense soulagement le submerge, tandis qu'il retire son pantalon. Ses mains reviennent sur les hanches d'Ariana pour baisser sa culotte. Puis il se plaque contre le sexe palpitant, humide, accueillant.

— Tu es à moi, gronde-t-il, saisissant les hanches d'Ariana pour la pénétrer si profondément que leurs corps ne font plus qu'un.

Déterminée à prendre l'initiative, Ariana saisit les épaules de Rafe et se met à bouger, pour monter et descendre le long de son sexe. Ses hanches ondulent, tourmentant son partenaire d'un plaisir exquis. Elle n'est pas pressée. Elle prend tout son temps et gémit à chaque mouvement.

— Plus vite! exige-t-il.

Ariana s'immobilise pour se pencher en avant et embrasser sa nuque. Ses lèvres glissent lentement jusqu'à l'oreille de Rafe, pour en lécher le lobe.

— Tu ne sais donc pas que l'important, c'est le chemin? Écoute! Tu entends la musique?

Ses paroles étranges le troublent, jusqu'à ce qu'elle commence à onduler des hanches, pour monter et descendre au rythme du slow qui leur parvient depuis le country club.

— Oh oui! Tu n'as pas idée de ce que tu es en train de me faire subir… gémit-il en penchant la tête en avant pour passer sa langue dans le décolleté d'Ari.

Les gémissements de plaisir d'Ariana l'incitent à poursuivre. Il écarte le tissu délicat avec ses dents, sans s'inquiéter d'abîmer la robe. D'un mouvement d'épaule, Ariana fait glisser une bretelle. Le tissu s'écarte, livrant un sein nu à la bouche de Rafe.

Habituellement, Rafe n'aime pas faire l'amour dans le noir. Il aime voir sa partenaire basculer dans les affres du plaisir. Comme il ne voit pas grand-chose, ses autres sens prennent le relais. Il ouvre grand ses oreilles et emplit sa bouche des saveurs d'Ari, pour se concentrer pleinement sur ses gémissements et le goût de sa peau.

D'un mouvement de la mâchoire, il fait glisser la robe un peu plus bas. Sans attendre, il aspire dans sa bouche la pointe exquise de son sein, qu'il suce avidement.

Le rythme de la musique s'accélère, et Ariana suit le mouvement. Elle se met à bouger plus vite, descendant sur lui à chaque battement de la basse, jusqu'à ce que Rafe, totalement essoufflé, approche de l'orgasme.

Il lève la main pour baisser l'autre bretelle et faire glisser la robe plus bas, exposant ainsi les deux seins d'Ariana dont il se régale. Il passe de l'un à l'autre pour titiller les pointes, ce qui lui arrache des cris de plaisir.

Elle est à lui, il peut faire d'elle ce qu'il veut.

Et ce qu'il veut, c'est lui donner du plaisir.

— Je veux t'entendre crier mon nom, chuchote-t-il avant de prendre sa bouche, glissant sa langue entre les lèvres d'Ari.

Mais cela ne lui suffit pas, il est insatiable.

soumission

— Maintenant, Ari. Je sens ta chaleur autour de moi, je n'arrive plus à me retenir, lance-t-il, en agrippant le dos d'Ari.

— Oui… Rafe, viens… je suis prête, répond-elle en haletant, avant de pousser un gémissement.

Des étoiles explosent devant les yeux d'Ariana qui se laisse tomber sur Rafe dont l'érection est profondément enfouie en elle, dans son sexe qui palpite. Leurs gémissements se fondent pour ne former qu'un.

Des tremblements continuent à parcourir le corps de Rafe bien après la fin de son explosion. Ce que cette femme lui fait est criminel. En cet instant précis, il comprend qu'il ne pourra pas la laisser partir… jamais.

Rafe la garde serrée tout contre lui tandis que leurs corps se détendent. Le sexe humide d'Ariana l'enserre toujours. Il a beau se dire qu'ils doivent se détacher, qu'ils doivent bouger, il ne parvient pas à dénouer ses bras.

Il ne veut pas la lâcher, mettre entre eux la distance qu'il s'efforce d'observer après l'amour. Ce qu'il veut, c'est la tenir dans ses bras et s'endormir, afin qu'ils puissent se réveiller ensemble le lendemain matin pour recommencer, encore et encore.

Rafe ne comprend pas ce qui lui arrive mais plus il est aux côtés d'Ari, plus il se moque de comprendre.

Il sent Ariana qui s'affaisse contre lui, et sourit. Bien que la nuit se rafraîchisse rapidement et que leurs deux corps soient encore unis, elle est tellement détendue qu'elle s'est assoupie dans ses bras.

Il s'en veut de la déranger, mais il n'a pas le choix.

— Ari, nous devons repasser par les salons pour rejoindre la voiture. Je te raccompagne chez toi.

— Mmm, grogne-t-elle pour toute réponse.

À contrecœur, Rafe la soulève pour l'écarter de lui, éprouvant une sensation de vide inhabituelle lorsqu'il se retire. Elle grommelle en émergeant à moitié de son sommeil, mais sans protester outre mesure.

Rafe remet leurs vêtements, puis ouvre la porte sur le chemin qui mène à l'entrée du bâtiment. Moins d'une minute plus tard, son chauffeur avance la voiture, et Rafe s'engouffre à l'arrière. Il prend Ariana sur ses genoux et la tient dans ses bras, où elle se rendort, la tête appuyée contre l'épaule de Rafe.

Il incline la tête en arrière, en se demandant ce qui lui arrive. Il est fou de sa maîtresse, les sentiments que cette femme lui inspire deviennent trop forts pour qu'il accepte aisément cette réalité.

17

Installé dans sa boîte de nuit préférée, Shane jette un regard circulaire autour de lui et constate qu'il ne ressent que de l'ennui. Il devrait repartir prochainement en Amérique du Sud, mais divers événements l'ont contraint à différer son départ. De plus, la présence de Lia aux États-Unis ne l'aide pas à se conformer à sa décision de garder leur relation purement platonique.

Après sa sortie de l'hôpital, il a dû se faire violence pour ne pas aller prendre de ses nouvelles. Les parents de Lia sont venus à son chevet, mais ils sont repartis chez eux. Et Rachel passe la voir régulièrement. S'il allait lui rendre visite, un jour où elle est seule, il ne répondrait pas de ses actes. Pour lui, être aussi dingue d'une fille, à l'âge de trente ans, est une hérésie.

— Salut, beau gosse. Ça fait longtemps qu'on ne t'a pas vu par ici.

Shane se retourne, en affichant automatiquement son sourire le plus étincelant. Pour lui, séduire est une seconde nature, un réflexe.

— Salut, Gwen. J'ai eu beaucoup de travail ces derniers temps, malheureusement. Ne me dis pas que tu es toute seule ici?

— Mon rencard s'est révélé d'un ennui mortel. Mais ma soirée se présente beaucoup mieux depuis que je t'ai vu. Bon, tu m'offres un verre ? Je suis très en beauté ce soir, j'espère que cela ne t'aura pas échappé ! remarque-t-elle, la bouche en cœur.

Shane lève la main et aussitôt, le serveur se précipite à sa table. Décidément, se dit-il, laisser de généreux pourboires est une technique infaillible…

— Ça sera un Manhattan pour mademoiselle. Quant à moi, resservez-moi la même chose.

Le serveur repart en direction du bar tandis que Gwen s'assied, en plaquant son buste contre le bras de Shane. Un autre soir, il aurait sans doute été ravi de la ramener chez lui pour assouvir cet appétit sexuel qui ne le quitte plus désormais. Mais depuis le baiser échangé avec Lia, il n'arrive plus à se motiver pour les aventures d'une nuit qui étaient son quotidien. À ce rythme-là, il n'aura peut-être plus jamais de relations sexuelles ? Cette perspective peu réjouissante l'incite à se tourner vers Gwen, pratiquement installée sur ses genoux.

— Tu m'as manqué, Shane. Depuis toi, personne ne m'a vraiment fait prendre mon pied, pas une seule fois, affirme-t-elle tout en passant ses longs ongles rouges sur le torse de Shane. Arrivée à la hauteur de sa braguette, elle poursuit sa descente, mais Shane lui attrape la main avant qu'elle aille plus loin.

— Dis donc, tu n'y vas pas par quatre chemins, Gwen…

— Je suis ultra-excitée, mon chéri. Le simple fait de te regarder me met dans tous mes états. À quoi bon tourner autour du pot ? Tu es le meilleur amant que j'aie eu depuis des lustres, et j'ai bien envie de remettre ça.

Shane entend un hoquet. Levant les yeux, il voit le serveur qui transpire à grosses gouttes. Ses mains tremblent tandis qu'il pose leurs consommations sur la table. Le pauvre, à peine majeur, a les yeux rivés sur le décolleté généreux de

soumission

Gwen. Comment lui en vouloir? Le moins qu'on puisse dire, c'est que Gwen ne cache pas ses atouts.

— J'ai toujours apprécié ton franc-parler, Gwen, mais il ne se passera rien ce soir, répond-il en saisissant son verre.

— Il ne faut jamais dire jamais, ronronne-t-elle en prenant elle aussi sa boisson.

Tandis que Gwen continue à se frotter contre lui, Shane parcourt des yeux la piste de danse. Serait-il trop vieux désormais pour jouer à ces petits jeux qu'il appréciait tant autrefois? Peut-être. Ce qui est sûr, c'est qu'il n'arrive plus à s'intéresser à son ancienne conquête.

Gwen continue à se tortiller contre lui. Alors que le malaise qui s'installe entre eux devient palpable, le regard de Shane croise celui de Lia, sur la piste de danse bondée. Soudain, cette soirée qui s'annonçait morne devient excitante. Une émotion vient le sortir de l'apathie dans laquelle il était plongé... Malheureusement, cette émotion est de la colère.

Quand est-elle arrivée? Et quelle est donc cette tenue?

Les yeux de Shane s'écarquillent en découvrant cette robe noire qui la moule comme une seconde peau. Si son frère voyait cela, il la tuerait.

Lia est collée contre un abruti qui la pelote. Shane se demande s'il va aller lui flanquer un coup de poing ou se contenter de hisser Lia sur son épaule pour la ramener chez elle, en la laissant se débattre et hurler. En cet instant précis, quelqu'un le bouscule, faisant déborder son verre.

— Salut, beau gosse. Je suis contente de te voir. Lia m'a traînée ici, puis elle est partie draguer un banquier drôlement mignon. Du coup, je tiens la chandelle.

— Ma belle, ici aussi vous tenez la chandelle, lance Gwen.

— Content de te voir, Rachel, répond Shane.

soumission

— Oh, désolée… Je vous dérange, n'est-ce pas? Simplement, je n'ai pas vraiment envie de rester toute seule dans cette boîte, où il y a à peu près autant d'hormones sexuelles dans l'air que d'oxygène, remarque Rachel qui ouvre de grands yeux innocents tout en faisant une moue boudeuse.

Shane se retient de sourire. Rachel est une comédienne hors pair. Elle maîtrise à merveille le rôle de la jeune fille innocente. Elle sait aussi lui faire oublier sa mauvaise humeur. Cette jeune femme si vivante possède une exubérance contagieuse. Décidément, le regard qu'il porte sur elle est bien différent de ce que lui inspire Lia.

— Bien sûr que non, tu ne me déranges jamais. Qu'est-ce que tu veux boire?

— Merci! Je meurs de soif. Je vais prendre un martini et des ailes de poulet. Lia m'a vanté la cuisine de ce bar, avant de disparaître sur la piste de danse, guidée par ses hormones. Et moi, j'ai une faim de loup, même si j'ai des doutes sur la qualité de la cuisine.

Le regard de Shane se tourne de nouveau vers Lia, qui ne regarde plus dans sa direction. Maintenant, elle se frotte contre un autre garçon, apparemment ravi de son sort. Les poings de Shane se serrent sur ses genoux.

— Qu'est-ce que ta sœur fabrique? Elle n'a donc rien compris?

Il n'en revient pas que Lia se remette en danger, après sa mésaventure qui l'a conduite à l'hôpital. Cette fille est-elle totalement inconsciente? Peut-être ne la connaît-il pas si bien que cela, après tout…

— Tu sais comment elle est. Il suffit de lui dire d'aller à droite pour qu'elle parte à gauche. Elle a décrété que comme tu es un idiot, elle veut trouver quelqu'un qui appréciera la femme qu'elle est. Tu n'es pas jaloux, n'est-ce pas? le taquine Rachel tout en battant des cils.

Rachel commence à l'agacer sérieusement, ce qu'il se garde bien de lui montrer. Mais elle se trompe. Lia et lui ont eu un petit coup de cœur sans lendemain l'un pour l'autre. Lia n'est qu'une gamine gâtée qui aurait besoin d'une bonne fessée, ce qui, dans ce bar, passerait sans doute pour un préliminaire!

— Absolument pas, Rachel. Lia est majeure et vaccinée, elle est libre de faire ce qui lui plaît avec qui elle veut, répond Shane, les dents serrées. Pour la énième fois, je te répète qu'il ne se passe rien entre nous.

— Puisque cette fille ne t'intéresse pas, tu vas peut-être te souvenir que moi, je suis là. Et j'ai très envie d'aller danser, Shane, minaude Gwen.

— Désolée, Gwen. Mais Rachel est comme une petite sœur pour moi. Je ne peux pas la laisser toute seule. Son frère ne me le pardonnerait jamais, répond Shane avec un sourire en guise d'excuse.

— Dommage. Tu viens de passer à côté d'une nuit inoubliable, lâche-t-elle, glaciale, avant de se lever et de partir.

— J'espère que je n'ai pas gâché ta soirée, dit Rachel d'un air malicieux.

— Ça m'en a tout l'air, ma petite.

— Je ne suis pas petite. Au cas où tu ne l'aurais pas remarqué, j'ai des nichons maintenant.

Shane fait un effort surhumain pour chasser à tout jamais cette image de son esprit. Il pousse un grognement de réprobation tout en faisant signe au serveur pour commander des boissons et quelques assiettes d'amuse-bouche.

— Alors comme ça, ta grande sœur n'a pas renoncé à faire la fête?

— Non. Je dois reconnaître que depuis que papa et maman sont partis en vacances, nous nous amusons comme des folles. Imagine un peu : nous avons la maison pour nous toutes seules ! D'ailleurs, nous avions envie de faire la fête à la maison, plus tard. Ça te dit de venir ?

— Et pourquoi tu ne te contenterais pas de manger un morceau, avant de ramener sagement ta sœur à la maison... seule ?

— Impossible. Elle est en pleine remise en question.

— Elle n'a que vingt et un ans, Rachel. C'est un peu tôt pour ce genre de crise, répond-il, submergé par un sentiment de frustration.

Il se demande s'il ne sent pas des cheveux blancs lui pousser sur sa tête.

— Tout ce que je veux, c'est éviter qu'on lui fasse prendre de la drogue et qu'elle se fasse agresser de nouveau, avant de terminer sur le carrelage de la salle de bains d'un inconnu. Le problème ne se poserait pas si vous n'alliez pas dans des bars comme celui-ci.

— Tu y viens bien, toi, remarque-t-elle.

— J'ai un peu plus d'expérience que vous.

— Peu importe, Shane. En tout cas, soit tu fais la fête avec nous, soit tu nous laisses tranquilles, répond-elle d'un ton frondeur en croisant les bras en signe de défi.

Shane se dit que la nuit promet d'être longue. Tandis qu'il discute avec Rachel en grignotant des amuse-bouches dont la qualité laisse à désirer, ses yeux ne cessent de se tourner vers Lia. Voyant qu'elle entame la quatrième danse avec ce type louche, Shane se dit que la coupe est pleine.

— C'est bon, je vais chercher ta sœur. Il est temps de rentrer, annonce-t-il en se dirigeant vers la piste de danse.

— Je ne suis pas sûre qu'elle apprécie, note Rachel dont le rire est englouti par la musique.

Shane fend la foule pour foncer droit sur Lia. Il voit alors son cavalier glisser la main sur le bas de son dos afin de lui caresser les fesses.

— Changement de partenaire, lance Shane en écartant l'homme d'un coup de coude.

— Trouve-toi une autre nana, celle-là est pour moi ! gronde l'homme en attrapant le bras de Lia.

— Dégage ou je te refais le portrait, menace Shane qui meurt d'envie de donner un coup de poing.

Pourvu que le type ne se dégonfle pas…

— Désolé, John, je vais devoir te laisser, lui dit Lia en se tournant vers Shane.

— Espèce d'allumeuse, fulmine-t-il avant de tourner les talons et de disparaître dans la foule. Shane fait un pas dans sa direction, mais Lia le retient par la main.

— Tu préfères courir après un type ivre mort ou danser avec moi ?

Les paroles de Lia susurrées à son oreille l'arrêtent net. Il se retourne pour lui faire face. Lia se colle alors à lui. Sentant les courbes de la jeune femme, il serre les dents mais ses mains l'attirent contre lui. Quand il s'agit de Lia, il a le sentiment de ne plus rien maîtriser.

— Je pensais que tu ne viendrais jamais m'inviter à danser, dit-elle en faisant onduler ses hanches contre les siennes.

Instantanément, Shane se sent durcir. Il remercie silencieusement le créateur des chaussures à talons de douze centimètres qu'elle porte.

— Tu as le chic pour te mettre dans des situations impossibles.

— Oui, c'est ce que les hommes me disent souvent, répond-elle avec un gloussement, tout en frottant ses seins contre le torse de Shane.

Son corps au supplice se tend davantage encore.

— Pourquoi tu fais ça, Lia?

Elle le fixe quelques secondes d'un air songeur.

— Je ne peux pas t'avoir toi, mais je refuse de rester à la maison en pleurant toutes les larmes de mon corps. Je suis jeune, séduisante, en pleine forme, et je plais aux hommes. Mon problème, c'est que personne ne me plaît, à part toi. Je crois que je t'ai dans la peau depuis que je suis ado. Mais je continue à chercher celui qui me permettra de t'oublier. Peut-être que mon prince charmant existe, quelque part?

La tristesse dans sa voix effraie Shane. Elle sourit, comme si tout cela n'était qu'une plaisanterie, mais la réalité de son désarroi transparaît derrière son ton provocateur. Peut-être qu'il devrait donner une chance à leur histoire. Hmm…

Puis Shane secoue la tête. Non, les histoires d'amour, ce n'est pas son truc. Il préfère les aventures d'une nuit. Moins compliqué, personne ne souffre. S'il faisait souffrir Lia, ce serait comme se planter lui-même un poignard dans le cœur. Il détruirait tout – il trahirait son meilleur ami et il perdrait toute la famille. Tout cela pour une nuit de sexe torride? Non, cela n'en vaut pas la peine… même si c'est extrêmement tentant.

— Tu ne penses pas qu'il est temps d'y aller, Lia?

— Ah, enfin… Je n'attendais que cela!

Elle prend la tête de Shane dans ses mains et l'attire vers elle, pour l'embrasser sur la bouche.

En sentant les dents de Lia mordiller sa lèvre inférieure et sa langue se glisser dans sa bouche, Shane oublie tout. Avec un soupir marquant sa défaite, il lui passe les mains dans le dos pour la serrer contre lui, contre son érection. Envolée, l'envie de danser avec elle. Lia a mis ses mains derrière sa tête, elle a passé ses doigts dans ses cheveux. Il ne pense plus qu'à une chose : trouver un endroit où il pourra l'allonger et vénérer chaque centimètre carré de son anatomie.

Le parfum de Lia met ses sens en folie. Le sang afflue dans ses veines, lui faisant oublier le bruit de la boîte de nuit. Il a été attiré par quantité de femmes, mais aucune n'a jamais suscité en lui une passion aussi violente. Avec Lia, il pourrait se consumer en quelques secondes.

Un couple les bouscule, ramenant Shane à la réalité. Soudain, il se rend compte qu'il est en train d'embrasser Lia, au beau milieu d'une piste de danse bondée.

— Tu me rends fou, Lia, dit-il en s'écartant d'elle avant de lui prendre la main.

Elle éclate de rire. Il la fait passer devant lui pour la raccompagner à la table, espérant ainsi lui cacher l'état d'excitation dans lequel il se trouve jusqu'à ce qu'il ait retrouvé ses esprits.

En les voyant arriver, Rachel leur jette un regard plein d'espoir. Shane fait signe au serveur, puis tend plusieurs billets de cent dollars au pauvre bougre qui manque défaillir. Puis il prend le bras de Rachel pour accompagner les deux jeunes femmes hors de la boîte.

Quelques minutes plus tard, son chauffeur se gare devant l'entrée et tous trois montent dans la voiture. Heureusement, les deux sœurs sont venues en taxi.

— Eh bien finalement, je passe une excellente soirée, susurre Lia en se pressant contre lui.

— Parle pour toi. On ne peut pas dire que je me sois éclatée, marmonne Rachel.

Inenvisageable pour Shane de peloter Lia avec Rachel installée à côté d'eux. Durant les quinze minutes de trajet, il est terriblement mal à l'aise : Lia ne cesse de se frotter à lui et il doit se retenir de ne pas baisser les yeux pour admirer ses jambes sublimes. Cette robe incroyablement courte est en train de le mettre au supplice.

Quand ils parviennent devant la maison des Palazzo, Shane demande au chauffeur d'attendre qu'il raccompagne les deux sœurs à l'intérieur. Il le sait, il ne devrait pas les suivre, mais il doit s'assurer qu'elles rentrent en toute sécurité. Après tout, c'est ce que fait un gentleman…

— Viens, Shane, je vais te montrer ma chambre, lance Lia en le prenant par la main pour lui faire monter l'escalier.

Refuse, tout de suite. Et quoi qu'il arrive, mon garçon, n'envisage même pas quoi que ce soit de sexuel. C'est tout simplement inconcevable. Pourtant, pour une raison qui lui échappe, il la suit. Cette fille lui a-t-elle jeté un sort ? Entrer dans sa chambre est une erreur, il le sait. Mais il le fait quand même.

En arrivant devant la porte de sa chambre, Lia devient brusquement verte et ses yeux s'écarquillent. Shane comprend aussitôt ce qui se passe. Regardant autour de lui, il voit une porte, de l'autre côté de la chambre. En priant pour ce que soit la salle de bains, et non un placard, il la soulève pour la porter dans ses bras. Ils arrivent dans la salle de bains juste à temps pour permettre à Lia de vomir dans les toilettes.

Shane retient les cheveux de Lia, puis il l'assied sur les toilettes avant de lui rapporter un verre d'eau. Ensuite, il mouille un gant de toilette et le lui tend pour qu'elle puisse se rafraîchir le visage.

— Pourquoi tu continues à t'infliger des choses pareilles, Lia? Tu as une vie formidable et tu n'arrêtes pas de te mettre dans des situations ridicules. Ta mésaventure de la semaine dernière, quand on t'a droguée, ne t'a pas suffi? Tu cherches à faire un coma éthylique, maintenant?

— J'ai besoin de m'allonger, obtient-il pour seule réponse.

Il l'aide à se laver les dents, puis il la porte jusqu'à l'immense lit, au milieu de la chambre, qui semble lui tendre les bras.

Est-ce une épreuve destinée à éprouver son self-control? Si c'est le cas, il mérite vraiment une médaille, compte tenu des efforts surhumains déployés pour ne pas succomber. Son bas-ventre ne sera plus jamais le même… pas tandis qu'il continuera à se mentir ainsi.

Au bout de quelques secondes à peine, Lia s'endort. Shane passe son doigt sur sa joue soyeuse, puis il se penche en avant pour l'embrasser doucement sur la bouche. En se redressant, la terrible vérité s'impose à lui comme une évidence: non, il ne s'agit pas d'un simple coup de cœur! Le voilà dans de beaux draps…

Le temps d'une seconde, Shane envisage de la mettre en pyjama, avant de se rendre compte que c'est une très mauvaise idée. Elle est ivre, elle vient de plonger dans un sommeil profond et voilà qu'il pense à la déshabiller! Non, il est grand temps de rentrer chez lui. Rachel va veiller sur Lia et elle l'appellera si nécessaire. Quant à lui, il a intérêt à partir tant qu'il en est encore temps.

En sortant de la chambre, Shane rejoint Rachel, qui tombe de sommeil. Elle accepte de changer Lia et de rester avec elle pour le reste de la nuit. Oppressé par une incroyable douleur qui lui serre la poitrine, Shane sort de la maison, en se demandant comment il va bien pouvoir s'en sortir…

18

— Allez, Ari, viens avec nous! Tu en meurs d'envie, ça se voit. On va s'amuser!

Ariana regarde les sœurs de Rafe sans parvenir à réprimer un sourire. Elles sont incroyablement convaincantes. Cependant, son accord avec Rafe ne prévoit qu'une seule journée de congé par semaine. Impossible de s'éclipser plusieurs jours sans qu'il entre dans une colère noire.

Ce qui est exaspérant… Elle n'est pas la propriété de Rafe, contrairement à ce qu'il semble penser. Et si elle a envie de partir en week-end avec des amies – et elle considère Lia et Rachel comme des amies – elle le fera. Il n'aura pas d'autre choix que d'accepter sa décision.

— Je ne sais pas trop… ça va coûter une fortune, remarque-t-elle, de plus en plus tentée par ce long week-end.

— Mais non, ne t'en fais pas! Là-bas, la nourriture n'est pas chère, les boissons encore moins et pour le billet d'avion et la chambre, tu n'auras rien à débourser. Dis oui! Tu en as envie, tu le sais, insiste Lia.

— Qu'est-ce que vous mijotez, toutes les trois?

Ariana lève les yeux, lançant un regard coupable à Rafe qui vient d'entrer dans son bureau.

— Même si cela ne te regarde pas, je vais te le dire: nous avons envie d'emmener notre amie en week-end, répond Rachel sans hésiter.

soumission

En voyant le regard que lui lance Rafe, Ariana sent la colère monter en elle. Aussitôt, sa décision est prise : il ne va quand même pas régenter toutes les facettes de sa vie. Il a déjà assez d'emprise sur elle.

— Ari est prise ce week-end, répond-il d'un ton sans appel.
— Tu ne peux pas lui demander de travailler sept jours sur sept, Rafe, dit Lia en faisant la moue.
— Nous avons déjà prévu quelque chose.
— Ah oui, vraiment ? Et quoi donc ? interroge Rachel.
— Ça ne te regarde pas.
— J'ai envie d'y aller.

Rafe lance un regard incrédule à Ari, qui jubile. Bien fait pour lui ! Elle respecte les termes de leur pacte. Mais si elle a envie de prendre un week-end de temps en temps, il ne pourra pas l'en empêcher. Et si son attitude ne lui convient pas, il n'a qu'à la remplacer.

À cette idée, son regard s'assombrit. Des images lui viennent aussitôt, des images de lui avec une autre femme à son bras, eux deux dans l'intimité, en train de faire des choses… Des choses qui la tueraient.

— Où avez-vous prévu de partir ? demande-t-il, impassible.

Cet homme est un maître dans l'art de cacher ses émotions. En cet instant précis, il semble se moquer éperdument de ce qu'elle fera. Ariana le déteste quand il se comporte ainsi.

— À Las Vegas ! annonce Rachel.

L'expression de Rafe s'assombrit et un frisson parcourt le corps d'Ari.

— Et qu'est-ce que vous voulez faire là-bas ?
— Qu'est-ce que c'est que cette question ? Voyons voir… des gars canon, des boissons bon marché, des spectacles exotiques. Ça te suffit ou je continue ?

soumission

— On dirait que tu cherches les ennuis, ces derniers temps, Lia. Il me semble qu'un week-end à Las Vegas est une très mauvaise idée, gronde Rafe.

— Eh bien, heureusement que j'ai vingt et un ans. Parce que, vois-tu, je vais où je veux!

Rafe et Lia se fixent un long moment, où la tension est palpable. Puis Rafe hausse les épaules. Sans laisser à Ariana le temps de se réjouir de son consentement apparent, il poursuit:

— Parfait. Si tu insistes, je ne peux pas t'empêcher de partir. Simplement, je vais devoir t'accompagner. Il se trouve que j'ai des activités professionnelles à Las Vegas.

— Mais nous ne t'avons pas invité! répond Rachel, lançant autour d'elle un regard affolé.

— Comme c'est dommage! Je vais appeler Shane. Nous sommes en train de faire construire un hôtel là-bas, nous en profiterons pour étudier l'avancement des travaux.

En entendant le nom de Shane, Lia sursaute. Ariana se dit que sa virée avec les filles est en train de tourner au règlement de comptes en famille. Elle ne sait pas trop si elle doit sauter de joie ou être agacée. Mais en découvrant la colère dans les yeux de Rafe, elle se dit que tout cela commence à l'amuser.

— Si tu insistes, j'imagine qu'on te laissera venir. Simplement, il y a des règles à respecter, prévient Lia.

À ces mots, Rafe pince les lèvres et lève un sourcil, en attendant la suite. Ariana en est sûre: il se dit que les règles ont intérêt à être acceptables.

— C'est un week-end entre filles, ce qui veut dire qu'il nous faut du temps seules. Tu ne vas pas nous suivre partout et tu ne vas pas nous empêcher de nous amuser. En clair: pas de gardes du corps collés à nos basques. Et hors de question que tu nous interdises de sortir sans toi.

— Et si je n'accepte pas vos règles ?

— Dans ce cas, nous enlèverons Ari sur-le-champ et nous disparaîtrons, pour rejoindre une destination inconnue où tu ne pourras jamais nous retrouver, lance Rachel avec un grand sourire débordant d'assurance.

Rafe ne peut s'empêcher d'éclater de rire. Ariana en a le souffle coupé. Cet homme est beau quand il fulmine, mais quand il sourit ou éclate de rire, il devient carrément sublime.

Le regard de Rafe croise le sien. Aussitôt, son rire s'éteint et ses pupilles se dilatent. Ariana connaît bien ce regard. Elle sait que, dès que les sœurs de Rafe auront quitté la pièce, elle connaîtra un plaisir exquis.

— D'accord pour vous laisser aller voir un spectacle seules, à condition que vous ayez vos téléphones sur vous, au cas où. Vous devrez aussi vous déplacer avec mon chauffeur. Quant à votre idée de sortir sans gardes du corps, je m'y oppose, tant que je n'ai pas plus de détails sur votre programme.

— Disons que nous sommes d'accord… pour le moment. Nous reparlerons de cette histoire de gardes du corps plus tard, concède Lia.

— Parfait. Maintenant, laissez-nous ! Ari et moi avons beaucoup de travail.

— Oh oui, c'est ça, beaucoup de travail… rétorque Rachel en prenant le bras de sa sœur pour quitter la pièce.

Ariana déglutit en voyant Rafe se diriger d'un pas rapide vers la porte pour la fermer à clé. Le bruit de la serrure résonne à ses oreilles sensibles et son cœur se met à battre à tout rompre.

Rafe se retourne avec une lueur de prédateur dans le regard. Tremblante, Ariana recule automatiquement. Elle ne comprend pas pourquoi elle s'éloigne de lui, alors qu'elle a tant envie qu'il la prenne. Son corps est plus que prêt.

soumission

— Ari, lorsque nous avons conclu cet accord, j'ai été très généreux en t'accordant une journée de congé par semaine.

Tout en parlant, il s'avance lentement vers elle, comme s'il avait tout son temps. Ce qui est le cas, d'ailleurs. Ariana s'arrête au milieu de la pièce, refusant de reculer davantage.

— J'ai décidé de prendre un peu de temps pour moi, c'est tout, répond-elle, bravache.

— Sauf que ça ne me convient pas. Tu vois, nous avons conclu un pacte… qui ne prévoit pas qu'on change les règles du jeu.

— Je ne vous appartiens pas, Rafe. Je joue le jeu, mais je n'en reste pas moins un individu à part entière, qui a le droit de faire ce qu'il veut. Si j'ai envie de partir en week-end, je pars en week-end!

Les yeux de Rafe se mettent à briller, comme s'il avait précisément envie d'entendre cela. Ariana se sent de plus en plus excitée. Elle sait qu'elle devrait être furieuse, mais leur affrontement suscite en elle un émoi qui semble annoncer une explosion volcanique.

Plus il approche d'elle, plus elle le désire.

— Je ne crois pas, non. Peut-être serait-il bon de te rappeler les termes de notre accord?

— Vous ne pouvez pas m'empêcher de partir! s'écrie-t-elle, alors qu'elle n'a pas la moindre envie de s'éloigner.

Elle devrait avoir envie de prendre ses jambes à son cou en hurlant, mais elle est pétrifiée.

— Tu as raison. Je ne te forcerai jamais à faire quoi que ce soit. Mais je vais te convaincre… je vais te demander de m'obéir, mais sache que tu peux partir à tout moment!

Ariana le regarde droit dans les yeux, tentant d'y voir clair dans son jeu. Est-il en train de la libérer de son engagement?

soumission

Sa dette serait-elle entièrement payée? Elle se demande si elle a vraiment envie que tout cela s'arrête. Ne serait-elle pas anéantie si c'était le cas? Perdue, Ariana ne sait plus que penser.

— Au fond, tu n'as pas envie de partir. Je crois que tu es très satisfaite, ce que tu refuses d'admettre. Reconnaître que tu y trouves ton compte ferait de toi une mauvaise fille? Pas du tout. Il n'y a pas de honte à trouver excitant ce qui est tabou pour certaines personnes. Oublie les autres, Ari! Il n'y a que toi et moi, ici et maintenant.

— Je ne comprends pas ce que vous voulez! s'exclame-t-elle, frustrée.

— Je veux te rappeler qui je suis, je veux qu'il n'y ait aucun doute dans ton esprit sur le fait que je mène la danse. J'ai décidé de te laisser le choix dans certaines situations, mais je peux revenir sur cette décision si je suis mécontent.

— Vous voulez que je m'en aille?

Il s'arrête, l'air déconcerté. Ses sourcils se froncent, comme pour réfléchir à ce qu'elle vient de dire. Ariana retient son souffle. Le moment est crucial. Lui propose-t-il à présent de la libérer de son engagement?

Le cœur d'Ariana se serre lorsqu'elle comprend ce qui est en train de se jouer. Elle n'a pas envie d'être libérée – pas encore. Cela arrivera, mais pas tout de suite.

— À toi de voir, Ari. Tu peux rester et recevoir ton châtiment, ou bien passer cette porte et partir, en femme libre, sans aucune dette vis-à-vis de moi.

Ariana ne peut détacher ses yeux de ceux de Rafe, qui la fixe avec intensité. Il lui offre une porte de sortie. Cela ne fait qu'un mois qu'ils ont conclu leur accord. Or elle a accepté de rester à ses côtés pendant trois mois. Elle pensait détester chaque minute passée avec lui. La vérité, c'est qu'elle ne s'est jamais sentie aussi vivante. *Est-il mécontent de ses performances?*

En restant, elle lui reconnaîtrait un pouvoir sur elle. Il saurait qu'elle est à sa merci, qu'il peut faire d'elle ce qu'il veut.

Détachant son regard, elle se tourne vers la porte. La sortie est juste là... Il lui suffirait de passer cette porte, pour retrouver sa vie d'avant. Sa mère va bien, elle a repris le travail et elle ne se doute pas des difficultés qu'a connues sa fille au cours de l'année passée. Oui, la vie d'Ariana pourrait redevenir normale.

Elle ouvre la bouche pour parler, mais aucun mot ne franchit ses lèvres. Immobile, Rafe attend sa réponse. Après un long silence embarrassé, Ariana finit par le regarder dans les yeux. En voyant l'ombre d'une émotion traverser son visage, elle comprend qu'elle ne partira pas.

— Je me suis engagée à rester trois mois, je ne reviendrai pas sur ma parole, dit-elle.

Jamais elle ne reconnaîtrait qu'en réalité, ses motivations sont très différentes. Une fraction de seconde, il lui semble déceler un certain soulagement sur son visage. Non, elle a dû se tromper. Rafe se moque sans doute de savoir si elle va rester ou pas. À moins que?

En un clin d'œil, il traverse la pièce et s'avance vers elle en la contraignant à reculer, jusqu'à ce qu'elle soit acculée au bureau.

— C'est toi qui vois, Ari. J'espère que tu sais ce que tu fais, remarque-t-il.

La bouche de Rafe est à un centimètre de la sienne, elle sent son odeur, qui éveille son désir.

— Je reste. Mais je ne serai jamais celle que vous voulez faire de moi. Jamais je ne serai soumise, Rafe.

La seule manière de tenir le coup, c'est de rester forte. Si un jour elle devait s'abandonner entièrement, elle serait allée trop loin. Dès lors, Il serait parvenu à la transformer.

— Tu vas voir, je vais te faire changer d'avis. Sache, Ari, que je trouve ce défi très excitant, dit-il avec un sourire avant de plaquer sa bouche sur la sienne.

Ariana met les mains sur les épaules de Rafe et l'attire contre elle. Elle pourrait prétendre que ce n'est pas ce qu'elle veut. Mais à quoi bon? Elle est affamée et n'a pas de nourriture.

Rafe châtie sa bouche, en l'embrassant avec une telle ferveur qu'elle en a le souffle coupé. Ses mains glissent sur son corps, descendent, suivent ses courbes et la plaquent contre lui. Elle se tortille pour se coller à lui, et frémit en sentant combien il est dur.

Un flot de désir envahit son sexe. Elle veut qu'il la pénètre, qu'il vienne se glisser en elle. C'est toujours si bon. Cela fait deux jours qu'il ne l'a pas touchée, et elle a l'impression qu'elle va exploser entre ses bras. Il a fait d'elle une bête insatiable, mais elle s'en moque.

Rafe s'écarte d'elle, ce qui lui arrache un gémissement. *Non!* Il doit aller jusqu'au bout. Plus tard, elle pourra se reprocher de le désirer avec autant d'intensité, mais pour l'instant, il faut qu'il vienne en elle, il faut qu'elle sente la fusion de leurs corps.

Sans un mot, il la retourne et il remonte sa jupe, dévoilant sa culotte affriolante achetée pour lui chez *Victoria's Secret*. Oh, oui, ils ne l'ont encore jamais fait sur un bureau. Il l'a prise à tant d'endroits – sur la table de la cuisine, devant la gigantesque cheminée, contre la porte d'entrée – mais encore jamais penchée sur son bureau. Elle sent son désir monter d'un cran tandis que Rafe fait glisser sa culotte le long de ses jambes, avant de la pencher en avant.

soumission

La main de Rafe glisse sur son dos, avant de passer sur la courbe de ses fesses, puis entre ses jambes. Il lui écarte les cuisses et glisse deux doigts en elle.

— Oui ! crie-t-elle, en proie à un désir si violent qu'il en est presque douloureux.

Elle veut le sentir en elle, profondément.

Il retire ses doigts. Et puis elle ne sent plus rien. Seul l'air chaud de la pièce vient la caresser. Elle se tortille, mais il la maintient plaquée contre le bureau, toujours debout derrière elle. Il est là, près d'elle, mais pas assez.

— Prends-moi, maintenant ! supplie-t-elle en bougeant sous lui.

Soudain, il la pénètre de son sexe dur, plus profondément qu'il ne l'a jamais fait. Il s'arrête lorsqu'elle est pleine de lui, puis il se penche en avant. Ariana sent son souffle sur sa nuque.

— Dis-moi que c'est moi qui commande, Ari, murmure-t-il tout en reculant, avant de la pénétrer de nouveau.

— Non.

— Dis-le moi ! ordonne-t-il avec un nouveau mouvement de va-et-vient.

— Pas question !

Elle est à deux doigts de jouir. L'intensité du plaisir va lui faire perdre la tête.

Rafe effectue de nouveaux va-et-vient, faisant claquer ses hanches sur les fesses soyeuses d'Ari, qu'il maintient fermement.

Alors qu'elle s'apprête à jouir, il lui donne un puissant coup de hanche qui lui coupe le souffle. Le corps de Rafe se met à trembler, tandis qu'un râle sort des profondeurs de sa gorge. Il exécute encore quelques va-et-vient, puis il s'immobilise.

Ariana se plaque contre lui. Elle va exploser, elle aussi. Il ne faut plus qu'un ou deux mouvements de hanche.

Il s'écarte d'elle, puis la fait pivoter pour la prendre dans ses bras. L'air satisfait, il la serre contre lui.

— J'aime quand tu me défies, Ari. Mais je vais te laisser souffrir le reste de la journée. Une fois que tu te seras soumise et que tu suivras les règles du jeu que j'ai fixées, je te récompenserai, en te donnant plus de plaisir que tu ne peux l'imaginer.

Elle en reste sans voix et son regard se durcit. Elle garde les yeux rivés sur ceux de Rafe, qui déborde d'assurance. Il est sûr et certain qu'elle cédera, qu'il mène la danse. Elle pourrait s'isoler dans la salle de bains et se débrouiller sans lui mais dans ce cas, il serait victorieux.

Elle décrochera la victoire en lui montrant qu'elle s'en moque. S'écartant de lui, elle baisse sa jupe avant tendre la main vers Rafe.

— Tu veux quelque chose ? demande-t-il d'un air innocent.

— Je pourrais récupérer ma culotte ?

— Non, je vais la garder. Ça te permettra de penser toute la journée à ce que tu rates, quand tu sentiras l'air passer sous ta jupe.

Rafe tourne les talons pour rejoindre la porte, qu'il déverrouille avant de se retourner vers elle.

— Si tu veux que j'assouvisse ton désir, il suffit de venir me voir, de t'asseoir sur mon bureau et de me le demander…

Il la regarde droit dans les yeux pendant plusieurs longues secondes, avec un petit sourire victorieux.

Ariana a envie de hurler en le voyant passer la porte. Dire qu'il la laisse en plan, tremblant presque de frustration. Si elle voulait se soumettre et renoncer à sa fierté, elle irait le voir. Mais c'est un jeu… un jeu qu'elle est déterminée à gagner.

Aussi dignement que possible, Ariana remet ses cheveux en place, puis sort elle aussi du bureau, pour rejoindre les toilettes et s'y rafraîchir un peu. Un frisson parcourt son corps tandis qu'elle fait disparaître les traces de leur étreinte furtive.

Il serait si facile d'aller le voir pour étancher sa soif. Mais dans ce cas, il aurait gagné la bataille. Avec un gémissement de frustration, elle se lave les mains, puis retourne dans son bureau. L'absence de culotte avive encore son désir. L'après-midi promet d'être longue…

Tandis qu'elle s'installe à son bureau, un sourire illumine son visage. Non, elle ne va pas rester là à bouder. Elle va plutôt réfléchir à une vengeance. Il croit qu'il détient le pouvoir ? Elle va lui montre qu'il se trompe. Certes, il lui a pris sa culotte. Du coup, il sait qu'elle est nue sous sa jupe. On verra bien qui va devoir s'avouer vaincu.

Sur ce, Ariana se remet au travail, rassurée sur la tournure de la situation dans les jours, voire les semaines ou les mois à venir.

19

— Ari, dans mon bureau, tout de suite !

Quel manque de courtoisie… Ariana attend une seconde avant de répondre, pour ne pas prendre un ton trop cassant. Puis elle respire profondément, avant d'appuyer sur le bouton de l'interphone.

— Dois-je apporter quelque chose ?
— Oui, ton ordinateur portable. Mon assistante est malade, elle a dû rentrer chez elle. J'ai une réunion importante qui démarre dans cinq minutes. Il va falloir que tu viennes prendre des notes.
— J'arrive tout de suite, monsieur Palazzo.

Compte tenu du comportement qu'il affiche, elle prend un malin plaisir à l'appeler par son nom de famille.

— Ari… souffle-t-il d'un air exaspéré.

Elle décide de ne pas répondre.

Ariana reste assise un instant à son bureau, en fixant son téléphone. Il a eu le culot de la prendre dans son bureau sans la faire jouir, puis il part en emportant sa culotte. Et voilà qu'il exige qu'elle vienne prendre des notes. Décidément, il prend beaucoup sans rien donner. Pour qui se prend-il ?

Un instant, elle envisage d'ignorer sa demande et de rester à son bureau. Puis son envie de le provoquer s'estompe et un sourire se dessine sur ses lèvres. Ne vient-il pas de lui offrir une excellente occasion de se venger ?

soumission

Ils savent l'un et l'autre qu'elle ne porte rien sous sa jupe. Peut-être pourrait-elle le lui rappeler? Voilà qui promet d'être amusant dans une pièce remplie de monde, où il ne pourra rien faire lorsqu'elle l'aguichera.

Déterminée, Ariana se lève et prend son ordinateur. Elle passe par les toilettes, où elle se met du rouge à lèvres carmin et dégrafe le bouton du haut de son chemisier. Avec une lueur malicieuse dans le regard, elle se dirige vers le bureau de Rafe.

La porte est grande ouverte. Elle décide d'entrer d'un pas nonchalant: quel pion va-t-elle avancer sur son échiquier? N'ayant encore jamais joué les séductrices, Ariana se demande comment s'y prendre.

— La réunion a lieu dans la grande salle de conférences. Suis-moi!

Il n'a même pas daigné lever les yeux vers elle en lui lançant ce nouvel ordre. On dirait qu'il s'agit d'un rendez-vous important… Voilà qui promet d'être encore plus amusant!

Ariana suit Rafe dans le couloir, jusqu'à une salle de réunion spacieuse. Elle n'est encore jamais entrée dans cette salle, au décor majestueux.

Des amuse-gueules raffinés et des boissons ont été placés sur la table. Les chaises semblent confortables, avec une sobriété adaptée à un contexte professionnel. Manifestement, cette salle est destinée à recevoir des investisseurs et des clients de marque.

Un frisson lui parcourt le dos à l'idée de se livrer à son petit jeu dans cet environnement. Peut-être serait-il préférable de ne pas le provoquer dans un cadre pareil? Puis elle se redresse

soumission

et se rappelle qu'il a toujours réussi à avoir le dessus. Il est grand temps qu'il perde une manche du match qui les oppose.

— Assieds-toi sur la chaise en bout de table, à côté de la mienne! Et note tout ce qui se dira! Je ne veux pas que tu interviennes dans la discussion. Cela fait maintenant deux ans que je négocie avec ces partenaires un contrat d'une importance capitale pour la Palazzo Corporation.

— Je comprends, laisse-t-elle échapper, les dents serrées.

Rafe rejoint sa place et Ariana se dirige lentement vers sa chaise. Juste avant de prendre place, elle trébuche, en prenant soin de tomber sur lui. Aussitôt, Rafe la rattrape, d'un réflexe rapide. Le visage d'Ariana n'est qu'à quelques centimètres du sien.

Plaquant son corps contre le sien, elle fait passer son souffle sur la nuque de Rafe. Elle s'attarde quelques secondes de plus que nécessaire, avant de passer la main sur sa cuisse et de lui chuchoter à l'oreille : «Désolée. Comme je suis maladroite.»

Il inspire rapidement, ce qui emplit Ariana de satisfaction. En s'appuyant sur la cuisse de Rafe pour se relever, elle s'assure de lui offrir une vue plongeante sur son décolleté. Puis elle se redresse pour rejoindre sa place.

Elle aurait pu lui en vouloir et se dire qu'il se comporte en véritable homme des cavernes, qui ne tire même pas la chaise d'une femme pour l'aider à s'asseoir. Mais ils sont en train de travailler et non en plein rendez-vous galant.

— Essaie de faire attention, dit-il, en se départant très légèrement de son self-control habituel.

— Oh oui, comptez sur moi… murmure-t-elle en se penchant en avant, un coude sur la table pour rapprocher ses deux bras.

soumission

En voyant les yeux de Rafe plonger dans son décolleté, elle se retient de sourire, puis recule et passe ses doigts aux ongles vernis sur sa cuisse pour relever sa jupe, espérant ainsi lui rappeler qu'elle ne porte pas de culotte. En voyant qu'il inspire bruyamment, elle comprend qu'elle a réussi son coup.

— Monsieur Palazzo, votre rendez-vous est arrivé.

Levant les yeux, ils voient un collaborateur dans l'encadrement de la porte, un bloc-notes à la main.

— Faites-les entrer! Nous sommes prêts, répond Rafe, repassant instantanément en mode «homme d'affaires».

Ariana se promet de le faire sortir rapidement de ce rôle.

Plusieurs hommes entrent dans la pièce et Rafe se lève. Ariana se demande si elle doit faire de même. Désireuse d'éviter tout impair, elle se lève. En voyant le dernier membre de la délégation, elle reste bouche bée.

L'homme est grand, il mesure plus d'un mètre quatre-vingts. Il a le teint mat, des yeux noirs pétillants et des traits virils. La ceinture en étoffe rouge qu'il porte avec son costume sombre lui va à merveille.

Ari comprend immédiatement qu'il est la personnalité principale de la délégation. Ses yeux parcourent rapidement la pièce avant de croiser le regard d'Ari. Aussitôt, un sourire se dessine sur ses lèvres et il s'avance vers elle.

— Prince Adrian, j'espère que vous avez fait bon voyage, dit Rafe en lui tendant la main.

— Oui, merci Rafe, le trajet était très agréable. Dites-moi, qui est donc cette sublime demoiselle?

Les deux hommes se tournent vers Ari, qui fait un effort surhumain pour ne pas tomber à la renverse. Avec les yeux violets qui la fixent et le regard noir pétillant du prince Adrian rivé sur elle, elle est pétrifiée.

soumission

Eh bien… Ces deux hommes pourraient déclencher une guerre d'un seul mot – à condition qu'ils soient dans le même camp. Elle a l'impression d'être une photographe de mode avant un shooting pour un magazine.

— Mon assistante est tombée malade. C'est Ariana qui la remplace, finit par répondre Rafe.

Ariana a du mal à cacher son irritation. Pourtant, n'est-ce pas la stricte vérité ? Il n'allait quand même pas dire : *Je vous présente ma maîtresse, que je viens de baiser dans son bureau voici quelques minutes*. N'empêche qu'il aurait pu la présenter de manière un peu plus chaleureuse, pour faire comprendre aux visiteurs qu'elle n'était pas disponible.

Ariana se retient d'éclater de rire à cette pensée. Cet homme est un prince, voyons ! Il ne risque pas de lui proposer d'aller prendre un verre. Quant aux hommes qui l'accompagnent, ils n'ont même pas daigné la regarder. Elle ne risque rien d'eux. Aïe, on dirait qu'il lui faudrait se ressaisir.

Le prince Adrian s'avance vers elle avec assurance. Il lui tend la main, puis saisit ses doigts, qu'il porte lentement à ses lèvres, tout en s'inclinant. Puis il pose un baiser sur sa main, juste au-dessus des phalanges.

— Quelle beauté ! Appelez-moi donc Ian, ronronne-t-il.

Ariana ne peut s'empêcher d'être subjuguée en entendant sa voix de velours. Elle n'a jamais rencontré un homme d'une telle élégance. Il a probablement un harem à sa disposition, prêt à assouvir tous ses désirs.

— Je suis très honorée de faire votre connaissance, Ian, souffle-t-elle, tout en ayant envie de se gifler en entendant sa voix sourde.

— Maintenant que les présentations sont faites, mettons-nous au travail !

soumission

Ariana est tirée de son état de transe par la voix glaciale de Rafe. Il paraît en colère. Pourquoi donc? Oui, elle est impressionnée, mais elle n'a pas adopté un comportement ridicule.

— Bien, monsieur, marmonne-t-elle en retirant sa main.

Elle attend que Rafe et le prince s'asseyent, pour éviter tout faux pas en prenant place avant eux.

— Je vous en prie, Ariana. Mes collaborateurs n'auront pas l'incorrection de s'asseoir avant une dame, sublime de surcroît.

Cet homme est gentil, vraiment gentil. Ariana sent qu'elle ne va pas tarder à craquer.

— Oui, asseyez-vous Ariana! marmonne Rafe à voix basse.

Ariana tourne la tête pour le regarder dans les yeux. Indubitablement, il est agacé. Peut-être le moment n'est-il pas bien choisi pour une petite vengeance, avec un Rafe aussi dangereusement de mauvaise humeur?

Ariana s'assied, imitée par Rafe et le prince Adrian. Puis les autres membres de la délégation prennent place, eux aussi.

Au bout de vingt minutes de réunion, la fascination d'Ariana pour le prince s'est dissipée. Certes, l'homme est d'une beauté éblouissante. Certes, sa voix pourrait faire fondre un morceau de beurre. Mais Ari n'a d'yeux que pour un seul homme dans la pièce: Rafe.

Le prince ne cesse de lorgner dans sa direction, mais rapidement, Ariana fait abstraction des regards de braise qu'il lui lance et de sa voix de velours, pour accomplir son travail et prendre des notes.

De surcroît, le contrat qu'ils sont en train de négocier est énorme: s'il aboutit, il conduira à la création de plusieurs milliers d'emplois et à une amélioration des conditions de vie, à

soumission

la fois dans le pays du prince et dans certaines régions défavorisées des États-Unis.

Tout en continuant à prendre des notes, elle en apprend bien davantage sur Rafe. Elle sait que sous des abords durs, il a très bon cœur. Mais l'excitation qui transparaît dans sa voix, lorsqu'il négocie un contrat de plusieurs milliards de dollars, est incroyable. Elle se dit que cet homme accomplira tant de bonnes choses au cours de son existence… à condition de faire abstraction de ses velléités de domination.

Ariana ne voit pas le temps passer. Elle pourrait rester toute la nuit à écouter Rafe et le prince discuter de leur projet.

— Rafe, je pense que nous avons fait le tour de la question. J'ai hâte que ce projet voie le jour. Revoyons-nous au mois de janvier, pour le lancement!

Le prince Adrian se lève et s'étire. Un peu plus tôt, il a ôté sa veste. Le spectacle de ses muscles qui se tendent sous la soie blanche de sa chemise a éveillé l'intérêt d'Ari. Elle ne ressent pas de désir pour le prince, mais elle n'est pas insensible à son aura. Elle est faite de chair et de sang, après tout.

— Je dois reconnaître que c'est le premier projet qui suscite vraiment mon enthousiasme depuis longtemps, confie Rafe. J'ai hâte de séjourner dans votre magnifique pays. J'espère que de votre côté, vous êtes satisfait de votre passage aux États-Unis.

— Oui, je vais d'ailleurs m'accorder des vacances dans quelques mois, pour identifier les régions où j'aimerais voir prospérer notre entreprise. Cela fait longtemps que je n'ai pas pris de repos. Les gens aux États-Unis sont si gentils et aimables que je suis toujours très satisfait de mes vacances ici.

— Essayons de nous voir lors de votre prochain séjour en Amérique!

soumission

— Je vous passerai un coup de fil, comptez sur moi !

Puis il se tourne vers Ari.

— J'ai été ravi de vous rencontrer, mademoiselle. Et j'espère vous revoir bientôt.

Il lui fait un nouveau baisemain, avant de quitter la pièce.

Ariana est contente que la conversation se soit arrêtée là, car elle n'aurait su que répondre.

La porte se referme. Une minute plus tard, elle se rend compte qu'elle a toujours les yeux rivés sur la porte. Et qu'elle est désormais seule dans une pièce avec un Rafe très agacé.

— On dirait que le prince t'a tapé dans l'œil, lance-t-il, cinglant.

— Je me suis efforcée d'être polie. Ai-je fait quelque chose qui vous a contrarié ?

— Je n'ai pas pour habitude de partager mes maîtresses, Ari, lui rappelle-t-il.

Comme si elle ne s'en était pas déjà rendu compte ! Elle s'apprête à le lui dire, puis elle se ravise.

— Le prince ne m'intéresse pas le moins du monde, mais c'est la première fois que je rencontrais un membre d'une famille royale, alors oui, j'étais un peu impressionnée. Désolée, je ne suis pas habituée à fréquenter du beau monde comme vous.

Ariana doit faire un effort pour lutter contre ses larmes. Il est en train de l'humilier.

Sans doute a-t-il l'habitude d'évoluer dans les hautes sphères. Ce n'est pas son cas. Elle a entendu parler de princes dans des livres et des magazines, elle a vu des films dans lesquels des princes épousent des roturières sans le sou, mais jamais elle n'aurait pensé rencontrer un prince en chair et en os. Bien sûr qu'elle était un peu troublée…

soumission

Et même si elle avait imaginé faire un jour la connaissance d'un prince, elle n'aurait jamais cru qu'il la complimenterait et lui ferait un baisemain. Rafe peut bien aller au diable avec sa mauvaise humeur. Elle ne va certainement pas lui laisser gâcher sa joie.

Elle s'apprête à se précipiter hors de la pièce lorsque Rafe lui attrape le bras et la tourne face à lui. Pendant quelques secondes qui semblent durer une éternité, il scrute son visage, puis ses traits se détendent et il relâche son étreinte pour la serrer contre lui.

— Excuse-moi! Je ne suis pas jaloux, mais tu fais ressortir ce qu'il y a de pire en moi. C'est vrai, tu n'as rien fait de mal.

Il se penche en avant pour caresser doucement ses lèvres d'un tendre baiser. La colère d'Ariana s'estompe aussitôt lorsqu'elle se blottit contre lui.

Comment peut-elle craquer autant après avoir été humiliée, le tout en quelques secondes? Elle ne le comprendra jamais. Rafe a tout simplement cet effet-là sur elle. Tout en fondant dans ses bras, elle comprend la différence entre un petit coup de cœur et une grande passion qui emporte tout sur son passage.

Incontestablement, le prince est craquant, mais lui… Rafe lui fait l'effet d'une faille qui s'ouvre dans le sol avant de l'engloutir. Il la met dans un état qu'elle serait bien en peine de décrire.

— Il est déjà tard. Je vais nous faire livrer à dîner, annonce-t-il en passant le bras autour de son épaule pour la faire sortir de la pièce.

Un court instant, Ari s'autorise à appuyer sa tête contre lui. La journée a été éprouvante, et elle a bien envie de baisser sa garde. Au fond, pourrait-il vraiment la faire souffrir tant que cela?

Bien plus qu'elle ne le pense.

20

— Il faut que je vous dise : mon amie Amber est furieuse contre moi parce que je pars en week-end au soleil, alors qu'elle est coincée à la maison avec un enfant malade !

— Eh oui, c'est ce qui arrive quand on tombe amoureuse et qu'on se lance dans la production de la nouvelle génération. On passe à côté de tous les bons moments, observe Lia en éclatant de rire.

— Tu ne veux pas d'enfants, Lia ?

— Si, je veux une maisonnée remplie de petits monstres, mais pas avant un certain nombre d'années. Je suis encore trop égoïste pour consacrer ma vie à ma progéniture. À l'avenir, je voudrais des enfants, plein. Je sais que ça peut paraître bizarre, mais la perspective d'être seule dans la vie, plus tard, m'angoisse. Je veux des vacances bruyantes, des traces de doigts collants sur mes placards. Je veux la totale : la famille, les enfants, la maison avec un bout de jardin, répond Lia.

— Je vois le topo, lance Ariana en plaisantant. Des petits Palazzo dans une immense maison avec un jardin entouré d'une clôture blanche.

Cependant, les mots de Lia la laissent songeuse. Elle n'a jamais vraiment réellement réfléchi à la famille qu'elle souhaitait fonder. Pourtant, elle s'était toujours dit qu'elle aurait des

soumission

enfants, un jour. Parce que c'est ainsi que va la vie, on devient adulte, on se marie et on a des bébés.

Et si elle n'avait pas envie d'avoir des enfants? Si elle ne dépassait jamais le cap où on est trop focalisé sur sa vie à soi pour penser aux autres, avant de finir en vieille dame vivant avec vingt chats? Sur le trajet de l'aéroport, en compagnie des sœurs de Rafe, les doutes l'assaillent. Puis elle se dit qu'elle est beaucoup trop jeune pour des préoccupations de cette nature. Elle se force à penser à autre chose et à se concentrer sur l'instant présent.

— Changez donc de sujet de conversation, vous deux! Dans quelques minutes, nous allons monter à bord d'un magnifique jet privé, puis décoller pour Las Vegas, destination fabuleuse! Que ce week-end soit placé sous le signe des strip-teaseurs sexy et des margaritas à volonté, lance Rachel.

Ses paroles tirent Ariana de ses réflexions troublantes… enfin, jusqu'à ce qu'ils approchent du jet. Sa gorge se noue en s'avançant vers l'escalier. La dernière fois qu'elle est entrée dans l'avion sur cet aéroport, Rafe lui a posé un ultimatum. Revoir de près le magnifique jet privé lui rappelle son désarroi et ce jour funeste.

— Qu'est-ce qui vous a pris aussi longtemps, mesdames? Faut-il toujours que vous fassiez une entrée remarquée?

— Mais oui, c'est bien pour cela que nous sommes sublimes, rétorque Rachel en grimpant les marches de l'escalier quatre à quatre.

Ariana se tourne vers Rafe et son estomac se contracte. Deux jours plus tôt, elle a eu la possibilité de le quitter. Et pourtant elle est là, prête à monter de nouveau dans son avion. Après lui avoir fait l'amour passionnément dans son

soumission

bureau et après la réunion électrique avec le prince, il a dû s'absenter et elle ne l'a pas revu depuis.

— Je vois bien que tu ne sais plus où tu en es. Parfois, mieux vaut vivre l'instant présent, sans trop réfléchir, dit-il en passant son bras autour de ses épaules avant de se pencher vers elle pour poser doucement un baiser sur sa bouche.

Ce sont précisément ces instants où il est si humain, si gentil, qui sont les plus troublants. Elle sait gérer le Mister Hyde en lui – le docteur Jekyll, beaucoup moins.

— Je suis simplement pressée d'arriver à Las Vegas, répond-elle sur un ton faussement enjoué.

— Parfait. Je pense que tu vas passer un excellent week-end. Enfin, si mes sœurs ne t'embarquent pas dans une galère…

— J'adore vos sœurs, répond-elle avec sincérité.

— C'est leur technique. Elles t'appâtent, puis elles te mordent le cou et tu deviens l'une des leurs, note-t-il sur le ton de la confidence, tout en haussant les sourcils.

— Eh dis donc toi, j'ai tout entendu, signale Lia en lui donnant une tape sur la main. Ari, n'écoute pas mon horrible frère!

Lia lui prend le bras pour l'aider à monter l'escalier.

Consciente que Rafe est juste derrière elle, sans doute les yeux rivés sur son postérieur, Ariana ondule un peu plus des hanches. Il l'a laissée en plan? Il va voir ce qu'il va voir. Devant ses sœurs, il ne pourra rien faire. Elle décide donc de lui rendre la monnaie de sa pièce. La venue du prince Adrian l'a incitée à interrompre son petit jeu, mais elle est prête à le reprendre.

Tout le monde monte à bord, mais Shane manque encore à l'appel. Rafe leur propose de s'installer pour prendre un verre et grignoter un morceau. Ariana discute un moment avec Lia et Rachel. Puis elle tourne la tête et remarque que Rafe a pris place dans un fauteuil à l'écart, pour travailler sur son ordinateur.

Lentement, elle se lève pour se diriger vers lui. Il lève les yeux d'un air suspicieux. Ariana s'arrête devant lui et se penche en avant, pour que personne ne puisse entendre ce qu'elle lui souffle à l'oreille.

— J'ai rêvé de toi cette nuit.

Les yeux de Rafe s'écarquillent, tandis qu'il attend la suite.

— Je crois que je n'ai jamais fait l'amour comme ça, c'était incroyable. En me réveillant, j'étais toute déçue de me rendre compte que ça n'était pas vraiment arrivé.

Rafe la dévisage en tendant la main vers elle. Elle recule pour se mettre hors de sa portée, puis se penche de nouveau vers lui :

— Au fait : je n'ai pas de culotte… ni de soutien-gorge.

Sur ces mots, elle tourne les talons et va rejoindre les sœurs de Rafe. Le petit bruit qui échappe à Rafe suffit à mettre Ariana d'excellente humeur. Pourvu qu'il souffre le martyre pendant tout le vol jusqu'à Las Vegas.

Dix minutes plus tard, Ariana sent que le regard de Rafe est toujours braqué sur elle, si intense qu'il la transperce comme un rayon laser. Elle finit par lever les yeux pour croiser son regard brûlant de désir. Bien qu'elle se consume elle aussi, elle lui adresse un clin d'œil nonchalant et lève son verre dans sa direction, avant de passer lentement sa langue sur le bord du verre.

Voyant qu'il fronce les sourcils, elle attrape un glaçon dans son verre et le passe dans son cou, faisant couler de l'eau glacée sur son chemisier.

— Il fait vraiment chaud ici, tu ne trouves pas? lui demande-t-elle.

— Viens donc faire un tour au fond de l'appareil! Je peux monter la climatisation, pour que tu n'aies pas trop chaud, propose-t-il en se levant.

Ariana n'a pas la moindre intention de céder à ses avances, puisque l'idée est de le rendre fou. Lentement, elle avance vers lui, avant de passer la main sur son torse.

— Ah non, je ne crois pas. L'autre jour, tu m'as laissée en plan... et toute mouillée. À moi maintenant de m'amuser un peu, murmure-t-elle avec un sourire, en s'écartant de lui.

— Viens par ici, Ari! gronde-t-il en s'avançant vers elle.

Reculant prestement, elle va se réfugier entre Rachel et Lia. Rafe semble déterminé à ne pas laisser la présence de ses sœurs lui mettre des bâtons dans les roues. La vengeance qu'il pourrait imaginer fait frissonner Ari.

— Me voilà! Que la fête commence!

Ariana sursaute en entendant la voix de Shane, qui vient de se précipiter dans l'avion. Son arrivée fait diversion, plus efficacement qu'un seau d'eau glacée. Rafe s'arrête net, tandis que tout le monde se tourne vers le nouvel arrivant.

Ariana se penche en avant pour attraper un autre glaçon qu'elle passe sur son cou, histoire d'enfoncer un peu plus le clou. En voyant le regard noir que Rafe lui lance, elle pourrait jurer que de la vapeur ne va pas tarder à lui sortir des oreilles.

Baissant les yeux, elle découvre au niveau de sa braguette une bosse qui ne laisse aucun doute sur son état d'excitation. On dirait qu'elle a remporté cette manche...

— Merci, ma chérie, lance Shane en attrapant le verre que Rachel tient à la main.

Elle lui lance un regard noir.

soumission

— Ravi de te voir enfin, dit sèchement Rafe qui s'est ressaisi.
— Désolé. Le travail… répond Shane, qui n'a pas l'air désolé le moins du monde.

Rafe annonce au pilote qu'ils peuvent décoller. Peu après, les portes se ferment, puis l'avion s'engage sur la piste. Bientôt, ils seront à Las Vegas! Lorsque l'avion décolle, Ariana a du mal à contenir sa joie.

— Qu'est-ce que tu avais de si important à régler, pour faire attendre tout le monde? demande Lia.
— Oh, je ne vais pas vous ennuyer avec des histoires de boulot. En route pour la ville du péché! On va s'amuser!
— Ah bon, parce que ça t'arrive de t'amuser, Shane? La dernière fois que je t'ai vu, tu jouais les nounous rabat-joie lors d'une soirée qui aurait pu être très réussie.
— Tu es contrariée, Lia, parce que cela fait deux fois que je vole à ton secours et que tu tournes de l'œil à mes pieds, répond Shane avec un clin d'œil.
— Et il faudrait que je me traîne à tes pieds de gratitude, espèce de salaud prétentieux?
— Mais voyons, Lia! Qu'est-ce qu'il t'arrive?
— Calme-toi, grand frère! Je plaisantais. S'il y a bien quelqu'un qui a besoin de se détendre à Las Vegas, c'est toi.
— Je te demanderai simplement de ne pas parler sur ce ton à Shane, souligne-t-il.
— La dernière fois que j'ai vérifié, Shane était un grand garçon. À mon avis, il sait se défendre tout seul. Alors comme ça, le petit Shane a besoin de son meilleur ami pour voler à son secours?
— Je sais très bien comment il faut se comporter avec toi, Lia.
— Ah oui? C'est-à-dire?

soumission

— Je crois que jamais une gamine n'a eu autant besoin d'une bonne fessée que toi.

Lia reste bouche bée, tout en fusillant Shane du regard.

— Je ne suis plus une gamine, Shane!

— Alors, arrête de te comporter comme si tu en étais une!

Ariana observe Lia qui croise les bras et se recule sur son siège. Et voilà : les deux hommes sont furieux. Décidément, ces deux hommes d'affaires débordant d'assurance se laissent facilement décontenancer par la gent féminine. Si les membres de leurs conseils d'administration pouvaient les voir!

Ariana décide alors de tirer profit de cette tension palpable. Lorsque Rafe lève les yeux, leurs regards se rencontrent. Lentement, elle croise les jambes, faisant remonter davantage encore sa jupe très courte, offrant une vue presque indécente sur ses cuisses musclées.

Elle passe le bout de son index à l'ongle verni sur sa peau, et longe le bord de sa jupe. Puis elle glisse le doigt sous le tissu pour le relever davantage encore. Rafe a le regard rivé sur sa main. Ariana se sent victorieuse, et terriblement femme.

Elle remonte sa main pour jouer machinalement avec le décolleté de son chemisier. Lorsqu'il croise de nouveau son regard, elle bat des cils dans sa direction et affiche une expression innocente, en ouvrant de grands yeux ronds, comme si elle n'avait pas la moindre idée de la raison qui le pousse à se tortiller sur son siège.

Rafe lance un regard dans sa direction, puis il se lève. Ariana se demande si elle vient de perdre cette manche. Va-t-il se diriger vers elle pour la soulever et l'emporter au fond de l'avion? Une perspective loin d'être désagréable – sauf bien sûr s'il décidait de la laisser en plan de nouveau.

— Allons nous installer à l'arrière pour parler affaires, lance Rafe avant de s'éloigner en compagnie de Shane.

Ariana n'en revient pas. Puis elle comprend : il est dans tous ses états, au point qu'il a dû prendre la fuite. Elle ressent alors une vertigineuse sensation de puissance.

Sitôt les deux hommes partis, Rachel lance :

— Bien joué, Lia. Nous voilà tranquilles !

Ariana se félicite qu'elles n'aient pas remarqué son manège, à moins qu'elles n'aient choisi de ne rien dire.

— J'ai des billets pour le spectacle *Thunder from Down Under*, où nous serons dans l'espace VIP. Mmm, j'espère que nous aurons l'occasion de tripoter les danseurs.

— Rachel, enfin ! s'exclame Ari, choquée, en lançant un regard vers le fond de l'appareil.

Pourvu que Rafe n'ait rien entendu…

— Ne fais pas ta sainte-nitouche, Ari. C'est une virée entre filles. Je sais que mon frère jouerait les trouble-fête s'il savait où nous allons. C'est pourquoi nous lui dirons que nous assistons au spectacle *Le Rêve*, avant d'aller dîner. Il comprendra sans doute la vérité lorsque je posterai des photos me montrant en compagnie des beaux gosses en petite tenue, mais le mal sera fait, déclare Lia avec un grand sourire.

La gorge d'Ariana se serre en imaginant la réaction de Rafe. Après sa saute d'humeur au sujet du prince Adrian, elle se gardera bien d'approcher les strip-teaseurs de trop près.

— Tu ne lui appartiens pas, Ari. Et puis c'est très bien de rendre un homme jaloux. Ça lui rappelle que votre histoire n'est pas gagnée d'avance. Ne le laisse pas prendre le dessus ! Et n'oublie pas que tu es sublime ! Débrouille-toi pour qu'il te coure après !

soumission

— Je ne m'inquiète pas, Lia. C'est juste que parfois, ton frère peut se montrer… disons, sanguin, répond Ariana sans grande conviction.

— Sanguin? C'est une façon de dire que c'est torride au lit!

Rachel lui lance un clin d'œil avant de se lever pour aller aux toilettes.

Quelques minutes plus tard, les deux hommes reviennent, interrompant la discussion des jeunes femmes, tandis que l'avion entame sa descente vers Las Vegas. Ariana découvre par le hublot toutes les lumières de la ville. Une vague d'excitation lui parcourt le corps.

Peu importe le prix à payer: ce week-end, elle va s'amuser. Le groupe descend les marches de l'avion. Rafe tend la main vers elle lorsqu'elle atteint la dernière marche.

— Ça t'amuse, ce petit jeu, Ari?

— Je ne vois pas de quoi vous voulez parler, répond-elle.

— Tu ne sais pas mentir, souligne-t-il.

— On dirait pourtant que j'ai remporté cette manche, réplique-t-elle, victorieuse et ravie.

— As-tu vraiment gagné, Ari? Oui, tu m'as fait bander, mais j'imagine qu'à l'instant où je te parle, tu es toute mouillée et tu meurs d'envie que je te prenne. Et puis… j'ai toujours ta culotte, précise-t-il avec un sourire tout en bougeant la main au fond de sa poche, pour lui faire comprendre que le sous-vêtement s'y trouve toujours.

Ariana regarde les autres membres du groupe, en priant pour qu'il bluffe et surtout pour qu'il ne dégaine pas sa culotte. Sa victoire aura été de courte durée…

Ce type va la rendre dingue. Elle aimerait gagner, juste une fois. Est-ce trop demander? D'un air renfrogné, elle tourne les talons, sans chercher à récupérer sa culotte… Ça lui ferait trop plaisir…

Le rire la suit tandis qu'elle se dirige vers la limousine qui les attend. Rira bien qui rira le dernier… Elle trouvera un moyen de le mettre à genoux, tôt ou tard. Et la victoire sera d'autant plus exquise qu'elle se sera fait attendre.

21

Ariana passe les doubles portes qui s'ouvrent sur le sol en marbre de l'entrée. Éblouie, elle écarquille les yeux. Quel luxe, quelle élégance! Elle traverse la suite vénitienne pour s'approcher de l'immense baie vitrée du salon, qui offre une vue magnifique sur les lumières du célèbre Las Vegas Strip.

— C'est magnifique! s'exclame-t-elle en regardant autour d'elle. Le penthouse réunit tout ce dont on peut rêver. Deux sublimes salles de bains en marbre avec des jacuzzis et des douches entièrement vitrées, une chambre spacieuse avec un lit *king size* qui lui tend les bras, un salon avec une cheminée dans laquelle brûle un feu, une salle à manger avec une immense table pouvant accueillir d'innombrables convives, et bien d'autres merveilles.

— Oui, j'aime beaucoup séjourner ici. L'hôtel et le casino que nous construisons actuellement seront dans cet esprit-là. Je ne m'intéresse qu'aux projets haut de gamme, souligne Rafe tout en enlevant sa veste.

— Ari, tu as très précisément trente minutes pour t'habiller. Nous partons bientôt, informe Rachel qui vient d'entrer dans la pièce avec un large sourire.

— Où est ta chambre?

— Juste à côté. Nos chambres communiquent. Je reviens tout de suite, dit-elle avant de repartir dans un couloir qu'Ariana n'avait même pas remarqué.

soumission

La suite est plus grande que bien des appartements. Ariana frissonne à l'idée de s'habituer à une vie aussi luxueuse.

— Tu as bien une seconde pour prendre une coupe de champagne et déguster quelques fraises, n'est-ce pas? demande Rafe en s'approchant d'elle, une flûte à la main.

Avec un sourire de remerciement, Ariana prend le verre et boit une gorgée. Elle n'aime pas vraiment le champagne, mais il serait dommage de gâcher ce moment en faisant preuve d'ingratitude. Elle se dirige vers la table pour prendre une fraise et croquer dans le fruit sucré et juteux. Puis elle avale une nouvelle gorgée de champagne, qui lui paraît bien meilleure que la première.

Peut-être est-ce le secret pour apprécier cette horrible boisson? Elle réussit à terminer sa flûte, en croquant dans les fraises entre chaque gorgée.

— Merci beaucoup, dit-elle à Rafe avant de réunir quelques vêtements et de se diriger vers sa grande salle de bains.

Elle n'est pas aussi somptueuse que celle de Rafe – à quoi s'attendait-elle? – mais elle ne peut pas se plaindre: il y a du marbre partout, au sol et autour des vasques.

Bien que Rachel ne lui ait pas laissé beaucoup de temps, Ariana ne peut résister à la tentation de prendre une douche rapide. Ses affaires de toilette ont été déballées, et il ne lui faudra pas longtemps pour prendre sa douche, se sécher et s'habiller.

Installée sur le banc confortable, elle se maquille devant la coiffeuse, en se disant qu'elle a l'impression d'être une princesse. Voilà ce qu'elle aimerait avoir chez elle, un jour: un endroit où elle pourra prendre soin d'elle, le plus confortablement possible.

Cependant, un coup d'œil dans la psyché la fait frémir. Lia a insisté pour qu'elle porte cette tenue, mais Rafe va piquer une crise en la voyant ainsi, c'est sûr. Lia a-t-elle décidé d'énerver son frère ou bien a-t-elle simplement un penchant pour les robes très courtes et très ajustées ? Dans un cas comme dans l'autre, Ariana ne sait ce qui est pire : contrarier Lia ou se disputer avec Rafe ?

Tout en rassemblant son courage pour ouvrir la porte de la salle de bains, elle lance un dernier regard dans la glace. Ce soir, elle a prévu de s'amuser, ce qu'elle n'a fait que trop rarement ces derniers temps.

— Mesdemoiselles, êtes-vous sûres de ne pas vouloir que nous vous escortions pour veiller sur votre sécurité ?
— Si nous souhaitions avoir des gardes du corps, nous aurions recruté ces gars sexy qui font de la publicité un peu partout, Shane.
— Aïe… Je suis profondément blessé par tes paroles, Lia.
— Je crois que tu fais semblant de te préoccuper de notre sécurité, mais qu'au fond, tu meurs d'envie d'aller voir le spectacle *Le Rêve*… sans vouloir remettre en doute ta virilité ! Je suis sûre que nous serons en sécurité parmi les dix mille autres personnes qui se promènent sur cette partie de Las Vegas Boulevard, le taquine Rachel.
— Sans vouloir dénigrer le spectacle de danse que vous allez voir, je dois avouer que je préfère l'Ultimate Fighting Championship qui a lieu ce week-end, même si votre spectacle se déroule dans un cadre magnifique.

soumission

— Oh, mais quel gros macho! Comment avons-nous pu nous tromper à ce point à ton sujet? demande Lia tandis que la porte s'ouvre.

En attendant Ari, Rafe s'efforce de mettre fin aux chamailleries entre ses sœurs et Shane. En réalité, il aimerait que tous les trois s'en aillent, pour qu'il puisse montrer à Ariana ce qui arrive quand on le cherche.

Il aurait du mal à prétendre que cela lui a déplu. Il était prêt à la jeter sur son lit et à la prendre, mais il veut aller plus loin dans leur petit jeu. L'assurance croissante dont elle fait preuve décuple son désir. Désormais, il veut la prendre si fougueusement qu'elle ne pourra plus s'asseoir pendant une semaine.

— J'espère que c'est une plaisanterie?

Tout le monde cesse de parler et se tourne dans sa direction. Rafe ne s'est même pas rendu compte qu'il a parlé à haute voix. En découvrant l'expression de fureur qui s'est affichée sur son visage, Ariana a eu le culot de lui lancer un sourire, avant de rejoindre Lia et Rachel en ondulant des hanches.

— Quelque chose ne vas pas, Rafe? lui demande Ari, coquine, d'un air innocent.

Effectivement, quelque chose ne va pas. Sa robe est si courte qu'elle en est indécente. Et elle moule toutes les parties de son anatomie qu'il aime tant. Avec ses cheveux relevés en un élégant chignon, la ligne pure de sa nuque est parfaitement mise en valeur. Tous les hommes, mariés ou non, qui l'approcheront à moins de cinq mètres s'imagineront dans les positions classées X les plus inavouables avec elle… Or ces images lui sont réservées, à lui seul.

— Tu ne penses pas que ta tenue est un peu trop sexy pour aller voir un spectacle?

soumission

En voyant ses sœurs s'étouffer, outrées et incrédules, Rafe comprend qu'il n'aurait jamais dû dire cela. Il le sait, il ne remportera pas cette bataille. Même si Ariana cédait et décidait de se couvrir davantage, ses sœurs la feraient sortir de la pièce sans lui en laisser le temps. Rafe déteste voir les femmes se serrer les coudes. Elles forment alors un front uni, plus infranchissable que la grande muraille de Chine.

— Sur cette remarque intelligente, nous y allons, espèce d'abruti égoïste! lance Rachel tout en prenant le bras d'Ariana pour l'entraîner hors de la pièce.

Rafe envisage une seconde de se lancer à sa poursuite, avant de croiser le regard de Shane qui semble vouloir le décourager. Il se dirige alors vers le bar pour se servir un grand verre.

— N'oublie pas que c'est toi qui les as mises de mauvaise humeur, lui rappelle Rafe.

Shane éclate de rire, contraignant son ami à voir le côté amusant de la situation.

— Incroyable, Rafe. À côté de toi, j'ai l'air d'un superhéros. Je pense qu'il va falloir que nous recommencions à draguer en duo, comme avant. Toi, tu joueras le rôle du méchant, qui te va à merveille. Et moi, j'interviendrai pour sauver ces demoiselles de tes griffes.

— Et quel intérêt aurais-je à jouer ce jeu?

— Oh, je voyais plutôt l'intérêt que ça présenterait pour moi, en fait. Mais j'imagine qu'il y a aussi des femmes qui aiment les salauds dans ton genre?

Si Rafe ne connaissait pas aussi bien son ami, il aurait peut-être été tenté de lui asséner un bon coup de poing. Mais bien que Shane soit resté impassible, son regard pétillant le trahit.

soumission

— Il faut que je sorte d'ici, décrète Shane. Allons jouer aux cartes!

— Je n'ai jamais compris pourquoi tu aimes tant jouer, Shane. Tu te consacres pendant des heures à une activité dont l'issue ne changera absolument rien à ta vie. Qu'importe si tu gagnes vingt mille dollars? Tu as plus d'argent que tu ne pourras en dépenser dans toute ta vie, et même au cours de la suivante.

— Rafe, pourquoi faut-il toujours que tu prennes tout au sérieux? L'idée, c'est de s'asseoir autour d'une table avec des gens, de passer un bon moment pendant que l'alcool coule à flots et de profiter du spectacle.

— Tu ne veux quand même pas que je retourne au *Pussycat Lounge* avec toi?

— Allez, Rafe. Tu ne peux pas dire le contraire. Là-bas, les filles qui distribuent les cartes sont beaucoup plus mignonnes qu'ailleurs, répond Shane en éclatant de rire.

— Je préférerais encore aller travailler.

— Pas question. Tu m'as entraîné à Las Vegas et nous n'avons rien prévu d'ici demain. Alors ce soir, on va boire, mater les filles et perdre un paquet d'argent.

Rafe envisage une seconde de décliner la proposition. Puis il se ravise: cela fait longtemps qu'il n'a pas fait la fête. Et puis, il sait que Shane ne cédera pas. Alors, autant le suivre de son plein gré. Il en profitera pour fumer un bon cigare. Il y a pire dans la vie que de passer une soirée en compagnie de son meilleur ami.

— Les filles, vous n'avez pas idée de la colère que Rafe va piquer quand il découvrira où nous sommes allées.

— Détends-toi, Ari! Tu n'es pas sa chose. Et crois-moi, tu ne vas pas regretter le spectacle.

— Alors j'arrête de protester, répond Ari avec un grand sourire, tandis qu'elles passent les portes de l'*Excalibur*.

Même si elle ne le reconnaîtrait jamais, elle est survoltée. Avant d'avoir fait la connaissance de ses trois amies au travail, elle n'était jamais sortie le soir.

Maintenant qu'elle a découvert le plaisir de sortir le week-end, elle doit reconnaître qu'elle a vraiment raté quelque chose, toutes ces années. Bien sûr, mieux vaut éviter les bars où on vous glisse de la drogue dans votre verre, mais aller voir un bon spectacle de strip-tease masculin avec des copines est un plaisir que toutes les femmes devraient avoir connu au moins une fois dans leur vie.

Ariana adore Amber, Shelly et Miley. Mais elle s'est aussi prise d'affection pour Lia et Rachel. Lorsque son chemin et celui de Rafe se sépareront, leur amitié n'y résistera sans doute pas. Elle a bien tenté de garder ses distances pour ne pas trop s'attacher à ses sœurs, mais c'était impossible.

— Sans vouloir jouer les rabat-joie, je me demandais… Que se passera-t-il quand Rafe et moi, nous ne serons plus… ensemble?

Les deux jeunes femmes s'arrêtent net et la regardent. Pour une fois, elles ont l'air sérieux. Lia se tourne vers elle, aussitôt suivie par Rachel, comme si leurs mouvements avaient été chorégraphiés. Toutes deux serrent fort dans leurs bras une Ariana proche d'éclater en sanglots.

— Désolée de te dire une chose pareille, mais nous avons vu Rafe avec beaucoup de femmes. Nous ne sommes pas idiotes, nous savons qu'il leur impose certaines règles. Cela ne nous plaît pas du tout, nous n'aimons pas la manière dont il se comporte avec les femmes. Mais avant toi, il n'y en a pas eu une seule que nous avons eu envie de mieux connaître. Nous étions soulagées lorsqu'il se lassait de ces bimbos et qu'elles disparaissaient de sa vie. Elles nous toléraient, et vice versa, confie Rachel.

Ariana sent sa gorge se nouer.

— Avec toi, c'est différent, Ari. Sincèrement, je ne le dirais pas si je ne le pensais pas. Rafe tient à toi. Je ne l'ai jamais vu se comporter ainsi avec une autre — pas même avec son ex. Sans doute a-t-il cru être amoureux d'elle, et il pense peut-être qu'elle lui a brisé le cœur, mais c'est faux. Il a été humilié, il a été déçu, mais il n'a pas eu le cœur brisé, ajoute Lia.

— Avec toi, Rafe est en train de panser ses plaies, même s'il ne s'en rend pas compte. Je t'en prie, laisse-lui une chance! Ouvre-lui ton cœur et va au-delà des apparences! Ne te fie pas à l'armure de dureté qu'il s'est forgée! Regarde comme il est bon avec nous, vois toutes les choses extraordinaires qu'il fait pour la société et pour le monde entier! Donne-lui une raison de faire confiance de nouveau, et je suis sûre qu'il sera à la hauteur, ajoute Rachel.

Ariana ne peut retenir ses larmes. Ces femmes magnifiques sont décidément extraordinaires. Elles aiment sincèrement leur frère et elles semblent également tenir à elle. Doit-elle les écouter et laisser une véritable chance à Rafe? Il l'a pourtant mise en garde de ne pas tomber amoureuse de lui, il lui a dit clairement qu'il ne le voulait pas. Comment pourrait-elle prendre un risque pareil?

— Je ne suis pas sûre de pouvoir y arriver, répond-elle enfin.

— En tout cas, pour répondre à ta question, Ari, tu es notre amie maintenant. Quoi qu'il arrive avec Rafe, nous ne te laisserons pas disparaître de notre vie, promet Rachel.

— Merci.

Elles sont sincères, Ariana n'en doute pas. Elles sont déterminées à tenir leur promesse. Mais la jeune femme sait que ce sera impossible. Comment pourrait-elle rester amies avec elle une fois que Rafe et elle auront cessé de se voir? Elles mentionneront forcément leur frère, et Ariana n'aura pas la moindre envie d'entendre à quel point sa vie sans elle est merveilleuse. Ce serait trop douloureux.

— Bon, assez de psychodrames pour ce soir. Nous sommes venues pour nous amuser et voir le spectacle, alors allons-y! lance Lia en sortant des mouchoirs en papier de son sac pour les distribuer aux deux autres jeunes femmes.

Elles font une halte aux toilettes pour retoucher leur maquillage, avant de prendre le chemin du théâtre.

22

Une effervescence incroyable règne dans le hall de la salle de spectacle, où de nombreuses femmes patientent avant *Thunder from Down Under*. Ariana ne peut retenir un sourire en apercevant des groupes de femmes tenant des pancartes indiquant qu'elles enterrent la vie de jeune fille de l'une d'elles. Entre les différents groupes, les remarques fusent joyeusement.

Rachel, Lia et Ariana se retrouvent non loin du bar. Évidemment, Lia insiste pour y entrer.

— Je déteste faire la queue. Allons plutôt prendre un verre en attendant!

Elle prend Rachel et Ariana par la main pour les entraîner dans le vaste espace et s'avancer jusqu'au comptoir.

Avant qu'elles aient eu le temps de commander quoi que ce soit, le barman bondit sur son bar, une bouteille à la main.

— Est-ce que vous passez une bonne soirée, mesdemoiselles?

Des cris enthousiastes s'élèvent dans tout le bar, jusqu'à la file des spectatrices attendant pour entrer dans la salle.

— Vous êtes toutes venues pour admirer les beaux gosses australiens? demande le barman avant de mettre ses doigts dans la bouche pour siffler.

Une fois de plus, l'assistance se déchaîne. Et Ariana se demande si Lia et Rachel ne sont pas les plus bruyantes de toutes. Pour ne pas jouer les rabat-joie, elle crie elle aussi, ce qui lui vaut un grand sourire et un clin d'œil de la part du barman.

— J'ai un gros problème, mesdames. Il faut absolument que je vide cette bouteille et je n'ai plus de verres. Est-ce que vous pourriez me dépanner?

Toutes les femmes hurlent pour proposer leur aide.

— Qui en veut?

Lia est la première à se précipiter vers lui en jetant la tête en arrière, la bouche ouverte, pour qu'il y verse du curaçao.

Il se penche en avant, puis incline la bouteille devant sa bouche. Lia pousse un nouveau cri en sentant le liquide bleu couler dans sa gorge. Son excitation est contagieuse. Lorsque Lia pousse Ariana pour l'encourager à y aller, elle n'hésite pas une seconde.

Réprimant un haut-le-cœur, Ariana avale la boisson amère qui coule dans sa gorge. Puis elle attend que Rachel passe, elle aussi. Chaque fois qu'une nouvelle femme boit à la bouteille, la foule l'acclame, de plus en plus fort. Tout en riant, Ariana se retourne et croise alors le regard d'un très bel homme, vêtu d'un costume sombre avec une cravate.

— Vous êtes ici pour le spectacle? lui demande-t-il avec un grand sourire.

— Oui, bien sûr. Et vous?

— Non, pas moi. Les strip-teases masculins, ça n'est pas trop mon truc! Est-ce que je peux vous offrir un verre, à vous et à vos amies?

— Volontiers, répond Ari, tout en éprouvant une once de culpabilité de discuter avec l'inconnu. Puis elle se dit que c'est une soirée entre filles, où un petit flirt innocent ne porte pas à conséquence.

soumission

— C'est un cigare que vous avez là? demande Rachel, contraignant Ariana à se pousser pour lui permettre de s'asseoir à côté de l'inconnu.

Celui-ci semble ravi d'avoir quasiment Rachel sur ses genoux.

Il lui montre le grand cigare brun, puis le lui tend. Surprise, Ariana observe Rachel tirer une grande bouffée.

— C'est dégoûtant, Rachel! s'exclame Lia, riant de la voir recracher un nuage de fumée.

— Je fume le cigare uniquement lorsque je bois. Cette odeur me rappelle grand-père. C'est si amusant et ça sent si bon, répond Rachel qui prend une nouvelle bouffée avant de le rendre à son propriétaire.

— La compagnie de trois jeunes femmes aussi charmantes me donnerait presque envie d'assister à un spectacle de strip-tease masculin, pour continuer à profiter de votre présence, confie l'inconnu, qui dévore Rachel des yeux.

— Désolée, c'est une soirée entre filles. Mais laissez donc votre carte à Rachel! Si vous avez de la chance, elle vous appellera, glisse Lia en avalant son deuxième verre, un Sex on the Beach, une boisson à base de vodka.

— Phillip Monsoon, se présente-t-il en sortant une carte de visite de son portefeuille.

— Et quel bon vent vous amène à Las Vegas, Phillip? demande Lia.

— Appelez-moi et je vous l'expliquerai! répond-il en éclatant de rire. On dirait qu'ils commencent à laisser entrer les spectatrices dans la salle. Puis-je vous offrir un dernier verre avant d'être obligé de vous quitter?

— Comment refuser une offre pareille? répond Rachel avant de prendre de nouveau le cigare, pour aspirer une dernière bouffée.

soumission

— Alors des tequila shots pour tout le monde! crie Lia.

La dizaine de femmes installées au bar hurlent leur approbation, tandis que le barman sort suffisamment de verres pour tout le monde. Puis il lance la bouteille en l'air et remplit d'une traite tous les verres alignés.

Ariana constate avec surprise que Philip ne s'offusque pas le moins du monde que Lia ait transformé sa proposition de leur offrir un verre en tournée générale pour toutes les clientes au bar. Son regard brille lorsqu'il regarde Rachel. Manifestement, il a un faible pour elle.

Les femmes installées au bar lèchent leurs poignets, versent du sel dessus, avalent leurs verres, puis sucent un morceau de citron vert. Rachel lance un clin d'œil à Phillip, puis les trois femmes s'éclipsent pour quitter le bar et rejoindre le théâtre. À peine sont-elles entrées dans le hall que Phillip est oublié… du moins pour Ari.

Lia les conduit jusqu'à l'avant de la salle, juste en face de la scène, pour installer Ariana à la meilleure place. Sur le grand écran défilent des photos des danseurs, qui suscitent des hurlements dans le public. Et lorsque apparaît un gros plan de fesses nues, l'assistance se déchaîne.

Quelques minutes plus tard, un bel homme portant une chemise, une cravate et un jean délavé monte sur scène pour leur souhaiter la bienvenue, avant de leur demander si la soirée se passe bien. La foule se met à crier de nouveau. Ariana constate que son accent australien est terriblement sexy. Son estomac se serre à l'idée de ce qui l'attend. Elle meurt d'impatience de voir le spectacle, mais ressent aussi un peu d'appréhension.

— Alors comme ça, il paraît que vous êtes une bande de chaudasses? hurle-t-il.

soumission

Les femmes approuvent bruyamment, sans la moindre retenue : oui, elles sont venues voir des danseurs sexy se déshabiller et elles ont hâte que le spectacle commence.

Ariana n'a jamais rien vu de tel. Et lorsque la fumée envahit la scène et que l'écran se soulève, son cœur se met à battre à tout rompre.

Sept hommes vêtus de costumes arrivent sur la scène, où ils exécutent une danse synchronisée. Ariana se surprend à hurler comme les autres spectatrices lorsque les danseurs ondulent des hanches au rythme de la musique. Tout à coup, au milieu de la chanson, leurs chemises s'ouvrent, dévoilant des pectoraux en béton et des abdos en tablettes de chocolat qui lui mettent l'eau à la bouche.

À la fin de leur danse, ils tournent le dos à la scène et là, leurs pantalons tombent, dévoilant des fesses nues. La foule hurle si fort que son rugissement couvre le rythme sensuel de la basse. Malgré la température qui règne dans la salle, Ariana sent ses joues s'embraser. Waow ! C'est sûr, Rafe serait furieux s'il la voyait, mais qu'importe !

Puis, les danseurs quittent la scène pour descendre dans la salle, où ils sautent sur les tables. De là, ils se penchent en avant pour embrasser plusieurs femmes surexcitées. Intimidée, Ariana se dit qu'elle est à l'abri tant qu'elle ne croisera pas le regard d'un danseur. Rafe sera déjà suffisamment furieux en apprenant qu'elle est allée voir le spectacle. Inutile qu'elle embrasse qui que ce soit, cela le ferait exploser de colère.

Puis l'un des danseurs fait monter une spectatrice sur scène. Il l'installe sur une chaise, puis exécute pour elle la plus torride des *lap dances*. La femme est écarlate, ce qui fait ressortir les dents blanches comme des perles de son large sourire. Lorsque le danseur se redresse pour approcher sa braguette

soumission

du visage de la jeune femme, c'est Ariana qui devient écarlate. Ces gars-là ont l'air d'apprécier leur travail…

Tandis que le spectacle touche à sa fin, Ariana sent que l'alcool lui est monté à la tête. Lorsque six danseurs montent sur scène, elle les applaudit et les acclame comme le reste de l'assistance. Soudain, l'un des hommes descend de la scène et vient la prendre par la main.

Elle fixe le sourire du danseur comme un lapin pris dans les phares d'une voiture. Impossible de monter sur scène ! Elle s'amuse comme une folle et ils sont tous sublimes. N'empêche qu'ils n'arrivent pas à la cheville de Rafe. À quoi bon aller se frotter à l'un d'eux, alors qu'elle a un amant extraordinaire qui l'attend ?

C'est sûr, il l'attend, mais pour combien de temps encore ? Un jour, une semaine, peut-être même un mois ? Rafe a la réputation de ne pas garder ses maîtresses plus de quelques mois. Elle ferait bien de s'en souvenir.

— Ne t'avise pas de refuser, hurle Lia en éclatant de rire, avant de pousser Ariana en direction de la scène.

Ariana n'a guère le choix ; elle suit le danseur sur scène. Il la fait asseoir sur un long banc, puis il court rejoindre les autres danseurs pour un nouveau numéro. Ariana se demande si elle est supposée le regarder ou regarder le public. Elle décide de baisser les yeux jusqu'à la fin du numéro. Quelque chose lui dit qu'elle ne va pas s'en sortir sans devenir écarlate…

L'homme revient vers elle avec des mouvements langoureux, avant de se plaquer contre elle. Puis il lui prend les mains, qu'il pose sur le bas de son dos, en écartant bien les mains d'Ariana sur ses fesses. Le public lui hurle des consignes. Ariana se laisse prendre au jeu et lui pelote le postérieur. Le danseur aux yeux de braise lui lance alors un clin d'œil.

soumission

Puis il revient vers les autres qui se tournent lentement, en mettant leurs attributs en avant. Deux d'entre eux se dirigent ensuite vers Ariana et ondulent contre elle. De l'autre extrémité de la salle, Ariana entend la voix de Lia qui lui hurle de lui *toucher le cul*. Un conseil qu'Ariana préfère ne pas suivre.

Puis, il ne reste plus qu'un seul danseur devant elle. Il enlève son boxer, puis tourne plusieurs fois autour d'Ari, avant de l'allonger sur le banc, puis de se coucher sur elle! C'est sûr: s'il y avait une panne de courant en cet instant précis, le feu qui a embrasé ses joues suffirait à éclairer toute la salle – voire l'hôtel tout entier!

Après avoir ondulé des hanches de manière provocante au-dessus d'elle pendant quelques secondes, il l'aide à se rasseoir, puis à se relever. Il la serre ensuite dans ses bras, en la soulevant de terre.

— Merci d'avoir joué le jeu, ma chérie, lui glisse-t-il avec un accent australien très craquant.

Il l'aide à descendre de scène, puis termine son numéro.

Le spectacle s'achève, et Ariana est toujours écarlate. L'un des danseurs présente toute la troupe, en citant les noms de chacun, puis il propose au public de prendre des photos avec le danseur de son choix. Lia, bien évidemment, n'entend pas rater cela.

Les trois jeunes femmes se mettent dans la file d'attente, puis chacune s'installe sur les genoux d'un danseur, qui les embrasse sur la joue pour la photo. En quittant la salle, Ariana a l'impression de marcher sur un nuage. Comme elle s'amuse avec ses deux fabuleuses amies et comme elle aime que ces dieux du sexe lui consacrent autant d'attention! Qu'importe si pour eux, il s'agit d'un spectacle qu'ils répètent soir après soir. Elle s'est sentie belle et désirable. Oui, avec Rafe aussi elle se sent belle, lorsqu'il vénère son corps mais après lui avoir fait l'amour, il s'en va.

Être désirée par un homme au point qu'il serait incapable de dormir dans une autre chambre qu'elle, voilà qui serait fabuleux. Quelqu'un qui la désirerait au lit et en dehors du lit. Elle en rêve. Jamais Rafe ne pourra lui apporter cela, il le lui a dit clairement.

Si seulement elle n'avait pas dans un coin de sa tête les voix de Lia et de Rachel qui lui soufflent autre chose… Décidément, il lui faut un verre.

— Je n'arrive pas à croire qu'ils t'aient fait monter sur scène ! Je suis morte de jalousie, confie Rachel tandis qu'elles descendent vers le casino.

— Je compte sur vous pour que cela reste entre nous. Il va falloir brûler cette photo, répond Ariana en éclatant de rire.

— Hors de question que j'anéantisse le moindre souvenir de cette soirée ! J'espère que tu plaisantes ? Jamais je ne me suis autant amusé. Ces gars étaient trop sexy.

— Mmm, est-ce que nous pourrions les ramener à la maison ?

— Rachel, je suis sûre que si tu les regardais en battant des cils, ils te supplieraient de les ramener chez toi.

— Voilà un programme qui me plaît ! Je pourrais faire un tas de trucs cochons avec toute la troupe.

— Vous êtes terribles, toutes les deux. Sérieusement, promettez-moi que Rafe ne verra jamais cette photo ! insiste Ari.

En silence, elle ajoute, *du moins pas avant que notre histoire soit terminée.*

— J'ai un dossier sur toi, je vais pouvoir te faire chanter ! répond Lia en dégainant la photo avec un éclat de rire.

— La soirée n'est pas terminée. Allons en ville pour perdre un peu d'argent, propose Rachel.

— Entendu. On dirait qu'Ari est en train de dessoûler. Allons vite boire quelque chose !

Ariana baisse les bras. À quoi bon protester ? Elle sait que lorsque ses amies sont déterminées, mieux vaut les suivre et voir où l'aventure les mène. Si elle protestait, elle sait qu'elles la traîneraient là où elles veulent aller, même si elle se débattait, et elles n'hésiteraient sans doute pas à lui passer des menottes. Bien qu'elle ait l'esprit embrumé, cette idée la fait rire.

Bras dessus bras dessous avec ses amies, elle sourit et les suit là où Lia a prévu de les amener.

23

— Dix-neuf!

— Oui! Bien joué, Ari, s'écrie Lia avant de sauter de joie, puis de taper dans la main de plusieurs hommes autour d'elle.

— Oh ma belle, on dirait que vous portez bonheur! s'écrie l'un d'eux en soulevant Ariana dans ses bras pour la faire tourner. Puis il la repose, et elle éclate de rire, en se sentant perdre l'équilibre.

Ariana a perdu toute notion du temps, mais elle est aux anges : dire qu'elle fait la tournée des casinos de Freemont Street! Ses amies la traînent de table en table pour profiter de sa chance incroyable. Un groupe d'hommes qui enterrent la vie de garçon de l'un d'eux les suit à la trace.

— Allez, Ari. Embrassez Stephen pour lui souhaiter bonne chance! Le pauvre vieux se marie demain. C'est dire s'il va en avoir besoin, lui demande l'un des garçons.

Dans le feu de l'action, Ariana se penche en avant pour planter un baiser sur la joue d'un Stephen rougissant. Rachel immortalise aussitôt la scène. Stephen prend alors Ariana dans ses bras pour la faire tourner, tandis que Rachel continue à les photographier.

Compte tenu de sa consommation de margaritas, Ariana ne voit aucun mal à ce que Rachel immortalise leur soirée.

— Faites vos jeux! lance le croupier.

soumission

Ariana pose une pile de jetons sur le numéro sept, aussitôt imitée par tous les hommes. Le croupier fait tourner la roulette. Les garçons se mettent à scander «Sept, sept, sept!», imités par Ari, Rachel et Lia, tandis que la cuvette commence à ralentir.

Elle ralentit de plus en plus, puis la bille s'immobilise dans la case du sept. La foule qui les entoure laisse éclater sa joie.

— Numéro sept, annonce le croupier, tandis que des hourras et des sifflets s'élèvent de nouveau.

Puis la pièce se met à tourner autour d'Ari. Elle le sait, il est grand temps de rentrer, mais elle n'a aucune envie de voir cette soirée se terminer. Rafe sera furieux de la voir rentrer à une heure aussi tardive. Et elle n'a pas la moindre envie d'entendre ses reproches.

— Dis donc, Ari, tu fais une drôle de tête. Même si je m'amuse comme une folle, je pense que nous allons devoir y aller, déclare Rachel avec une pointe de déception.

Les hommes qui les entourent protestent en cœur, en leur promettant tout ce qu'elles veulent – boissons offertes ou bijoux – pour qu'elles restent encore ne serait-ce qu'une heure de plus.

— Désolée, les gars, mais nous devons y aller avant que son petit ami débarque pour voir où nous sommes passées. Croyez-moi, mieux vaut ne pas être dans les parages s'il la trouve dans cet état, prévient Lia.

Reconnaissante, Ariana constate que Lia et Rachel ont davantage de détermination qu'elle, car elles réussissent à la faire sortir du casino puis à lui faire passer les portes d'entrée, avant de héler un taxi, le tout en quelques secondes. Elle a la tête qui tourne.

soumission

— Est-ce que tu as une idée de la colère dans laquelle mon frère va se mettre? demande Rachel avec un gloussement qui trahit son ivresse.

— Oui. Vous avez de la chance, c'est moi qui vais tout prendre. Heureusement, je suis suffisamment ivre pour m'en moquer éperdument. Vous savez que votre frère assure vraiment au lit?

— Oups, voilà une info superflue, Ari. Je t'en supplie, promets-moi de ne plus jamais me dire des choses pareilles, la supplie Lia.

— Je vais essayer, assure Ariana tout en éclatant de rire en même temps que ses amies.

— Où allons-nous, mesdames? demande le chauffeur de taxi sur un ton qui trahit à ce point l'ennui et le ras-le-bol de son métier qu'Ariana ne peut s'empêcher de rire. C'est sûr, dans la ville du péché, les chauffeurs de taxi doivent en voir de toutes les couleurs.

— Au *Venetian*, s'il vous plaît, répond Rachel avant de se laisser tomber contre le dossier de la banquette.

— Heureusement que tu as bonne mémoire, parce que moi, j'avais complètement oublié le nom de notre hôtel, reconnaît Ari.

— C'est là que nous logeons toujours. Les chambres sont extraordinaires et pour le shopping, il n'y a pas mieux.

— Dites-moi, vous ne vous lassez jamais du shopping? Vous avez tellement d'argent, l'une et l'autre, que vous pouvez faire des achats tous les jours si ça vous chante. À un moment, ça perd forcément de son attrait, non?

— Mais enfin Ari, c'est presque un sacrilège d'affirmer une chose pareille! Comment pourrait-on se lasser de faire du shopping? Il y a des nouveautés qui sortent presque tous les jours, répond Rachel sur un ton pince-sans-rire.

— Plus sérieusement : notre mère ne voulait pas faire de nous des sales gamines gâtées, et nous avons eu une enfance assez normale. Mais aujourd'hui, nous avons tendance à abuser un peu du shopping, il faut bien le reconnaître, confie Lia. C'est pour compenser une enfance placée sous le signe de la privation !

— Avant, je n'étais pas fan de shopping, mais avec Rafe qui me demande de porter des robes et des chaussures élégantes, je n'arrête pas de faire les magasins. Il m'aura fallu du temps, mais je dois reconnaître que maintenant, j'apprécie ce mode de vie. Ce n'est pas la pire façon d'occuper ses journées !

— Ah, j'aime mieux ça ! s'exclame Rachel.

Arrivées à l'hôtel, elles s'engouffrent toutes les trois dans le hall. À peine Ariana a-t-elle fait cinq pas qu'elle percute un mur de colère qui se dresse devant elle. Inutile de lever les yeux : elle sait aussitôt qu'il s'agit de Rafe, hors de lui.

Au lieu de lever les yeux, elle tourne la tête vers la gauche où Shane vient de barrer la route à Lia et à Rachel. L'expression sur son visage la renseigne sur la tête que doit faire Rafe. Rachel lance un regard en direction d'Ari, puis ses lèvres prononcent silencieusement les mots *Réconciliation sur l'oreiller*, ce qui fait glousser Ari.

Manifestement, cela fait plusieurs heures que Rafe fait les cent pas dans le hall.

Shane et Rafe leur font traverser le casino pour rejoindre l'ascenseur. Ils montent jusqu'au dernier étage dans un silence pesant. Y aura-t-il réconciliation sur l'oreiller ? Voilà qui ne lui déplairait pas.

soumission

— Tu t'occupes de ces deux idiotes? rugit Rafe en direction de Shane.

— Compte sur moi! répond Shane, avant de diriger Lia et Rachel vers la suite qui jouxte celle de Rafe.

Rafe entraîne Ariana dans leur gigantesque suite.

— Alors, on s'est bien amusée?

Le ton étonnamment calme de sa voix alerte aussitôt Ari. Il mijote quelque chose. Si elle n'avait pas autant bu, elle aurait pu réfléchir, mais son cerveau refuse de fonctionner correctement.

— On… on a fait la fête, répond-elle avec un sourire.

— Et quand avez-vous eu l'excellente idée de semer les professionnels que j'avais chargés de veiller sur votre sécurité? Puisque vous avez réussi à les identifier aussi facilement, il va d'ailleurs falloir que j'en trouve d'autres, plus discrets.

— Oh, nous l'avons décidé dès le début. Comment aurions-nous pu nous amuser avec ces deux malabars qui nous suivaient à la trace? Vous pensiez qu'ils étaient discrets? Pas du tout. Nous sentions quasiment leur souffle sur nos nuques. Difficile de discuter avec qui que ce soit dans ces conditions.

— L'idée de vous faire surveiller par des gardes du corps, c'est précisément d'empêcher des gens de vous approcher de trop près et de vous faire du mal, répond Rafe d'un ton sec en la fusillant du regard.

— Mais nous n'aurions jamais pu nous amuser s'ils nous avaient suivies à la trace. On se calme, beau gosse.

— J'espère que tu plaisantes, Ari? fulmine-t-il.

— Pas du tout.

— C'est tout ce que tu as à répondre? Pas du tout?

— J'ai la tête qui tourne et j'ai vraiment besoin de m'allonger. Pourriez-vous attendre demain pour me faire la suite de votre sermon, de préférence une fois que j'aurai avalé au moins deux cafés?

À contrecœur, Ariana lève les yeux vers Rafe et constate qu'il est fou de rage. Fascinant. Qu'est-ce qu'elles ont à se reprocher, au fond? Elles ont assisté à un spectacle de strip-tease, elles sont allées au casino et elles sont rentrées tard… Ah oui, et elles ont semé les gardes du corps. Mais elles sont saines et sauves. Alors, pourquoi est-il furieux à ce point?

— On dirait que tu ne comprends rien.

— Comprendre quoi, Rafe? Oui, je sais, nous avons un accord, vous voulez me posséder, blablabla… En réalité, j'espérais une réconciliation torride sur l'oreiller avant de m'écrouler dans mon lit.

Rafe écarquille les yeux, comme si une deuxième tête venait de pousser sur le corps d'Ari. Elle lui sourit en lui adressant un clin d'œil. Rafe pousse un soupir et se dirige vers le réfrigérateur pour y prendre une bouteille d'eau fraîche, avant d'attraper quelques comprimés.

— Bois ça et prends ces comprimés, pour ne pas être malade demain, ordonne-t-il en lui tendant ce qu'il tient à la main.

— Je pense que c'est râpé, Rafe. Quoi que je fasse, je serai dans un état lamentable demain, marmonne-t-elle.

Voyant qu'il ne bouge pas, elle finit par prendre la bouteille et le remède de cheval qu'il lui tend. Elle avale les comprimés, puis se force à terminer la bouteille – ce qui n'est pas facile, avec le regard de Rafe rivé sur elle.

— Il faut vraiment que je passe aux toilettes, note-t-elle en se relevant. Ses genoux manquent de flancher.

— Mais enfin, tu n'es plus une ado écervelée, Ari. Tu ne trouves pas cela ridicule, de boire au point de ne même plus

soumission

tenir debout ? interroge-t-il, cinglant, avant de la rattraper pour l'empêcher de tomber.

— Non, Rafe, je ne suis pas une ado, et vous n'êtes pas mon père. Alors arrêtez de me sermonner ! rétorque-t-elle sur le même ton.

La colère commence à monter, à mesure que son ivresse s'estompe. La perspective d'une nuit torride s'éloigne de plus en plus, ce qui la met de très mauvaise humeur.

— Je sais bien que je ne suis pas ton père. Ce qui ne change rien à mon envie de t'allonger sur mes genoux et de te coller une bonne fessée.

À ces mots, elle s'arrête net. S'il fait la moindre tentative de lui donner un coup de battoir sur les fesses, elle lui décochera un bon coup là où ça fait mal. Puis elle se ravise : l'idée qu'il l'allonge sur ses genoux n'est peut-être pas si désagréable, après tout ?

Avec un sourire coquin, elle se penche vers lui et lui plante un baiser dans le cou, avant de disparaître dans la salle de bains. Là, Ariana a soudain l'excellente idée de prendre une douche.

La dernière chose dont elle se souvient, c'est de s'être assise sur le banc carrelé intégré à la douche avant de sentir l'eau chaude ruisseler sur ses muscles, apaisant la douleur qui déchire son corps. Quelques minutes plus tard, Rafe la découvre au même endroit, endormie. Il la prend dans ses bras pour la porter jusqu'au lit.

Rafe se réveille avec Ariana dans ses bras. Surpris, il regarde l'heure. Dix heures passées ! Non seulement il est resté au lit plus longtemps qu'il ne l'a fait au cours des dix dernières années, mais il a passé toute la nuit avec Ari.

Il s'est allongé à ses côtés pour veiller sur elle, craignant qu'elle ne soit malade avant et qu'elle perde connaissance. Puis il a dû s'endormir en quelques minutes, lorsqu'elle est venue se blottir contre sa poitrine.

Rafe s'octroie un instant pour faire glisser ses doigts dans les cheveux soyeux d'Ari, avant de se dégager de son étreinte et de se glisser hors du lit. Il ne regrette pas ce moment de faiblesse, mais rester allongé à ses côtés, surtout après son comportement de la veille, serait ridicule.

Il prend une douche rapide, appelle le *room service* pour commander un petit déjeuner, puis lit son journal en attendant son café. Sur la table, le téléphone d'Ariana se met à vibrer. Il n'y prête pas attention, puis remarque un prénom masculin qui s'affiche sur l'écran. Des années de suspicion lui reviennent en mémoire. Il sait qu'il ne devrait pas faire cela, mais il saisit le téléphone d'Ari.

Qui est donc ce Stephen?

Sans se préoccuper du respect de la vie privée d'Ari, Rafe ouvre le message: *Merci pour cette soirée formidable. J'espère que tu n'as pas eu d'ennuis en rentrant. De notre côté, nous n'avons pas tardé à rentrer après ton départ, car notre chance s'est envolée en même temps que toi, charmante Ari.*

De quoi ce type la remercie-t-il? Rafe commence à fouiller dans le téléphone d'Ariana pour le découvrir. À mesure qu'il découvre les photos prises la veille, son humeur change, devenant rapidement exécrable.

Dans son ivresse de la veille, Ariana a parlé de sexe torride. Eh bien, elle va voir ce qu'elle va voir.

24

Ariana se réveille : elle sent que quelqu'un ramène ses mains au-dessus de sa tête et lui arrache sa chemise. Avant qu'elle ait le temps de dire ouf, son bas de pyjama a disparu, lui aussi. Allongée sur les draps, entièrement nue, elle sent ses mains immobilisées par la poigne de fer. La colère qu'elle lit dans ses yeux devrait l'effrayer. Mais une chaleur commence à irradier dans le bas de son ventre, car elle a une petite idée de ce qui va suivre. Par le passé, elle a déjà vu Rafe en colère. Cependant, la flamme dans ses yeux est plus brûlante que la lave. Qu'est-ce qui a pu le mettre dans cet état ?

— Tu peux m'expliquer ces photos sur ton téléphone ?

Dans son demi-sommeil, Ariana met plusieurs secondes à comprendre. Lorsque son cerveau saisit enfin, un frisson d'effroi lui parcourt le dos. Ça y est, elle se souvient des photos prises par Rachel et Lia.

Elle fouille sa mémoire pour se souvenir des scènes qu'elles ont immortalisées. Elle s'amusait tellement qu'elle ne s'en est pas vraiment préoccupée au cours de la soirée. En revanche, elle se demande de quel droit il a fouillé dans son téléphone. C'est une violation manifeste de sa vie privée. Si elle s'était arrogé le même droit, il aurait été furieux, c'est sûr. Cependant, le moment paraît mal choisi pour lui demander des comptes.

soumission

— Ce sont juste quelques photos de notre soirée entre filles, répond-elle avec un sourire timide.

— Et pourquoi est-ce qu'on y voit des types qui te tripotent et qui t'embrassent ? aboie-t-il.

— C'est faux !

— Tu mens, Ari. J'ai vu les photos. Il y a un gars qui te serre dans ses bras et qui a les lèvres plaquées sur les tiennes, gronde-t-il.

— On gagnait à la roulette. Il m'a juste serrée dans les bras, rien de plus. Je ne savais même pas que les filles avaient immortalisé cette scène, répond-elle en décidant d'infliger une mort lente et douloureuse à Lia et Rachel pour se venger.

— Tu es à moi ! C'est compris ? Aucun autre homme n'a le droit de te toucher.

— Je n'ai rien fait de mal, rétorque-t-elle, de plus en plus agacée par cet interrogatoire.

Au cours de son existence, Rafe a fait des choses bien pires que d'embrasser un inconnu en jouant à la roulette. Comment ose-t-il la rabaisser ainsi ?

— Ce n'est pas l'impression que j'ai eue en regardant les photos. Dois-je te rappeler ce que cela implique d'être à moi ?

Oh oui, rappelle-le moi ! C'est ce qu'Ariana aurait envie de hurler, mais elle juge préférable d'attendre que la colère de Rafe s'estompe.

Ariana se tortille pour s'écarter de lui et tenter de trouver une position confortable : elle est écartelée, sous ses yeux, à subir ses accusations ridicules.

— Toi, tu restes là, décrète-t-il en enlevant son peignoir avant de s'allonger sur elle.

Lorsque les hanches de Rafe viennent se caler entre ses cuisses, la chaleur de sa peau brûle presque Ariana.

soumission

Son excitation semble à la hauteur de sa colère. Son membre épais vient se placer à l'entrée de son sexe, de plus en plus mouillé. Elle lève les hanches vers lui, pour l'inciter à plonger en elle. Comment peut-elle être aussi en colère contre lui et le désirer autant?

— Tu ne mérites pas de récompense, mais je vais te montrer à qui tu appartiens.

Rafe baisse la tête pour prendre ses lèvres. Sa langue s'attarde un instant sur la bouche d'Ari, pour qu'elle l'invite à entrer. Elle s'ouvre alors à lui, avide de sentir sa saveur tout au fond de sa bouche. Lorsque les mains de Rafe empoignent fermement ses poignets et que sa bouche vient dévorer la sienne, Ariana suffoque.

Sans aucun préliminaire, elle fond sous ses baisers, prête à recevoir ses caresses sur sa peau brûlante. En quelques secondes, il éveille ses sens, comme lui seul sait le faire.

Rafe pousse un râle en plaquant ses hanches contre celles d'Ari, son membre mafflu passant sur l'ouverture de son sexe mouillé sans y pénétrer. Elle veut qu'il la prenne, vite et fort, mais elle garde le silence, de peur qu'il s'écarte d'elle en guise de châtiment. Elle déteste qu'il la laisse en plan, elle ne supporte pas qu'il la prive de plaisir, outil de chantage pour l'empêcher de lui désobéir.

Lorsque la tête de Rafe glisse vers son cou, elle frissonne. Il use de sa langue et de ses mains comme un Dieu. Jamais elle ne se lassera de ses caresses. Serrant ses seins dans les paumes de ses mains, il en pétrit la chair avant de pincer ses tétons durcis.

Ariana observe avec délectation les cheveux noirs passer sur sa peau claire. Lorsqu'il recule sa bouche pour lécher son téton, elle tente de bouger, de le toucher, mais en vain. Il la tient fermement. Ne pas pouvoir le caresser est une torture.

soumission

Lorsque sa bouche vient enfin se poser autour de son téton rose durci, Ariana se cambre et son corps se tend contre celui de Rafe, qui la dévore. Il la mordille doucement, faisant jaillir une étincelle qui traverse son sexe. Son désir monte encore d'un cran, jusqu'à en devenir insoutenable.

Lorsqu'il relève la tête, elle pousse un râle de protestation. Puis Ariana panique presque en voyant qu'il détache sa bouche de son corps, avant de s'allonger sur le dos. S'il la laisse insatisfaite une fois de plus, elle le détestera, c'est sûr. Comment un homme peut-il lui procurer autant de plaisir, avant de lui refuser ensuite l'assouvissement suprême?

Lorsque Rafe tend les bras pour la plaquer contre lui, les seins d'Ariana s'écrasent contre son torse de marbre. Avec avidité, elle dévore sa bouche. Elle veut sentir le goût de sa peau salée sur sa langue. Elle fait alors glisser ses lèvres le long du corps de Rafe, descendant pour planter des baisers humides sur les contours fermes de son ventre, jusqu'à approcher de son érection.

Sans lui laisser le temps d'arriver jusqu'à son membre, Rafe se penche en avant et lui attrape les hanches. Il la soulève au-dessus de lui pour l'asseoir sur son torse. Elle se dit qu'elle est installée un peu trop haut… Elle tente de se déplacer légèrement vers l'arrière, mais il maintient fermement ses fesses pour la faire glisser vers l'avant.

— Je veux sentir ton goût dans ma bouche, souligne-t-il avant de laisser échapper un râle guttural.

Gênée, Ariana baisse les yeux et voit qu'il rapproche ses jambes écartées de son visage. Sans lui laisser le temps de protester, il sort sa langue pour la passer sur le sexe mouillé d'Ari, qui pousse un cri. Elle oublie sa gêne et se penche en avant, pour attraper la tête de lit.

soumission

Les mains de Rafe pétrissent les fesses d'Ari, tandis que sa langue torture son clitoris et déclenche des étincelles qui traversent tout le corps d'Ari. Sans réfléchir, elle ondule des hanches, au rythme des mouvements de langue de Rafe, avide de toujours plus de plaisir.

Lorsqu'il aspire son clitoris enflé dans sa bouche et caresse son sexe de ses lèvres, Ariana bascule au-delà du plaisir, son corps agité de secousses sous l'effet d'une jouissance intense. Il ralentit ses mouvements pour prolonger encore le plaisir d'Ariana qui gémit. Jamais elle n'aurait cru qu'il la ferait jouir autant, compte tenu de l'état de colère et d'agitation dans lequel elle l'a trouvé.

Alors que le dernier spasme d'Ariana s'achève, il la soulève de ses bras puissants avant de se dégager, toujours allongé sous elle. Il la laisse agrippée à la tête de lit, palpitante de plaisir. Voyant qu'il se lève, elle se dit qu'il en a terminé avec elle. Mais il lui attrape les jambes, la retourne de manière à l'allonger sur le dos, puis la tire jusqu'au bord du matelas. Son érection tendue vers l'ouverture humide du sexe d'Ari, il reste dressé au-dessus d'elle.

— N'embrasse plus jamais un autre homme, Ari. Pas en jouant à la roulette, ordonne-t-il en plongeant en avant. «i au vingt et un.

Il donne un nouveau coup de rein pour la pénétrer.

— Ni au poker.

Il se glisse de nouveau en elle, tandis qu'elle se tend face à la colère de Rafe.

— Et certainement pas pendant… un autre… type de jeu.

Il s'enfonce en elle avec une puissance inégalée jusqu'alors, en soulignant chacun de ses mots par de puissants coups de reins. Il lève les jambes d'Ari afin de mieux voir son sexe tandis qu'il va et qu'il vient dans son intimité gonflée.

— Je ne le ferai plus, promet-elle avec un gémissement de plaisir teinté de douleur.
— Tu es à moi. Je veux te l'entendre dire!
— Oui, je suis à toi, gémit-elle, tandis que la pression continue à monter en elle.
— Dis-le moi encore!

Ses coups de reins deviennent furieux tandis qu'il la pénètre, encore et encore.

— Je suis à toi, Rafe… rien qu'à toi! hurle-t-elle tandis que son corps explose sous l'effet d'un orgasme encore plus violent que le précédent.
— Tu es si belle, je veux que tu sois à moi, rien qu'à moi! crie-t-il, agité de secousses, avant de s'écrouler sur elle.

Elle sait désormais ce qu'il ressent. Elle a le sentiment d'avoir été déchiquetée en mille morceaux et tente de rassembler tous les fragments. Être avec Rafe, c'est subir une tornade meurtrière. Soit ils détruiront tout ce qui les entoure, soit ils se détruiront mutuellement – à moins que ce ne soit les deux.

— Je ne veux pas que tu couches avec un autre homme, jamais! C'est compris?
— Je te l'ai déjà dit, c'était innocent et je ne l'ai pas cherché, répond-elle, exaspérée.

Combien de fois encore va-t-il remettre cela sur la table? Elle voudrait se contenter de profiter de ce moment magique après ces ébats mémorables, et non se disputer avec lui au sujet d'événements sans importance.

— Je suis quelqu'un de très possessif, Ari, et j'ai l'habitude de maîtriser mon univers. Tu ne me facilites pas la vie: tu enfreins toutes les règles que je fixe, tu ne tiens pas compte de mes désirs

soumission

et tu mens pour t'octroyer des libertés. Avec toi, je ne maîtrise rien et ça me déplaît. Sache que cela ne doit plus se reproduire, plus jamais… ou cela aura des conséquences graves.

Une fois de plus, son comportement autoritaire laisse Ariana indifférente. À sa plus grande surprise, elle constate que son corps, au lieu d'être en proie à la colère, s'éveille de nouveau, après deux orgasmes incroyables, plus violents que des décharges électriques.

Tandis que le corps de Rafe et le sien ne font qu'un, elle cherche à décrypter ce que cachent ses paroles. Entre ce que ses sœurs lui ont confié et le comportement étrange qu'il affiche, Ariana sent que la carapace commence à se fissurer. Peut-être a-t-il subi des blessures plus profondes qu'elle ne le pensait? Vers l'extérieur, il donne le change, passant pour quelqu'un de froid et de calculateur, mais lors de rares moments avec elle, son masque tombe.

Se pourrait-il qu'il ait envie d'amour? A-t-il peur de souffrir? Peut-elle ouvrir son cœur à cet homme et lui laisser une chance? Ou risque-t-elle de se ridiculiser?

Ariana ne sait qu'une chose: à cet instant précis, elle est satisfaite, à la fois mentalement et physiquement. Elle fait glisser ses ongles sur la peau moite du dos de Rafe, puis elle respire son parfum épicé et sent son cœur qui bat à mille à l'heure contre le sien.

Comment les choses vont-elles évoluer? Elle n'en sait rien. Tout ce qu'elle sait, c'est qu'en cours d'aventure, elle a commencé à éprouver des sentiments pour cet homme impénétrable. Elle s'est mise à baisser sa garde. Il s'est comporté de manière plus qu'autoritaire avec elle mais elle ne peut s'empêcher de retomber dans ses vieux travers: envisager les *et si ceci, et si cela…*

— Si c'est cela que tu entends par avoir des conséquences graves, alors je vais me dépêcher de trouver un autre enterrement de vie de garçon bien arrosé et de prendre plein de photos, remarque-t-elle avec un sourire détendu.

Avec un grognement furieux, Rafe bondit, en la plaquant sur le lit. Ses yeux brûlent de rage. Elle continue à sourire, tandis qu'il s'efforce de la fusiller du regard. Ce qui amuse Ari, c'est l'envie de rire qui transparaît derrière sa colère. Il a peut-être envie de paraître furieux, mais il semble s'amuser autant qu'elle. On dirait que Rafaëlle Palazzo a de l'humour…

— Tu es une vilaine, dit-il d'un ton accusateur, avec un sourire dans le regard.

— Et on dirait que tu aimes ça, répond-elle en plaquant son buste contre lui, avant de se délecter de la sensation de son torse musclé contre ses tétons durcis.

— Allons prendre une douche! lance-t-il, prenant Ariana par surprise.

Sans lui laisser le temps de donner son avis, il sort du lit et la soulève dans ses bras.

Sous le jet d'eau chaude, tandis que ses mains savonneuses le massent pour faire renaître son érection, elle se dit qu'elle n'a jamais été plus heureuse. Si seulement ce bref instant pouvait durer une éternité…

25

— Dépêche-toi, Ari! Tu es vraiment au ralenti, aujourd'hui.

— C'est parce que je me suis couchée très tard à cause de toi. Et que ton frère m'a réveillée beaucoup trop tôt, Lia, répond Ari, grincheuse.

— Il est quatorze heures, tu as assez dormi. N'oublie pas que nous sommes à Las Vegas. Tu pourras te reposer une fois de retour à la maison, quand nous aurons retrouvé nos vies tristes et mornes, souligne Rachel.

— Je vais devoir retourner travailler dès mon retour. Je n'aurais pas vraiment l'occasion de me reposer, répond Ari, tout en se disant qu'elles ont raison. Qui sait quand elle aura l'occasion de revenir à Las Vegas? Sans doute pas de sitôt.

— Nous connaissons ton patron. Nous plaiderons ta cause auprès de lui, pour qu'il te laisse le temps de te reposer, assure Lia.

Si quiconque peut convaincre Rafaëlle de lui accorder une journée de congé, c'est bien l'une de ses sœurs. Elles sont sans doute les seules personnes sur terre à pouvoir lui imposer quoi que ce soit. Ari, elle, n'a pas souvent obtenu gain de cause avec lui.

— Allons prendre un café! Je vous promets qu'ensuite, je serai de meilleure humeur.

Les trois jeunes femmes traversent le casino pour s'installer dans un café. Ariana avale une première tasse, puis commande un café à emporter avant de laisser ses amies l'entraîner vers la sortie.

— Sais-tu ce que Rafe et Shane ont prévu aujourd'hui? demande Lia.

— Aucune idée, répond Ari.

Lorsqu'elle s'est réveillée, Rafe était déjà parti. Elle se dit qu'ils ne sont plus fâchés, mais avec lui, on ne sait jamais. Il passe trop souvent d'un état à l'autre pour qu'elle puisse dire s'il est de bonne ou de mauvaise humeur.

— Pourquoi poses-tu la question, Lia? Tu avais envie de voir Shane?

— Non, pas du tout! C'était juste pour savoir, répond-elle, sur la défensive.

— Oh, peu importe ce qu'ils font! Tu m'avais promis que nous irions à la piscine. Il fait chaud et j'ai bien envie de prendre le soleil. Allons nous détendre! Je suis sûre qu'Ariana sera partante.

— Tout à fait. Excellent programme.

— Alors c'est parti, répond Rachel. Retournons dans nos chambres pour nous changer, puis allons prendre le soleil! Nous pourrons faire la fiesta après la tombée de la nuit.

— D'accord, vous avez gagné. Mais sachez que je viens contre ma volonté!

— Arrête d'être mauvaise perdante, Lia! Et ne t'inquiète pas, je suis sûre que tu verras ton Shane chéri très bientôt.

Voyant que Lia s'apprête à lui donner une claque, Rachel prend ses jambes à son cou. Ariana éclate de rire. Les deux sœurs sont tellement adorables et pleines de vie.

En un clin d'œil, elles enfilent leurs maillots et se mettent en quête de la piscine. En sortant de l'hôtel, elles entendent de la musique. Leur hôtel compte plusieurs piscines, mais lorsque Rachel découvre qu'un DJ officie dans l'une d'elles, elle les entraîne dans cette direction.

— On dirait une scène de film, marmonne Ariana en regardant les filles en bikini qui dansent sur les bords de la piscine, sous les regards de garçons aux torses nus qui se demandent sur laquelle ils vont jeter leur dévolu.

Le bassin est rempli de gens presque nus qui jouent au volley. Au bord de la piscine, il n'y a manifestement plus une seule place disponible. Dommage. Ariana a bien envie de faire une sieste, mais elle va avoir du mal à trouver une chaise longue, avec tout ce monde.

Comme si elle lisait dans ses pensées, Rachel se retourne pour lui adresser un clin d'œil.

— Ne t'en fais pas, ma chérie! Tu vas voir, je vais nous dégoter des transats.

Puis elle se fraie un passage entre les gens. Ariana n'a pas d'autre choix que de lui emboîter le pas.

Après sa migraine de la veille, Ariana était déterminée à ne plus toucher une goutte d'alcool. Mais le soleil tape si fort qu'elle envisage de faire une exception, si la boisson en question est bien glacée.

— Par ici, suggère Rachel en souriant comme le chat du Cheshire.

Ariana suit son regard et découvre trois jeunes qui discutent sur des chaises longues.

En accentuant délibérément le balancement de ses hanches, Rachel se dirige vers eux avec une assurance inébranlable, attirant les regards des trois gamins.

— Salut les gars. Vous allez bien? demande-t-elle en regardant chacun d'eux dans les yeux, avant de faire courir un doigt parfaitement manucuré sur son ventre.

Ariana se retient d'éclater de rire en voyant qu'ils dévorent du regard l'anatomie de son amie, aussi petite que sensuelle.

— Super. Et toi? finit par répondre l'un des garçons, après avoir repris ses esprits.

— Oh, moi ça va. C'est juste qu'il fait si chaud et que j'ai horriblement mal aux pieds. Mes deux copines et moi, on vient d'arriver. Mais on va sans doute être obligées de repartir pour voir s'il y a de la place dans une autre piscine, minaude-t-elle avec une moue exagérée.

À ces mots, les garçons lèvent les yeux et regardent Lia, avant de revenir à Rachel. Leurs yeux passent de l'une à l'autre, comme s'ils ne savaient laquelle dévorer du regard. Mal à l'aise, Ariana s'efforce de se cacher derrière Rachel, mais son amie se retourne et l'attrape par le bras, pour la pousser vers l'avant. Puis elle se retourne vers les trois hommes.

— Non, ne repartez pas! Nous allons vous laisser nos chaises longues, dit l'un d'eux en se levant d'un bond avant de poser sa main dans le dos de Rachel, pour l'accompagner jusqu'à sa chaise longue.

— Oh, vous n'êtes pas obligés de faire ça… Attendez, je ne sais même pas comment vous vous appelez, susurre Rachel tout en faisant glisser son ongle entre les pectoraux du jeune homme.

— Moi… c'est Lance, bégaie-t-il.

Le pauvre a sans doute à peine vingt et un ans.

— Mmm, joli prénom… Lance, commente-t-elle. Et qu'est-ce que tu fais à Las Vegas?

— On fête mon anniversaire. Je te présente Alan et Dixon, ils sont dans la même fraternité que moi, à l'université.

— Dites donc, vous avez tous des prénoms super sexy. Je suis ravie de faire votre connaissance. Cette chaleur est insupportable, remarque-t-elle en regardant vers le bar avec insistance.

— On va aller vous chercher à boire. Qu'est-ce que vous voulez ? intervient Alan.

— J'ai du mal à me décider. Et si vous nous faisiez la surprise ?

Les trois jeunes hommes se bousculent pour se précipiter au bar, en se disputant pour savoir qui va payer les consommations.

— Assieds-toi, Ari, je t'en prie, suggère Rachel en s'allongeant avec un grand sourire satisfait.

Ébahie, Ariana se laisse tomber sur la chaise longue, avec un sentiment de culpabilité.

— Je n'en reviens pas, Rachel, quel talent ! Ils auraient été prêts à faire n'importe quoi pour toi, s'émerveille-t-elle.

— J'étais la petite dernière de la famille, et j'ai appris très vite qu'en faisant du charme, on obtient davantage qu'en pleurnichant ou en suppliant !

— Tu es terrible. Mais il faut reconnaître que cette chaise longue est très confortable.

— Le plus drôle, c'est qu'il y a plein de filles ici. Par conséquent, après avoir bu quelques bières, nos amis vont se désintéresser de nous, car je vais soudain devenir extrêmement ennuyeuse. Là, ils iront voir ailleurs pour jouer avec des filles de leur âge.

— Quel incroyable talent pour le flirt, observe Ari.

— Oui, Rachel fait ce qu'elle veut des hommes, mieux que quiconque. C'est à se demander pourquoi elle est toujours célibataire, dit Lia.

— C'est parce que je n'ai aucune envie de me caser avec un seul garçon. Je veux flirter avec tout le monde, et puis les laisser mijoter.

Les trois amies profitent du soleil. Bientôt, les trois garçons reviennent et les dévorent des yeux. Ariana se surprend à rire de certaines de leurs histoires. Mais au bout d'un moment, elle commence à s'ennuyer. Elle s'allonge alors sur sa chaise longue et s'efforce de faire abstraction de ce qui l'entoure, pour faire une petite sieste.

— Non mais dis-moi que je rêve!
— Qu'est-ce qui ne va pas, Rafe?

Rafe ne remarque pas que Shane regarde autour d'eux, à l'affût d'un danger quelconque. Les yeux de Rafe sont rivés sur Ari et son minuscule bikini. Un type assis sur sa chaise longue est en train de la dévorer des yeux. Ce qui le rend encore plus furieux, c'est qu'il s'agit d'un gamin. Est-elle à ce point en mal d'attention masculine?

Pourtant, il sait bien qu'elle ne pensait à aucun autre homme que lui ce matin, lorsqu'il la faisait hurler de plaisir.

— Il me faut une bière.
— Excellente idée.

Sans poser de question à Rafe sur les raisons de son éclat de colère, Shane l'accompagne au bar.

— Salut, les beaux gosses. Qu'est-ce que je vous sers?
— On va prendre deux Coronas.
— Ça arrive tout de suite, répond la barmaid avec un sourire exagéré, les yeux rivés sur le torse nu de Rafe.

Il est habitué à ce que les femmes flirtent avec lui, qu'elles le regardent. Ariana, elle, se fait un plaisir de l'humilier. Il ne devrait pas la laisser se comporter ainsi.

— Et voilà!

Rafe se tourne de nouveau vers la blonde derrière le bar, avant de sortir un billet de cent dollars de sa poche qu'il pose sur le comptoir.

— Gardez la monnaie! lance-t-il avec son plus beau sourire.

Les yeux de la blonde s'écarquillent et restent rivés à ceux de Rafe. Celui-ci se penche en avant, se rapprochant d'elle plus que nécessaire pour prendre sa boisson.

— M… merci beaucoup, finit-elle par répondre.

Après avoir repris ses esprits, elle ajoute:

— Je termine mon service dans dix minutes.

La lueur d'espoir qu'il aperçoit dans les yeux de cette fille le laisse indifférent. Mais lorsqu'il se retourne, il voit Ariana en train de siroter son verre avec ses sœurs, tandis que les gars tournent autour d'elle comme des requins. Là, son sang ne fait qu'un tour.

— Dans dix minutes. Je vous attends, dit-il avec un clin d'œil.

Shane lui attrape le bras et l'entraîne loin du bar.

— Qu'est-ce qui te prend, Rafe? Flirter innocemment, c'est une chose. Mais si tu envisages d'aller plus loin avec cette fille, c'est différent. Tu as oublié que tu es venu ici avec Ari?

— Non, pas du tout. Mais on dirait qu'elle a oublié qu'elle est venue avec moi. Cela dit, je m'en moque. Je peux lui trouver une remplaçante en un clin d'œil, grommelle Rafe.

Shane suit le regard de Rafe. Pétrifié, il voit Lia se pencher en avant, la main sur la cuisse de l'un des garçons.

— Je pense qu'il est temps de rejoindre ces demoiselles, observe Shane en se frayant un passage entre les gens.

Rafe le suit sans se presser, comme s'il se moquait éperdument de ce qu'elles font.

— Tiens, je ne m'attendais pas à vous trouver ici, les filles, lance Shane en fusillant du regard les trois jeunes hommes.

soumission

Rafe, lui, fait un effort surhumain pour ne pas serrer les poings. En fixant celui qui est assis un peu trop près d'Ari, il découvre avec plaisir de la peur dans son regard.

— On se repose, dit Lia en les regardant. Les gars, je vous présente mon frère… et son ami, ajoute-t-elle après réflexion.

Rafe remarque qu'elle n'a pas fait les présentations dans l'autre sens.

— J'ai demandé à ma collègue de se charger de la fin de mon service. Ça vous dirait d'aller nager?

Rafe voit les yeux d'Ariana qui s'écarquillent tandis que la barmaid plaque ses seins très peu couverts contre son bras.

— Super idée, ma chérie, répond-il en posant sa main sur le bas du dos de la fille, pour l'attirer davantage contre lui.

Elle ronronne de plaisir, tout en passant sa main sur le torse de Rafe. Il le sait, elle s'est dépêchée de le rejoindre pour éviter que quelqu'un d'autre ne lui fasse des avances. Rafe sait qu'il plaît aux femmes. Mais il ne se fait pas d'illusions: elles sont séduites par son physique et par son argent.

— Dis donc, espèce de salope! Tu ne touches pas à mon frère, d'accord ? Il est avec quelqu'un d'autre, lance Lia en se levant pour torpiller la barmaid du regard.

Aïe! Rafe se rend compte qu'il ne connaît même pas son nom.

Tout en foudroyant Lia du regard, elle sort les griffes, et tout son corps se tend avant de se coller contre Rafe.

— Au cas où tu ne l'aurais pas remarqué, c'est moi qu'il a dans ses bras. Alors ça ne m'intéresse pas de savoir s'il est venu avec quelqu'un d'autre ou pas. De toute évidence, c'est avec moi qu'il va repartir, souligne-t-elle avant de prendre la tête de Rafe entre ses mains pour l'attirer vers elle.

Rafe ne lui résiste pas lorsqu'elle plaque ses lèvres contre les siennes pour l'embrasser. Une main posée sur sa taille,

soumission

il l'attire contre lui pour lui rendre son baiser, devant tout le monde.

Lorsqu'il s'écarte enfin d'elle, la barmaid affiche un air triomphant. Puis il tourne la tête. La culpabilité le submerge aussitôt, en découvrant le visage consterné d'Ariana. Serait-il allé un peu trop loin ?

— Tu sais quoi, Rafe ? Dégage avec ta pouffiasse ! Ari est beaucoup trop bien pour toi, s'exclame Rachel en prenant Ari par la main pour s'éloigner avec elle.

— Ari, attends !

Rafe lâche la barmaid et s'avance vers ses sœurs et Ari. Les trois jeunes femmes tournent la tête simultanément pour le torpiller du regard.

— À ta place, je les laisserais se calmer un peu, mon frère, conseille Shane avant de laisser échapper un petit sifflement.

— Oublie-la, glisse la blonde. Tu vas voir, tu ne vas pas t'ennuyer avec moi.

Voyant Ariana et ses sœurs s'éloigner, Rafe repousse les mains de la fille qui l'agrippent.

— Il ne se passera rien entre nous. Laisse-moi tranquille !

Elle reste un instant bouche bée avant de retrousser la lèvre en une grimace. Puis elle s'éloigne, à la recherche d'une autre proie fortunée. Rafe se dit que décidément, il arrive à se mettre tout le monde à dos. Et il se demande comment il va bien pouvoir rattraper le coup...

— Je suis bien content de ne pas être à ta place, confie Shane en éclatant de rire. Je vais leur envoyer un SMS pour leur dire que je suis désolé que tu sois un tel abruti. Cool : une fois de plus, c'est moi qui vais avoir le beau rôle !

— Tu es débile, Shane, marmonne Rafe avant de terminer sa bière.

soumission

Il se dit qu'il est sans doute préférable d'éviter de croiser les trois jeunes femmes de la soirée.

26

— Dépêche-toi, Shane! Quand je pense que les hommes se plaignent toujours que les filles mettent une éternité à se préparer… Ça fait une heure que tu es dans la salle de bains, à te faire beau, remarque Rachel, agacée.

— Ça s'appelle de l'hygiène, Rachel. Tu devrais essayer, un jour, pour voir. Et puis si je reste trop longtemps dans la salle de bains à ton goût, tu peux toujours retourner dans ta chambre! rétorque-t-il, pas vexé le moins du monde par ses remarques.

— Je préfère la tienne. Elle est plus grande que la nôtre, ce qui est totalement injuste. Au fond, je préfère le look grunge. Les dentifrices et les shampooings, c'est pour les mauviettes. Je vais passer en mode «ultra-nature», plaisante-elle.

— Mmm, tu iras à merveille avec toutes ces créatures des bois qui peuplent nos forêts, note-t-il en passant à côté d'elle pour lui ébouriffer les cheveux.

— Shane! hurle-t-elle en se précipitant dans la salle de bains pour remettre en place ses cheveux soigneusement coiffés.

— C'est toi qui as commencé!

— Quand vas-tu enfin devenir adulte?

soumission

— Ça y est, vous recommencez, tous les deux? J'ai vraiment l'impression de faire du baby-sitting avec vous, marmonne Lia en entrant dans la pièce.

En la voyant, Shane se dit qu'elle est décidément magnifique. Ses rêves les plus fous semblent être devenus réalité.

Tandis que Lia avance vers lui, il ne peut détacher son regard de ses longs cheveux qui coulent sur son dos et de ses jambes nues, mises en valeur par ses incroyables stilettos noirs. Elle porte une robe qui moule sa poitrine, puis s'évase sur les hanches, faisant danser le tissu moiré autour de ses jambes comme l'arrivée d'une cascade.

Le téléphone de Rachel sonne et elle s'excuse avant de répondre, mais Shane a oublié sa présence. Lorsque Lia lève les yeux et que leurs regards se croisent, il ressent une irrépressible envie de la faire reculer jusqu'à sa chambre pour lui faire l'amour.

Il a eu beau se dire et se répéter que coucher avec elle serait une erreur, il a tendance à l'oublier en sa présence. Il veut se plonger en elle, sentir ses ongles lui griffer le dos, voir qu'elle le désire avec la même intensité.

Le désir violent de la posséder commence à faire l'effet d'un court-circuit sur son cerveau.

— Désolée, les gars, mais je vais être obligée de vous laisser entre vous.

Shane tourne la tête vers Rachel qui enlève son boléro bleu en soie.

— Qu'est-ce que tu veux dire? demande Shane, qui serait presque prit de vertige.

La seule idée de se retrouver seul avec Lia… Chaque jour entame un peu plus sa détermination à lui résister.

— J'ai un coup de fil important à donner, répond Rachel avant de s'éclipser dans sa chambre dont elle verrouille la porte.

Lia tente de la suivre, mais elle a beau tambouriner à la porte, sa petite sœur ne lui ouvre pas.

Ni l'un ni l'autre ne se doutent que c'est une ruse imaginée par Rachel pour leur permettre de passer la soirée ensemble.

— Eh bien, Shane, on dirait qu'il n'y a plus que toi et moi, note Lia en lui adressant un clin d'œil avant d'attraper son châle.

Shane sent la pression monter dans le bas de son ventre lorsqu'elle se tourne, lui dévoilant un dos musclé mais très féminin. Quel que soit l'angle sous lequel il la contemple, elle est terriblement séduisante. Il se dirige vers le bar pour se servir un grand verre, qu'il avale d'une traite. *Donnez-moi la force de résister*, se dit-il avant de se diriger vers la porte et de l'ouvrir pour la laisser passer.

— Quel spectacle allons-nous voir ?

— Aucune idée. C'est ta petite sœur qui a pris les billets. Elle me les a confiés, car ils ne tenaient pas dans son sac à main, mais je n'ai pas eu le temps de regarder de quel spectacle il s'agit, répond Shane en attrapant l'enveloppe dans sa poche, tandis qu'il rejoint l'ascenseur avec Lia.

— Tu lui fais une confiance aveugle.

— Elle n'a cessé de me harceler jusqu'à ce que je cède. En réalité, je préférerais faire une bonne partie de cartes plutôt que d'aller voir ce qui est sûrement un spectacle pour filles.

— Oh, fais-lui confiance ! Rachel a très bon goût.

En réalité, ce n'est pas vraiment le spectacle choisi par Rachel qui le préoccupe… mais sa peur de ne pouvoir se maîtriser. Tandis que Lia marche devant lui, il remarque le balancement de ses hanches. Et il se dit qu'elle a juste ce qu'il faut de courbes pour qu'un homme puisse l'agripper en la pénétrant profondément.

Son imagination s'emballe : il s'imagine lui retirer sa robe moulante pour dévoiler entièrement ces rondeurs magnifiques. Hypnotisé par le balancement de ses hanches, il se met à transpirer sur le front. Et lorsqu'elle se tourne vers lui, Shane met une seconde avant de lever les yeux vers son visage.

Le regard entendu qu'elle lui lance ne présage rien de bon. Elle le désire, il n'en doute pas une seconde. Un seul doute l'assaille : répondra-t-il favorablement ou non à ce désir ? Il risque de ne pouvoir lui résister éternellement...

Tandis que l'ouvreuse accompagne Shane et Lia à leurs places, elle sent l'excitation monter en elle. Depuis qu'elle est sortie de sa chambre, il n'a cessé de la dévorer des yeux. Durant le trajet jusqu'au théâtre, l'atmosphère dans la voiture était assez bouillante pour faire fondre toute la banquise de l'Arctique. Peut-être que cette soirée sera enfin la leur ?

— Qu'est-ce que ta sœur a mijoté ?

— Comment ça ? demande Lia tout en examinant la petite salle.

— Eh bien, pour commencer, on dirait une barre de *pole dance* sur la scène, non ?

— C'est possible. Je ne suis encore jamais allée voir ce genre de spectacle. Par conséquent, je n'en sais rien, répond-elle en haussant les épaules.

Elle regarde autour d'elle, pressée que la représentation commence. Tout ce qu'elle sait, c'est qu'ils vont voir un spectacle de cabaret. Rachel et elle ont pris quelques cours l'année dernière, et elle a adoré cela. Jamais de sa vie elle ne s'était sentie aussi sexy.

— Je pensais que nous verrions quelque chose d'un peu plus classe, lance-t-il.

— Tout ce que je sais, c'est que c'est burlesque, répond Lia sur la défensive.

— Sur l'affiche, il y a un gigantesque X devant le mot burlesque! objecte-t-il.

— Alors c'est sans doute du burlesque super sexy. Ne parle pas aussi fort, les gens commencent à nous regarder!

Au regard que Shane lui lance, Lia en a la certitude : il est en train de lutter de toutes ses forces contre l'envie de la ramener à l'hôtel et de lui faire l'amour, enfin. Ce qui explique sa mauvaise humeur. Mais l'ambiance sexy, les vêtements qu'elle porte, leur présence dans la ville du péché, tout cela joue en sa faveur.

Confortablement installés sur leurs sièges, ils attendent que la petite salle se remplisse. Lia est un peu surprise. Elle pensait que Rachel choisirait un spectacle du Cirque du Soleil. Malgré tout, elle est contente, car la salle plongée dans la pénombre est petite et intime... et la jambe de Shane est appuyée contre la sienne. De plus, ils sont bien placés, et une serveuse vient de leur apporter deux verres d'un excellent vin.

Lorsqu'elle se rend compte qu'elle envisage de saouler Shane pour pouvoir abuser de lui, elle a envie de rire. En général, elle n'est pas aussi fonceuse, mais quelque chose chez lui éveille son instinct de chasseresse. Il est dans son viseur et elle ne le laissera pas s'échapper.

soumission

— Je pense qu'on ferait mieux d'y aller, Lia, murmure-t-il en se tournant vers elle tout en tirant nerveusement sur le col de sa chemise.

— Arrête de jouer les prudes! Si tu étais venu avec Rafe, vous seriez en train de baver devant la barre de *pole dance*, en attendant qu'une nana sexy commence à se déshabiller.

— Sauf que je ne suis pas avec Rafe, je suis avec toi.

— C'est vraiment si grave, Shane? Tu sais, j'ai pris quelques cours de cabaret burlesque récemment. Il va falloir que je te montre ce que je sais faire quand nous serons de retour à l'hôtel.

Lia pose la main sur la cuisse de Shane, puis part du genou pour faire remonter un ongle sur sa cuisse, en s'arrêtant juste avant son entrejambe.

D'un mouvement rapide, Shane l'arrête avant que sa main soit arrivée à destination. En voyant ses yeux stupéfaits, Lia déborde d'assurance. Ce soir, elle va le séduire, quoi qu'il arrive… Elle est même prête à le droguer pour cela. Il va bien falloir qu'il oublie qu'elle est la petite sœur. Elle n'est plus une enfant, elle est une femme, avec des besoins de femme.

Soudain, les lumières s'éteignent et la musique résonne, tandis qu'un gigantesque écran descend devant les rideaux de velours rouge qui cachent la scène. Sur la toile est projeté un film où deux femmes sensuelles passent à travers un X en feu.

Vêtues seulement de strings, de porte-jarretelles avec des bas résille et de minuscules soutiens-gorge, elles scrutent la foule depuis le grand écran, avec des regards brûlants de désir. Ah, le spectacle promet d'être torride…

Le film s'achève et l'écran se relève. Une musique sensuelle s'élève depuis les haut-parleurs. Le rythme traverse le corps de Lia, qui frissonne de plaisir en pensant à ce qui l'attend.

Une fois l'écran disparu au-dessus de la scène, les rideaux s'ouvrent et le spectacle commence. Sur scène apparaissent sept femmes incroyablement sexy portant des chapeaux, des vestes de tailleur et des pantalons très ajustés qui mettent en valeur leurs courbes.

Le regard de Lia est rivé sur les anatomies sublimes des danseuses, qui se déplacent sur scène avec des mouvements sensuels. Shane, lui, semble se passionner soudain pour ses chaussures, après avoir déboutonné le haut de sa chemise pour mieux respirer. Plus Shane est mal à l'aise, plus Lia s'amuse.

À mesure que le spectacle progresse, les danseuses se dénudent de plus en plus. À un moment, une culotte traverse la scène en volant, avant d'atterrir sur les genoux de Shane. Les danseuses portent de minuscules sous-vêtements, moins couvrants encore que le plus indécent des maillots de bain de Lia. Mais elles bougent de façon sublime.

Au milieu d'une chanson, les femmes dégrafent leurs hauts de bikinis et les enlèvent, dévoilant leurs seins. Aussitôt, Shane baisse de nouveau la tête, puis se tortille sur sa chaise.

Les danseuses étant désormais fort dévêtues, Lia se demande si Shane ne va pas faire un arrêt cardiaque. Être dans cette salle avec elle est sans doute aussi agréable pour lui que d'assister à une lecture de poésie. S'il réussit à regarder ce spectacle sans lui faire l'amour après, la situation sera désespérée.

Merci beaucoup, Rachel !

— Ce ne sont que des seins ! La moitié de la population mondiale en possède, observe Lia, taquine.

Shane lève la tête un instant, le temps de lui jeter un regard éloquent. Puis il se replonge dans la contemplation de ses pieds. Elle pose de nouveau la main sur sa cuisse, en faisant passer ses doigts sur le tissu doux de son pantalon.

Lorsque sa main rencontre quelque chose de dur, Lia jubile. Tout à l'heure, cette érection impressionnante sera à elle.

Au cours de la demi-heure qui suit, la jeune femme s'efforce de mémoriser certains mouvements des danseuses. Les femmes ondulent sur scène. Plus elles approchent d'elle et de Shane, plus celui-ci se tend. Et lorsque les artistes exécutent une danse autour d'un lit, avec de nombreux, très nombreux déhanchements, Lia doit se retenir pour ne pas sauter sur les genoux de Shane et lui montrer une chorégraphie de son cru.

Vers le milieu du spectacle, tandis que les danseuses réalisent une danse en tenue d'hôtesse de l'air aguicheuses, l'une d'elles vient se placer directement devant Shane, pour lui tendre la main. Mortifié, il lève les yeux.

— Allez, vas-y, ne la laisse pas comme ça ! ordonne Lia.

À contrecœur, Shane se lève et suit la jeune femme sur la scène, où une grande chaise longue l'attend. Les danseuses se tortillent autour de lui une minute, puis elles le font rouler, lui et la chaise longue, pour l'emmener derrière l'écran géant.

Lorsque les danseuses reviennent avec la chaise longue, la chemise de Rafe est déboutonnée et il s'efforce d'avoir l'air impassible. Son regard croise celui de Lia et semble lui promettre un châtiment.

Elle meurt d'impatience de voir ça.

Le spectacle se termine. Aussitôt, Shane prend Lia par la main pour l'entraîner vers la sortie du théâtre. Il passe les portes en trombe, sans tenir compte des autres spectateurs, et

soumission

l'entraîne sur le trottoir pour se diriger d'un pas rapide dans la direction de leur hôtel.

— On ne prend pas la voiture pour rentrer?
— Non. L'hôtel n'est pas loin et j'ai besoin d'air.

Shane ne dit pas un mot. Ils remontent la rue au pas de course, croisant des touristes ivres et bruyants.

Au ton grave de sa voix, Lia comprend que la soirée promet d'être torride, ce qui suscite en elle une excitation mêlée d'appréhension. Et si ça n'était pas aussi extraordinaire qu'elle l'espère? Et s'il n'y avait aucune alchimie entre eux, le jour – ou plutôt la nuit – où cela arrivera enfin?

Cela fait des années qu'elle pense à ce moment. Si près du but, ses nerfs menacent de la lâcher. Les doutes et la peur la submergent lorsqu'ils approchent de l'hôtel. Et s'il se contentait de la raccompagner à la porte de sa chambre?

S'il ne lui fait pas l'amour après tout ce qui s'est passé, elle renonce. Ils viennent quand même de voir un spectacle de cabaret burlesque topless! Si cette soirée ne lui a pas donné des envies, elle se demande bien ce qui pourrait le faire.

Le manque d'assurance contribuant à lui brouiller les idées, elle commence à se dire qu'il va la déposer dans sa chambre, puis descendre au casino pour se trouver une fille. La colère prend le pas sur toutes ses émotions lorsqu'ils entrent dans le hall de l'hôtel et que Shane se dirige droit vers les ascenseurs.

Arrivés à leur étage, ils s'engagent dans le couloir. Lia est prête à en découdre. Elle va exiger qu'il la suive dans sa chambre, ou qu'il la laisse tranquille une fois pour toutes.

— Écoute, Shane!

Sans lui laisser le temps de terminer sa phrase, Shane glisse la clé dans la serrure de sa chambre et pousse Lia pour la faire entrer. Là, il la plaque contre le mur et se jette sur sa bouche pour la dévorer.

Enfin!

Plus d'interruptions, plus de timidité, plus regrets. Cette nuit leur appartient. Enfin, elle va découvrir toute la puissance de Shane, qui la fera basculer au-delà du plaisir.

— Je sais que je ne devrais pas, mais je ne peux plus résister, souffle Shane en lui passant la main dans le dos pour descendre d'un geste énergique la fermeture à glissière de sa robe. Une seconde plus tard, le tissu fluide tombe à ses pieds, laissant Lia vêtue seulement d'une culotte en dentelle et de ses escarpins à talons.

— Ça fait trop longtemps que tu me cherches.

— Je te veux, Shane. Je n'ai pas peur de le dire. Maintenant, tais-toi et prends-moi! exige-t-elle en commençant à déboutonner sa chemise. Perdant patience, elle tire sur le tissu. Son regard s'illumine en voyant les boutons qui se détachent et le tissu qui se déchire, dévoilant le torse nu de Shane.

Lia se penche en avant pour passer sa langue sur la clavicule de Shane. Elle sent le goût salé de sa peau, dont elle embrasse chaque centimètre carré. Elle progresse jusqu'à ses pectoraux avant de mordiller son mamelon, ce qui lui arrache un petit cri.

— Mmm, je peux la jouer sauvage, moi aussi, dit-il en serrant le poing dans les cheveux de Lia pour renverser sa tête en arrière et l'embrasser de nouveau.

Ses doigts passent dans la dentelle délicate de sa culotte, qu'il déchire. Le tissu tombe à terre avec un bruit de froissement. Désormais, elle est nue devant lui, ne portant plus que ses escarpins.

D'un mouvement rapide, il la soulève pour la plaquer contre le mur. Elle enroule alors ses jambes autour de sa taille.

En un clin d'œil, il attrape un préservatif dans sa poche avant d'écarter son pantalon d'un coup de pied et de se protéger.

— Merci, chuchote-t-elle tandis qu'il fait glisser ses lèvres sur le cou de Lia.

Elle est si excitée qu'elle n'a même pas pensé à se protéger.

— Ça fait tellement longtemps, je ne peux plus attendre, s'excuse-t-il en appuyant son gland contre l'entrée de son sexe, comme pour lui demander l'autorisation d'entrer.

— Alors prends-moi, maintenant!

Inutile de le lui répéter deux fois. D'un mouvement de hanche énergique, il la pénètre, arrachant un cri à Lia qui sent les parois de son sexe se dilater.

Elle n'avait donc pas à s'inquiéter. Voilà tout ce dont elle a rêvé, en bien mieux. Maintenant fermement son bassin de ses mains, Shane vient la pénétrer profondément, suscitant en elle un plaisir inouï lorsqu'il fait claquer ses hanches sur les siennes.

Il plaque la tête de Lia en arrière contre le mur et donne des coups de reins, avant de ralentir le mouvement pour pencher la tête en avant et prendre dans sa bouche son mamelon enflé. Il aspire profondément dans sa bouche son téton rose tout en la pénétrant. Tout le corps de Lia se tend.

Lia sent la montée du plaisir, elle sent qu'elle approche de l'orgasme. Ses doigts passent dans les cheveux de Shane et elle l'attire vers elle pour l'embrasser, tout en se délectant de la sensation des poils de son torse contre le bout de ses seins hypersensibles.

— Surtout, n'arrête pas! supplie-t-elle tandis qu'il accélère le rythme, poussant des gémissements sourds qui viennent du plus profond de sa gorge.

Lia ouvre les yeux et découvre une expression de pur plaisir sur le visage de Shane. Il est si incroyablement, si terriblement beau.

Un nouveau coup de rein et Lia oublie tout. Elle atteint le sommet du plaisir, et son corps se contracte autour de lui, enserrant fermement son sexe dans son intimité.

— Lia ! crie-t-il.

Des saccades de plaisir parcourent son membre. Les jambes de Lia se mettent à trembler et elle se sent tout engourdie.

Shane desserre son étreinte sur ses hanches. Il se retire, puis la repose sur ses pieds, en gardant son corps contre le sien pour la maintenir plaquée contre le mur. L'appréhension submerge soudain le cœur de Lia. Que va-t-il se passer maintenant ? Va-t-il rester ? Elle ne va pas le supplier, elle ne peut pas le supplier, mais…

— Voilà qui était ridiculement rapide ! décrète Shane avant la soulever dans ses bras pour la porter jusqu'à la chambre.

— Peu importe. Parce que le résultat était explosif, répond Lia d'une voix endormie, son corps complètement détendu dans les bras de Shane.

Elle est heureuse : il n'est pas parti en la laissant toute seule.

— Bien. Maintenant que la pression est redescendue, je vais te faire découvrir le véritable plaisir, promet-il en l'allongeant sur le lit.

— Je ne peux pas… gémit-elle.

Il prend alors son pied entre ses mains pour l'embrasser, provoquant chez Lia un frisson qui lui parcourt tout le corps.

— Mais si tu peux, Lia. Tu peux jouir, encore et encore.

Les lèvres de Shane remontent le long de sa jambe, joignant le geste à la parole.

— Shane… gémit-elle tandis que les mains de son partenaire caressent ses jambes, ses doigts effleurant sa peau jusqu'à faire frémir sa chair.

— Mille fois, j'ai rêvé de te pénétrer. Je nous ai imaginés dans mon lit… dans ton lit… partout, même sur le pont du Golden Gate. J'adore la douceur de tes courbes, tes hanches marquées, ta taille fine. J'adore la naissance de tes seins et tes yeux si expressifs. Il n'y a rien en toi que je n'idolâtre, murmure-t-il en lui embrassant le ventre, avant de faire glisser sa langue jusqu'au nombril et de mordiller doucement sa peau.

— Je ressens la même chose pour toi, Shane. Ça fait si longtemps que je te désire, lâche-t-elle dans un souffle.

La respiration de Lia s'accélère lorsque Shane lui prend le bras pour faire courir des baisers de la paume de sa main jusqu'à son épaule, effleurant des zones érogènes dont elle ignorait l'existence. Jamais un homme ne l'a vénérée à ce point, ne l'a fait sentir aussi femme.

— Dire que j'ai lutté contre mon désir de te prendre, comme c'était idiot! Si j'avais su, j'aurais tenté d'aller plus loin avec toi, ce soir-là, à l'hôtel.

— Oui…

Il passe ses doigts dans les cheveux de Lia, dégage son cou et aspire doucement la peau à la base de sa gorge. Il la touche partout, embrasse chaque centimètre carré de son corps où bat son pouls, faisant monter son désir lentement et sûrement, jusqu'à ce qu'elle soit au bord de l'explosion.

Lia se retourne, avide de sentir elle aussi le goût de Shane. Tout à l'heure, il lui a refusé ce plaisir et elle décide de passer outre ses protestations. Elle le pousse sur le dos, puis elle fait courir ses doigts sur son torse. Ensuite, elle se penche en avant, passe sa langue sur ses muscles d'acier pour sentir la saveur de sa peau, avant de faire glisser sa bouche de plus en plus bas.

soumission

Lorsqu'elle arrive sur son ventre, il pousse un gémissement. Elle fait glisser ses doigts sur les hanches de Shane, tout en léchant son pubis. Elle pince le haut de ses fesses avant de s'aventurer encore plus bas, dans la lumière tamisée qui lui permet d'admirer son impressionnante érection.

— Tu es tellement beau, Shane, si vigoureux et épais. Aussi loin que remontent mes souvenirs, j'ai eu envie de sentir ton goût sur ma langue, chuchote-t-elle, le faisant frissonner.

— Lia… gémit-il lorsque les doigts de la jeune femme entourent son membre épais pour aller et venir sur toute sa longueur, dans un mouvement lent et régulier, tandis qu'elle fait glisser son pouce sur son gland.

— Je t'en supplie, gémit-il.

Elle comprend aussitôt ce qu'il veut.

Elle se penche pour faire passer sa langue sur la peau rose de son membre moite et lécher les quelques gouttes annonçant son plaisir, avant de le prendre dans sa bouche, le plus profondément possible, et de le sucer avidement. En découvrant sa saveur, son appétit s'attise davantage encore. Insatiable, elle accélère son mouvement, faisant ondoyer sa tête le long du sexe de Shane.

Sa respiration s'accélère, son ventre se met à palpiter. Lia réussit à rendre faible cet homme si grand, si puissant et ce sentiment la grise. Elle le serre fermement entre ses doigts, puis elle lubrifie son sexe avec sa langue en le suçant et en le prenant profondément dans sa bouche.

— Arrête… crie-t-il, tandis que ses mains saisissent la tête de Lia pour l'interrompre.

Elle veut continuer à sentir son goût, mais elle a aussi envie qu'il la pénètre. Elle s'exécute et se redresse pour s'installer sur lui et son membre humide.

soumission

— Préservatif… grogne-t-il, l'enjoignant à se retirer.

Avec un gémissement, elle s'écarte de lui pour lui permettre de se protéger, puis l'entoure de nouveau.

Shane lui passe les mains dans le dos pour l'attirer vers lui et l'embrasser passionnément, tandis qu'elle monte et descend le long de son sexe vigoureux. La sensualité de leurs ébats a mis tout le corps de Lia en émoi.

Lorsque Shane saisit ses hanches et prend les commandes pour imprimer son rythme à leur mouvement, Lia sent qu'elle perd pied, qu'elle va voler en éclats de nouveau.

Shane la pénètre une nouvelle fois, profondément, d'un mouvement énergique, et Lia explose, découvrant un feu d'artifice de couleurs derrière ses paupières fermées. Shane halète et gémit, atteignant lui aussi le sommet du plaisir. Vidée de toute énergie, Lia s'écroule contre le torse moite de Shane, puis elle se met à ronronner lorsqu'il caresse son dos de ses mains réconfortantes.

— Merci, Lia. C'était encore plus magnifique que tout ce que j'ai pu imaginer, dit-il en l'embrassant.

Aux anges, Lia se blottit contre lui avec la sensation de traverser le temps et l'espace en planant. Pour elle aussi, c'était plus extraordinaire que tout ce qu'elle avait imaginé. Désormais, ils n'auront plus à lutter contre leurs sentiments. Désormais, ils pourront être ensemble, tout le temps. Et qui sait, peut-être pour toujours.

Portée par ces réflexions, Lia commence à somnoler, succombant à un sommeil baigné de bonheur, toujours reliée à Shane par ces rêveries dignes d'un conte de fées.

27

— C'est l'heure de se lever! Nous avons un programme chargé aujourd'hui.

Ariana pousse un grognement et se retourne, en s'efforçant d'ignorer la voix de Rafe. Il doit être ridiculement tôt. Hors de question qu'elle se lève. N'a-t-il donc pas du travail à faire?

— Allez, debout! Tu peux y arriver.

La malice qu'elle perçoit dans sa voix lui donne envie de l'étrangler. En temps normal, elle n'est déjà pas matinale. Mais quand elle n'a dormi que quelques heures, elle devient carrément grognon.

La nuit précédente, elle n'a déjà pas beaucoup dormi. Puis elle a passé la journée de la veille à tenter de se remettre de sa virée. En repensant à cette journée, l'image de Rafe en train d'embrasser la fille vulgaire au bord de la piscine lui revient en mémoire. Aussitôt, elle se couvre la tête avec l'oreiller. Elle n'a aucune envie de lui parler.

Il n'a pas dormi dans leur chambre la nuit précédente. Il a dû la passer en compagnie de la bimbo blonde. Eh bien, Ariana s'en fiche éperdument. Ce n'est pas comme si elle tenait à lui, se dit-elle, furieuse.

Sentant bouger les couvertures au pied du lit, elle envisage sérieusement de lui décocher un coup de pied s'il la découvre. Il fait frais dans la chambre et elle a envie de rester encore quelques heures au fond du lit en comatant, et certainement pas de penser à lui.

— Si vous me laissez tranquille, je promets de ne pas vous étriper.

— Ah, Ari, tu ne pourras pas rester fâchée avec moi éternellement. J'ai prévu plein de choses aujourd'hui. Il n'est pas dans mes habitudes de m'excuser, mais je dois reconnaître que j'ai un peu dépassé les bornes hier. Cette fille ne me plaisait même pas. Simplement, j'étais furieux de te voir avec ces types qui enterraient leur vie de garçon.

Ariana est sidérée de l'entendre admettre sa jalousie. Dit-il la vérité ? Est-il possible qu'il ait agi par esprit de vengeance, et non par désir pour une autre ? Mais est-ce vraiment important ? Elle n'a pas décoléré pour autant.

— Allez… Je te promets de me rattraper, si tu arrêtes de faire la tête. J'ai prévu un programme inoubliable pour la journée et pour ce soir.

Consternée, Ariana sent qu'elle commence à faiblir. Elle garde le silence, en s'efforçant de ne pas craquer.

Lorsqu'il s'assoit sur le lit et prend son pied dans les mains pour le poser sur ses genoux, elle comprend qu'il ne baissera pas les bras. Au moment où elle s'apprête à lancer une remarque cinglante, il appuie sur la partie charnue de sa plante de pied. Un râle de plaisir sort de sa bouche, à la place des paroles cassantes qu'elle s'apprêtait à prononcer.

Ses doits puissants massent le pied d'Ari, du talon jusqu'aux orteils, puis en sens inverse. Son envie de dormir disparaît totalement lorsqu'il apaise ses chevilles douloureuses. S'il est vrai que les talons hauts mettent joliment ses jambes en valeur, ses pieds lui font si mal, au bout d'une soirée perchée sur ces escarpins, que c'est à se demander si le jeu en vaut la chandelle.

soumission

Lorsque Rafe lâche son pied, elle se met à gémir, pour qu'il ne cesse surtout pas son massage divin. L'entendant éclater de rire, elle envisage un instant de lui lancer un oreiller. Puis il prend son autre pied dans la main, pour lui faire subir le même massage.

— OK, je vous pardonne. Mais seulement si vous me faites ça tous les matins, concède-t-elle tandis qu'il malaxe son pied, avant de remonter le long du mollet.

– Ari, rien ne me ferait plus plaisir que de passer mes journées à te caresser, répond-il, faisant battre le cœur d'Ariana plus vite.

Plusieurs minutes s'écoulent, puis elle sent qu'il se lève. Cet instant a passé beaucoup trop vite. Maintenant, elle est complètement réveillée.

Et si elle roulait à l'autre bout du lit pour se couvrir la tête avec un oreiller ? Peut-être réussirait-elle à se rendormir. L'idée paraît bien tentante.

— Pas question ! ordonne Rafe en arrachant la couverture.

Ariana se redresse en faisant la moue, puis écarte ses cheveux emmêlés pour dégager son visage.

— Mais pourquoi faut-il absolument que je me lève ? Vous n'avez pas des réunions toute la journée ? marmonne-t-elle.

— Non. J'ai tout annulé. Je t'ai dit que je nous avais organisé un programme aujourd'hui, pour me faire pardonner pour hier. On va bien s'amuser, tu vas voir.

La manière dont Rafe la regarde et l'effet de surprise produit par ses mots achèvent de dissiper sa mauvaise humeur. Il a l'air... exalté. Elle ne se souvient pas l'avoir vu aussi joyeux.

— Entendu, lâche-t-elle, renonçant à protester davantage.

Elle ne va pas laisser passer l'occasion de passer la journée avec lui alors qu'il est aussi adorable. Peut-être le soleil de Las Vegas a-t-il provoqué une surchauffe de cerveau? Quelle que soit l'explication de ce changement d'attitude, elle est déterminée à profiter de chaque minute avec lui.

Ariana saute du lit. Avant qu'elle ait eu le temps de faire un pas, il lui donne une tape sur les fesses. Interloquée, Ariana se retourne et le dévisage.

— À tout à l'heure ma chérie, lance-t-il avant de sortir de la chambre en sifflotant.

Bouche bée, Ariana le regarde sortir de la pièce. Qui est-il réellement? Et où est passé l'ancien Rafe? Ariana pensait que la suite de leur week-end serait étrange et désagréable. Et voilà que Rafe se montre presque joyeux et insouciant. Elle se demande s'il faut craindre que son humeur bascule de nouveau.

Troublée, Ariana entre dans la salle de bains et ouvre les robinets de la douche. De l'eau bien chaude, une bonne tasse de thé et elle sera prête à affronter cette journée.

Après une douche rapide, elle enfile le peignoir soyeux suspendu dans la salle de bains avant de se diriger vers la petite table dressée devant la baie vitrée, qui donne sur le Las Vegas Strip. Elle boit son thé avec délectation, tout en regardant la ville qui commence à s'éveiller, à cette heure matinale.

— Quels sont les projets pour la journée, alors? demande-t-elle une fois que la théine commence à faire effet. Elle termine sa première tasse, puis s'en sert une deuxième, avant de croquer dans un croissant.

— Surprise, répond-il tout en feuilletant le journal.

— Donnez-moi au moins un indice, pour que je sache comment m'habiller, réplique-t-elle, ravie d'avoir trouvé une excuse pour lui soutirer des informations.

soumission

— Un jean et un t-shirt seront parfaits.

Voilà qui ne lui apprend pas grand-chose. Peut-être vont-ils se contenter de flâner sur le Strip? Ariana regarde Rafe qui lit son journal: en réalité, elle se moque de ce qu'ils vont faire. Il ne s'agit pas d'un rendez-vous professionnel, ni d'un cocktail où elle est supposée jouer les maîtresses parfaites. C'est une sortie où ils vont passer du temps ensemble et s'amuser.

— Laissez-moi dix minutes! dit-elle en se levant pour aller s'habiller, presque au pas de course.

Elle ne veut surtout pas prendre le risque de le voir changer d'avis. À tout moment, son téléphone peut sonner pour lui annoncer une urgence. Et là, leurs projets tomberaient à l'eau.

Neuf minutes plus tard, elle revient, très fière d'elle. Elle a attaché ses cheveux en queue-de-cheval et mit une casquette. Comme le temps est ensoleillé, elle a opté pour un maquillage léger et elle a enfilé le premier jean et le premier T-shirt qui lui sont tombés sous la main.

— Je crois que je n'ai encore jamais vu une femme se préparer aussi vite.

— Alors c'est que vous fréquentez le mauvais genre de femmes.

— J'ai deux sœurs, j'ai l'habitude d'attendre.

Le fait que Rafe fasse allusion à ses sœurs, et non à de précédentes conquêtes, la met de meilleure humeur encore. Ariana est prête, leur mystérieuse aventure peut commencer.

— Je ne peux pas faire ça. C'est hors de question! lance Ari, paniquée, au moment où un homme l'aide à enfiler un harnais, dont il serre les sangles.

— Tu vas y arriver, Ari. Fais-moi confiance, c'est une expérience unique, que tu n'oublieras jamais, répond Rafe en éclatant de rire.

— Et si le câble lâche?

— Il ne va pas lâcher. Je suis prêt à parier toute ma fortune qu'il ne cassera pas.

— Vous ne prenez pas beaucoup de risques, sachant qu'il ne restera de moi qu'une tache ensanglantée sur le ciment, incapable de réclamer son dû!

— Tu peux te défiler maintenant, mais je t'assure que tu le regretterais. Je ne savais pas que tu étais une vraie mauviette, ajoute-t-il.

Ariana fronce les sourcils sans dire un mot. Hors de question de le laisser penser qu'elle est trop trouillarde pour le suivre dans cette aventure exaltante, même si elle est terrorisée.

— Je vous jure que si je meurs, je viendrai vous hanter jusqu'à la fin de vos jours, sans vous laisser un instant de répit, l'avertit-elle.

— Je suis prêt à prendre le risque! rétorque-t-il tandis qu'ils montent dans l'ascenseur permettant de rejoindre la plateforme, au sommet de la Stratosphere Tower.

— C'est le saut à l'élastique en chute libre le plus haut au monde. Il va falloir suivre les consignes de sécurité à la lettre. C'est une expérience réservée aux amateurs de sensations fortes, mais il faut être prudent, explique le moniteur lorsque les portes s'ouvrent.

Un autre homme commence à fixer des câbles sur le harnais d'Ari.

Va-t-elle réellement tenter l'aventure? Elle qui n'aime pas les sensations fortes, elle qui a même peur sur les montagnes russes. Comment a-t-elle pu laisser Rafe la convaincre de sauter du haut d'une tour vertigineuse de plus de 300 mètres de haut – l'équivalent de 108 étages? Elle a dû perdre la raison.

— Faites un petit pas en avant et vous connaîtrez le plus grand frisson de votre existence, lui dit l'homme qui se tient à côté d'elle.

Il a beau jeu de lui dire de sauter: ce n'est pas lui qui s'apprête à plonger vers une mort certaine! Elle doit y aller. Elle ferme les yeux et saute de la plateforme. Whoof! Waow! Le souffle coupé, elle tombe comme une pierre vers le sol en ciment, beaucoup plus bas, en prononçant une prière rapide.

Elle a dû reprendre son souffle, parce qu'elle entend un hurlement – un hurlement qui sort de sa propre gorge. Le sang circule dans ses veines à toute allure, et son cœur bat si fort qu'il va lui déchirer la poitrine. Cependant, à mesure qu'elle poursuit sa descente en fendant l'air, sa peur s'estompe petit à petit.

En approchant du sol, elle se sent ralentir et s'autorise à regarder le Las Vegas Strip, en ressentant un étrange sentiment de liberté. Un court instant, elle envie les oiseaux.

Soudain, elle atterrit – sur ses pieds, fort heureusement – et un homme se précipite à sa rencontre pour l'aider à retirer son harnais.

— Alors, ça s'est bien passé?

— Pas vraiment! Je crois que je suis plus contente que ce soit terminé que fière de l'avoir fait. Mais ne le répétez surtout pas à l'homme qui va sauter après moi! répond-elle avec un rire de soulagement.

— Oui, soit on adore, soit on déteste. Ici, c'est tout l'un ou tout l'autre!

Ariana approuve. Tandis qu'elle défait son harnais, elle entend un cri et lève les yeux, pour découvrir Rafe qui arrive vers elle à la vitesse grand V. Son visage respire le bonheur.

En le voyant si heureux, elle en oublie complètement la peur qui l'a paralysée quelques secondes plus tôt. C'est si rare qu'il fasse quelque chose par pur plaisir – à l'exception du sexe, bien sûr – qu'elle est heureuse de partager ce moment avec lui.

— Alors? Ça t'a plu? lui demande-t-il avant même que le personnel commence à détacher son harnais.

Comment pourrait-elle le décevoir?

— C'était terrifiant, mais aussi assez exaltant, admet-elle.

— Ça te dirait de recommencer? interroge-t-il, enthousiaste.

— Non! répond-elle aussitôt, avant de marquer une pause pour laisser à son cœur le temps de se calmer. Je suis heureuse de l'avoir fait, mais une fois me suffit amplement. Si vous avez prévu des activités du même genre aujourd'hui, je vais devoir décliner!

— Je te promets que la suite est moins mouvementée. Le reste du programme sera amusant, assure-t-il.

Ce qui inquiète Ari, c'est que sa conception de l'amusement et la sienne semblent totalement opposées. Ils quittent le Stratosphere et prennent un taxi pour rejoindre le quartier de leur hôtel. Ariana se délecte de la douceur de l'air et du spectacle qu'offrent les nombreux touristes.

Puis Rafe les fait entrer dans le Mandalay Bay. En découvrant le gigantesque bassin aux requins, elle lui lance un regard incrédule.

— Je te promets que tu n'auras pas à approcher les requins. Il y a un parc aquatique extraordinaire où tu pourras emprunter un toboggan, si cela te dit, et admirer la magnifique faune et flore marine.

— Vous allez le faire ?

— Non, pas aujourd'hui. Si cela ne te dérange pas, j'aimerais plonger. Tu pourras t'installer dans la salle d'observation pour regarder, si ça te dit.

La note d'espoir qu'elle perçoit dans sa voix est rafraîchissante. Il ne lui a pas dit qu'elle devait s'asseoir et l'attendre, il le lui a proposé. Voilà qui fait une différence considérable.

— J'adorerais vous voir jouer avec les requins. Avec un peu de chance, l'un d'eux vous dévorera, confie-t-elle avec un grand sourire.

— Parce que tu veux te débarrasser de moi ? grogne-t-il en l'attirant dans ses bras.

— Pas tout de suite, répond-elle, avant qu'il la réduise au silence d'un baiser qui lui coupe le souffle pendant quelques secondes. Les mains de Rafe glissent le long de son dos et la serrent contre lui.

— Je crois que c'est beaucoup plus dangereux de rester ici avec toi que d'entrer dans le bassin aux requins, observe-t-il avant de l'attirer contre lui en la prenant par les hanches.

Puis il desserre son étreinte pour l'entraîner en direction de la salle de plongée.

— C'est loin d'être aussi formidable que de plonger au Mexique, mais ça fait longtemps que je n'ai pas eu l'occasion d'aller là-bas. C'est mieux que rien.

— Vous plongez souvent?

— Oui et non. Je le fais dès que j'en ai l'occasion, mais je suis généralement bien trop occupé.

— C'est vraiment dommage, Rafe. Pourquoi ne vous octroyez-vous pas davantage de temps pour vous?

— Je pense que c'est ce que je vais faire désormais, Ari, répond-il en la regardant dans les yeux.

On dirait que quelque chose en lui est en train de changer. Se pourrait-il qu'ils aient une chance, tous les deux?

Ariana le regarde se préparer. Il est sublime, en combinaison de plongée ultra-moulante. Elle se dirige vers la zone d'observation, où elle le regarde se mouvoir dans l'eau et frôler les requins. Ce spectacle lui fait tellement peur qu'elle a du mal à ne pas détourner le regard. La plupart des requins sont beaucoup plus grands que Rafe. Même si, elle en est sûre, l'hôtel a pris toutes les mesures de sécurité nécessaires, un coup de mâchoire suffirait pour arracher la tête de Rafe. À cette idée, un frisson lui parcourt le corps.

— Il y a différentes espèces de requins: requin taureau, requin nourrice, requin gris de récif et d'autres. Ajoutez à cela divers poissons et quelques espèces de raies. L'expérience est exaltante, mais non dépourvue de dangers.

Ariana tourne la tête et découvre un employé de l'hôtel, juste à côté d'elle. Pourquoi diable lui raconte-il que Rafe pourrait courir un quelconque danger? Veut-il jouer avec ses nerfs? Est-elle censée le remercier pour ces informations? Elle reste silencieuse.

soumission

Lorsque Rafe lève le pouce dans sa direction avant de se diriger vers la surface, Ariana respire, puis va le rejoindre dans l'espace où les plongeurs se changent. Va-t-elle survivre à cette journée?

Fort heureusement pour elle, la suite de l'après-midi est plus calme. Ils se rendent au Mirage et visitent le Siegfried and Roy's Secret Garden and Dolphin Habitat. Elle en repart avec un tableau qu'un dauphin a peint avec son museau! C'est sûr, le souvenir de cette journée restera à jamais gravé dans sa mémoire.

À mesure que la journée se poursuit, Ariana se rend compte qu'elle est épuisée. Les heures de shopping dans les boutiques du Forum l'ont tellement fatiguée qu'elle peine à rentrer à pied jusqu'à l'hôtel. Rafe fait preuve d'une incroyable générosité, ce qui la met terriblement mal à l'aise.

Le jour où elle ne sera plus avec lui – si tant est que ce jour arrive – elle n'aura plus besoin de toutes ces robes élégantes et de tous ces bijoux qu'il a insisté pour lui offrir. Ce jour-là, elle lui rendra tout. À la simple idée qu'une autre femme puisse porter tout cela, sa gorge se serre. Mais elle serait incapable de garder ces cadeaux, elle se sentirait trop coupable.

Lorsqu'ils arrivent enfin à l'hôtel et se dirigent vers l'ascenseur, Ariana n'a même plus la force d'esquisser un sourire de soulagement. Elle se contente de suivre Rafe.

— Je dors debout, déclare Ariana avec un petit rire fatigué lorsqu'ils entrent dans la chambre. Elle a l'impression que ses pieds vont tomber, mais qu'importe: elle vient de vivre une journée extraordinaire.

— Va faire une sieste. Il faut que tu sois en forme pour la suite du programme.
— Ah! parce qu'il y a une suite? demande-t-elle.
— Oui, et je veux que tu sois reposée.

Rafe n'a pas besoin d'insister pour la convaincre. Ariana est tellement fatiguée qu'elle se demande comment elle va rejoindre le lit. Une bonne sieste de quelques heures devrait la remettre sur pied. Elle s'allonge et s'endort aussitôt, le sourire aux lèvres.

28

Mets la robe qui est dans l'armoire et retrouve-moi à la réception à vingt heures.
Rafe

Ariana parcourt le mot et pardonne aussitôt au téléphone dont la sonnerie l'a tirée de sa sieste paisible. D'ordinaire, elle déteste se faire réveiller par le téléphone – ces maudits appareils n'arrêtent pas de sonner jusqu'à ce qu'on décroche. Elle a dormi deux heures! Elle sort du lit, puis s'étire: décidément, elle se sent en pleine forme. Il n'est que 18 h 30, ce qui lui laisse un peu de temps pour se faire une beauté. Las Vegas lui donne envie de s'habiller et de se maquiller. Pourvu qu'elle redevienne elle-même à son retour en Californie!

En ouvrant la porte du placard, elle découvre une robe longue satinée suspendue sur un cintre et ne peut réprimer sa joie. Rien ne l'empêchera de profiter pleinement de toutes ces marques d'attention. Lorsqu'ils reviendront à la vie réelle, les choses reprendront leur cours habituel, mais pour cette unique journée, elle a le sentiment d'être vraiment en couple, aux côtés d'un homme qui se met en quatre pour la rendre heureuse. Comme il est triste toutefois de devoir vivre une parenthèse enchantée pour avoir l'impression qu'ils forment un couple…

Ariana laisse la porte du placard ouverte, s'attache les cheveux et saute sous la douche, pour se rafraîchir après leur journée mouvementée. Elle choisit son gel douche préféré à la noix de coco. Rafe l'adore, elle le sait. Puis elle s'enduit de la tête aux pieds avec la lotion pour le corps de la même gamme. Bien qu'elle ait désormais des parfums français coûteux à sa disposition, elle préfère ces produits. Leur odeur rappellera des souvenirs à Rafe et déclenchera probablement une association d'idées qui lui donnera envie de lui sauter dessus à l'instant où ils retourneront dans leur suite.

Non pas que leur vie sexuelle manque de piment. Rafe est un amant extraordinaire, et elle est plus que satisfaite sur ce plan, même s'il lui demande parfois des choses qui l'emplissent d'appréhension. Cependant, elle doit reconnaître qu'il ne l'a jamais contrainte à faire quoi que ce soit qui ne lui ait pas procuré un plaisir infini.

Jusque-là, la peur l'a toujours empêchée d'avoir envie d'explorer de nouvelles pratiques. Mais Rafe est un amant si respectueux qu'elle envisage toujours avec impatience la perspective de se retrouver avec lui dans une chambre. Oui, elle commence à avoir envie d'apprendre des choses nouvelles.

Peut-être que si elle se débrouille pour que leurs ébats restent excitants, elle pourra rester un peu plus longtemps à ses côtés? Aussitôt, elle s'efforce de chasser cette idée de son esprit – en vain. La compagnie de Rafe lui plaît de plus en plus... enfin, lorsqu'il se comporte comme aujourd'hui.

Elle soigne particulièrement sa coiffure et son maquillage. Lorsqu'elle revient devant les portes du placard, il est déjà 19 h 30, mais il lui reste suffisamment de temps pour enfiler la robe et de jolies chaussures, et être à l'heure. En même temps... si elle a quelques minutes de retard, il s'en remettra.

N'est-il pas dans l'ordre des choses que les femmes fassent attendre les hommes? Cette idée la fait sourire. Une fois de plus.

Après avoir enfilé de la lingerie ultra-sexy, Ariana jette un nouveau coup d'œil dans le miroir et se met à onduler des hanches, en pliant légèrement les genoux chaque fois qu'elle repasse par la position centrale. Jusque-là, l'idée d'exécuter ce genre de danse pour un homme ne lui avait jamais traversé l'esprit. Le simple fait d'y penser fait durcir le bout de ses seins et elle sent son ventre se serrer.

Après avoir passé cinq minutes à esquisser des mouvements lascifs devant la glace, Ariana abandonne sa danse et se glisse dans la robe. Le vêtement lui va à la perfection, comme s'il avait été réalisé sur mesure. *Comment Rafe a-t-il réussi une prouesse pareille?*

Elle met ses chaussures, jette un nouveau regard dans le miroir et décide d'y aller. Elle se sent belle. Qui ne le serait pas avec cette robe et ces chaussures? Ariana attrape son petit sac à main, puis se dirige vers la porte avant de rejoindre l'ascenseur. Elle est prête à découvrir les autres surprises que Rafe lui réserve.

— Tu es encore plus belle que je ne l'espérais. Comment est-ce possible? lui dit Rafe en la voyant approcher.

En constatant que le visage de la jeune femme s'empourpre, le cœur de Rafe s'emballe. C'est si facile de lui faire plaisir. Voilà une autre qualité d'Ariana dont il n'a pas l'habitude. Certes, il est fier d'avoir une femme aussi belle à son bras, mais c'est surtout sa personnalité qui lui plaît. Il l'accueille les bras ouverts, avant de lever les mains vers son visage. Il caresse tendrement les côtés de son cou, tout en faisant passer ses pouces sur les joues soyeuses de la jeune femme. Puis il incline la tête d'Ariana vers l'arrière, pour l'embrasser passionnément. Elle en a le souffle coupé.

— Merci, Rafe. Vous aussi, vous êtes sublime dans ce costume noir. J'adore votre cravate rouge.

Touché par ce compliment sincère, il prend le bras d'Ari et passe la porte de l'hôtel pour l'accompagner jusqu'à la limousine qui les attend.

— La journée a été mouvementée. J'ai hâte de voir ce que vous nous réservez, dit-elle tandis qu'ils s'installent à l'arrière de la voiture.

Rafe dégaine alors une bouteille de champagne frais et une coupelle remplie de fraises.

— Ah, la soirée ne fait que commencer, dit-il en lui tendant une coupe.

Il a envie de lui faire plaisir, de voir ses yeux briller d'excitation. Donner à quelqu'un qui ne demande rien est un véritable bonheur.

— Je n'aurai peut-être pas l'occasion de vous remercier plus tard, Rafe, alors je le fais maintenant. Merci pour cette journée parfaite.

Rafe ne sait que répondre, les yeux rivés à ceux d'Ari. Il préfère garder le silence et se penche en avant pour poser délicatement ses lèvres sur celles d'Ari. La douceur de son baiser le bouleverse. Pour réprimer les émotions qui l'assaillent, il prend le verre d'Ariana et le met de côté, afin de pouvoir l'attirer sur ses genoux.

Leur baiser se fait plus fougueux tandis que la limousine se dirige vers le petit restaurant installé sur le toit d'un immeuble où il a réservé une table. Alors qu'il se demande s'il ne va pas tout simplement annuler leur programme de la soirée pour retourner à l'hôtel, la limousine s'arrête.

À contrecœur, Rafe fait délicatement descendre Ariana de ses genoux et rajuste son pantalon. Même après des mois à lui faire l'amour, il est perpétuellement en manque d'elle. Il se demande s'il restera toujours dans cet état. Et si aucune femme ne parvenait à la remplacer?

Aussitôt, il chasse cette idée de son esprit. Rafe sort de la limousine, puis il lui tend la main pour l'aider à descendre. Il pose ensuite sa main dans le dos d'Ariana pour l'accompagner jusqu'au restaurant, perché sur le toit de l'établissement. Le maître d'hôtel les accueille comme s'ils étaient des habitués, avant de les accompagner jusqu'à un salon privé.

— Oh, Rafe, c'est magnifique, chuchote-t-elle en s'approchant de la baie vitrée pour admirer le paysage sublime des montagnes, au loin. Plus bas, une cascade artificielle engloutit le vacarme de la ville, de l'autre côté de leur petit coin de paradis.

La douce lumière du soleil couchant qui illumine Ariana semble ouvrir une fenêtre sur son âme et sa beauté intérieure. En cet instant précis, sa décision est prise: il l'emmènera en Italie! Il veut lui montrer sa maison, explorer la campagne avec elle. Voir les paysages à travers ses yeux admiratifs rafraîchira certainement son âme blasée. L'enthousiasme avec lequel elle aborde les expériences nouvelles le touche, il lui fait prendre conscience de la chance qu'il a eue dans sa jeunesse.

— En Italie, nous partons souvent pique-niquer. C'est un pays magnifique. Il y a beaucoup d'eau, les paysages sont très verts. Ici, quand je regarde le désert, j'apprécie sa beauté à nulle autre pareille, les pièges mortels qu'il recèle, la force nécessaire pour survivre dans un environnement aussi hostile.

soumission

Mais il me faut autre chose au quotidien. J'ai besoin du renouveau du printemps, de la sensation de l'herbe douce dans un parc. J'ai besoin du cycle des saisons.

— Je n'avais jamais quitté la Californie avant de vous rencontrer, avoue Ariana. Tout me semble magnifique. J'adore la manière dont les paysages qu'on traverse évoluent. Je découvre avec fascination que le versant d'une montagne peut abriter des paysages verdoyants et des cours d'eau, tandis que l'autre est aride, craquelé, presque dépourvu de végétation. Mais chaque décor, quel qu'il soit, a une finalité. Les hommes sont si différents, et ils découvrent de la beauté autour d'eux, où qu'ils choisissent de vivre.

— Est-ce qu'il t'arrive de porter un regard négatif sur les choses? demande Rafe en éclatant de rire.

— Eh bien, je dois reconnaître que j'ai eu quelques pensées négatives vous concernant lorsque nous nous sommes rencontrés, répond-elle, taquine.

— Est-ce toujours le cas? demande-t-il, toute trace de légèreté disparaissant soudain de son visage.

Ariana cesse de sourire, elle aussi. Penchant la tête, elle le regarde intensément, pour peser sa réponse. Rafe n'est pas certain d'avoir envie de l'entendre.

— Vous n'êtes pas le monstre que je voyais en vous, Rafe. Derrière votre armure, je discerne un homme extraordinaire mais je sais aussi que notre temps ensemble est compté. J'espère simplement que lorsque le temps des adieux sera venu, nous ressortirons l'un et l'autre enrichis de cette histoire… avec le sentiment que les heures passées ensemble n'étaient pas du temps perdu.

Rafe sent son cœur se serrer. La douleur devient presque insupportable lorsqu'il voit s'éteindre quelque peu la lueur qui brille dans les yeux si expressifs d'Ari. Pourrait-il jamais se le pardonner, s'il étouffait définitivement la lumière intérieure et la joie de vivre qui brillent en elle?

Aussitôt, Rafe chasse de son esprit cette idée désagréable. Il s'est promis de lâcher prise, le temps d'une soirée.

— Parlez-moi de votre enfance, demande Ariana tandis que Rafe lui prend la main pour l'accompagner à la table où ont été servis les plats qu'il a commandés à l'avance.

Tout en attendant sa réponse, elle prend une bouchée de canard rôti et ferme les yeux pour savourer la myriade de saveurs.

— Cette sauce est extraordinaire!

Silencieux, Rafe regarde avec plaisir Ariana se régaler. Son visage expressif est fascinant à observer. En la voyant lever les yeux, les sourcils haussés, il sourit avant de prendre la parole.

— Nous avions un genre de double vie, avec deux maisons, deux pays, ce qui se traduit, je pense, par une dualité dans nos personnalités. En Italie, la vie était très différente. Enfant, je n'aimais pas les mois passés aux États-Unis. La vie ici me semblait trop frénétique, trop focalisée sur l'efficacité, trop… solitaire, peut-être. En Italie, mon père passait plus de temps à la maison, il partait faire de grandes promenades avec nous et il nous emmenait faire du bateau. Ici, il travaillait beaucoup et nous ne le voyions pas autant. Plus tard, j'ai compris qu'il se démenait pour offrir une vie agréable à sa famille, mais adolescent, je lui en ai beaucoup voulu de ses absences.

— Et quand avez-vous rencontré Shane?

— Ici, aux États-Unis. Il était différent de tous les gens que j'avais rencontrés jusqu'alors. Mon ami le plus cher possède un don naturel pour inciter les autres à aller vers lui. Très jeune, j'ai appris que la plupart des gens que je côtoyais étaient intéressés. Par mon argent, par mes relations ou par le statut que leur apportait leur amitié avec un gamin aussi riche que moi. Cela m'a rendu un peu amer, je pense – inévitablement. Or rien de tout cela n'intéressait Shane. Même s'il ne se comporte pas comme un milliardaire, sa fortune dépasse sans doute la mienne. Nous nous sommes tout de suite bien entendus, et j'ai compris qu'il avait besoin d'un ami. Il détestait sa famille – elle était son ennemie, non son alliée. Et il refusait de marcher sur les traces de son père.

— Que s'est-il passé pour qu'il déteste son père à ce point?

— Il ne m'appartient pas de t'en parler. Shane le fera peut-être un jour. Tout ce que je peux te dire, c'est que si j'avais été à sa place, je serais sans doute en prison pour meurtre aujourd'hui.

À ces mots, Ariana frissonne, tandis que Rafe s'efforce de maîtriser ses émotions. L'heure n'est pas à la colère.

— C'est incroyable, il y a tant de joie de vivre en lui, remarque Ariana en fronçant les sourcils.

— Shane a appris très tôt à cacher ses émotions. C'était une nécessité pour survivre. Son père est l'exemple même du monstre.

— Est-il toujours en vie?

— Changeons de sujet, veux-tu. Cette soirée est placée sous le signe des vacances et du romantisme.

— Du romantisme? relève Ari, les yeux pétillants de malice.

— Parfaitement, du romantisme! Passons à la suite du programme, dit Rafe avant de se lever et de lui tendre la main.

Une musique sensuelle s'élève et Rafe attire Ariana dans ses bras, respirant son parfum lorsqu'elle appuie sa tête contre son torse. Ils commencent à danser un slow langoureux.

— Je pourrais passer la nuit entière à danser ainsi, murmure-t-elle.

— Comme tu voudras.

Il se surprend à ne rien vouloir lui refuser.

Le serveur apporte la suite du dîner. À contrecœur, Rafe lâche Ariana pour lui permettre de se rasseoir. Bien que la cuisine soit grandiose, Rafe n'a pas la moindre envie d'être assis à une table en face d'Ari. Il a envie de la tenir dans ses bras, de sentir son corps serré contre le sien. Et pour la première fois, il n'a pas envie d'aller plus loin. Ce soir, il ne rêve de rien d'autre que de caresser sa peau soyeuse, de passer ses doigts dans ses cheveux, de lui chuchoter ses rêves au creux de l'oreille.

Attention, danger... Mais une nuit de lâcher prise ne portera pas à conséquence. Une nuit à ressentir autre chose que du désir charnel ne changera pas la face du monde.

Une fois le repas achevé, Rafe amène Ari dans un club de jazz enfumé, où ils écoutent de la musique, tandis qu'il tient Ari dans ses bras toute la soirée. Il garde sa main dans la sienne et se délecte de la chaleur de sa joue posée contre son torse. Comme il est facile de se laisser aller au bonheur de l'instant... Il est mordu, beaucoup plus qu'il ne l'aurait cru possible et le pire, c'est qu'il n'arrive pas à le regretter.

De retour à l'hôtel, Rafe sait qu'il aurait dû la laisser devant la porte de leur chambre pour aller faire un tour. Mais il l'attire tendrement dans ses bras et la déshabille lentement, dans la lumière qui filtre par les rideaux du salon.

— As-tu seulement idée de ta beauté, Ari? Je suis jaloux et je vois bien que tu attires l'attention de tous les hommes. Je vois aussi que tu ne t'en rends même pas compte. Je pourrais passer mes jours et mes nuits à vénérer ton corps.

soumission

Il se penche pour faire courir ses lèvres sur la peau soyeuse du cou d'Ari, remarquant avec plaisir qu'un frisson lui parcourt le dos.

— Je ne sais que penser lorsque tu me dis des choses pareilles, Rafe, chuchote-elle en renversant la tête en arrière.

— Alors ne pense pas et laisse-toi aller!

Rafe la prend dans ses bras et la porte dans leur chambre, où il lui fait l'amour lentement, tendrement, jusqu'au petit matin. Puis épuisé, il s'endort, avec le corps d'Ariana sur le sien.

29

En se réveillant dans les bras de Shane, Lia ne peut réprimer un sourire. Enfin! Ils ont enfin fait l'amour. Leur sortie au spectacle a précipité les choses. Elle est assez fière d'avoir séduit le sublime Shane Grayson, même s'il lui aura fallu pour cela l'aide de sa petite sœur et d'un spectacle burlesque des plus sexy.

— Qu'est-ce qui te fait sourire?

En sursautant, Lia détache son regard du magnifique torse de Shane, pour croiser ses sublimes yeux couleur chocolat noir. Elle adore leur éclat, leur pouvoir hypnotique – la manière dont ils la font craquer.

— J'ai séduit Shane Grayson, le tombeur de ces dames. J'ai mal partout, à cause d'une partie de jambes en l'air qui a fait trembler la terre, mais je prévois de remettre ça, toute la journée, répond-elle avec un sourire béat.

La première ombre au tableau apparaît lorsque le regard de Shane s'assombrit. *Non. Non. Et non.* Hors de question qu'il se défile. Leurs ébats ont été extraordinaires, plus qu'elle ne l'aurait cru possible, et elle ne va pas le laisser invoquer une excuse bidon, en lui racontant qu'elle est la petite sœur de Rafe et qu'ils n'auraient jamais dû coucher ensemble. Peut-être va-t-elle devoir le tuer de ses mains…

Lia le fixe avec intensité, pour lui montrer qu'elle parvient à lire dans ses pensées et qu'il a intérêt à savoir ce qu'il fait s'il prévoit de s'en aller. Jamais par le passé elle n'a fait preuve d'une telle audace avec un homme.

Oui, Lia a confiance en elle. Elle prend soin de son corps, elle fait de l'exercice cinq fois par semaine, elle mange sainement et elle va au spa. Elle s'offre de jolis vêtements et elle soigne sa coiffure et son maquillage. Loin d'être vaniteuse, elle sait qu'elle plaît aux hommes. Cependant, lorsqu'il s'agit de Shane, son assurance s'évanouit.

L'amour qu'elle lui voue depuis si longtemps – et qui était à sens unique – aurait anéanti l'ego de n'importe qui. Être entourée d'une famille aimante et fortunée ne l'a pas empêchée d'avoir le cœur brisé.

Si Shane s'en allait, jamais elle ne le lui pardonnerait – pas après la nuit qu'ils viennent de passer.

— Lia...

— Shane, je te jure que si tu recommences à décréter que nous ne pouvons pas faire une chose pareille...

— Lia, écoute ce que je veux te dire, insiste-t-il.

Sans détacher son regard de celui de Shane, elle garde le silence. Lorsqu'il lève un sourcil, comme pour lui demander s'il peut poursuivre, elle lui adresse un signe de tête imperceptible.

— Je ne m'en vais pas. Simplement, il faut que je parle à Rafe. Il est mon meilleur ami et je ne peux pas faire des choses dans son dos – et certainement pas coucher avec sa sœur.

— Pas question.

— Comment ça, pas question ? Tu ne peux pas me parler ainsi, s'exclame Shane, renfrogné.

— Je ne veux pas qu'il soit au courant, ça ne le regarde pas. Et puis j'aime bien l'idée de garder notre histoire secrète – du moins pour un temps. Nous pourrions nous donner rendez-vous dans les pièces inutilisées de la maison de mes parents durant les dîners de famille, faire l'amour à l'arrière de ta voiture sur le chemin de ton bureau, nous retrouver pour déjeuner et ne prendre que le dessert, chuchote Lia en se penchant pour embrasser son torse.

Elle fait glisser sa main plus bas et sent que ses paroles suscitent en lui un plaisir manifeste. Il est dur et épais. Incapable de résister à la tentation, elle écarte les couvertures et se love sur lui.

— Il faut qu'on parle, souffle-t-il tandis qu'elle se place sur lui avant de se laisser lentement retomber sur son sexe. Un râle vient mettre un point final à sa phrase.

— J'aime quand tu es en moi, Shane. Je pourrais passer toute la journée sur toi, gémit-elle en se relevant jusqu'à se retirer presque entièrement, avant de redescendre vers les hanches de Shane. Elle se délecte du son de leurs deux corps qui s'unissent.

Agrippant ses hanches, Shane se cambre pour la pénétrer, imprimant désormais le rythme à leurs ébats pour faire monter la tension. Il tend la main pour caresser Lia avec le plat de son pouce, à l'endroit précis qui lui procure du plaisir, faisant accélérer les battements de son cœur tout en la conduisant au bord de l'orgasme.

Lia malaxe ses seins, puis elle pince ses mamelons, tandis que Shane exerce des va-et-vient rapides en elle, tout en continuant à caresser son clitoris gonflé sous l'effet du plaisir.

Peu après, elle explose autour de lui. Encore quelques mouvements de hanche et il la suit sur le chemin de l'extase.

Lorsqu'elle a repris son souffle, elle lève la tête pour le regarder droit dans les yeux, tout en refusant de bouger, pour rester allongée sur lui.

— Tu vois comme c'est bon? C'est notre petit secret, dit-elle, ravie de sortir victorieuse de leur accrochage.

— Tu sais me faire craquer, Lia, mais il faudra bien que nous sortions de ce lit un jour. Et dès que j'en aurai l'occasion, je parlerai à Rafe.

Dans l'euphorie du moment, les mots de Shane mettent un instant à parvenir à la partie rationnelle de son cerveau. Mais lorsqu'elle comprend, son sang ne fait qu'un tour. Elle se redresse et se couvre avec le drap.

Que dire? Mettre son frère au courant de leur relation ne ferait que compliquer la situation. Et ça, elle n'en a pas envie. Elle veut une histoire simple, fluide.

— Écoute, je t'ai dit ce que j'en pensais, alors arrêtons là puisque tu ne m'écoutes pas, lance-t-elle, écœurée.

— Lia, j'ai prévu de te prendre un nombre infini de fois. J'ai prévu de te faire plein de choses extraordinaires dont je ne parlerai jamais à Rafe. Mais je ne peux pas garder notre histoire secrète face à mon meilleur ami.

Shane s'assied à côté d'elle et remonte la couverture, cachant ainsi la partie de son anatomie qu'elle préfère.

— Quel mal y a-t-il à avoir une histoire secrète? Personne n'en saura rien, personne n'en souffrira.

— C'est sans doute possible avec une inconnue. En revanche, c'est impossible avec une femme que je connais depuis plus de dix ans.

— Tu es stupide, Shane. Très bien. Dans ces conditions, cette histoire ne m'intéresse pas.

Sans lui laisser le temps de se lever, il l'allonge sur le dos pour la regarder au fond des yeux, en faisant passer sa main sur le corps de Lia. La pointe de ses seins la trahit, en se durcissant aussitôt sous ses caresses, venant contredire ses propos.

— Oh si, ça t'intéresse, et moi aussi. Tu m'as couru après, maintenant, tu es coincée! Nous reprendrons cette dispute quand j'aurai parlé à Rafe, promet-il en baissant la tête pour poser ses lèvres autour d'un mamelon durci.

Lia gémit lorsqu'il attise de nouveau son désir. Mais craignant de se perdre dans le plaisir, elle le repousse et saute du lit, emportant le drap avec elle.

— Si tu changes d'avis et que ceci reste entre nous, tu peux venir me rejoindre sous la douche, lance-t-elle avant de laisser tomber le drap et de se retourner.

Elle prend soin d'accentuer le balancement de ses hanches sur le chemin de la salle de bains, pour le motiver.

Au bout de quelques minutes, voyant que Shane ne vient pas la rejoindre, elle lance un regard furieux en direction de la porte, avant de se frotter furieusement la peau, jusqu'à ce qu'elle soit rouge.

— Ah, les hommes et leurs principes, marmonne-t-elle en tentant de chasser Shane de son esprit.

Lia a des choses plus importantes à faire. Elle décide qu'elle a obtenu ce qu'elle voulait de Shane et qu'il est temps de tourner la page. C'est sans compter avec le désir qui anime son corps…

Shane s'avance dans le couloir, respirant profondément lorsqu'il passe devant la porte de Rafe pour la dixième fois. Que lui arrive-t-il? Il n'est pas du genre à reculer devant un affrontement… Il n'a pas peur de dire ce qu'il pense et il n'a certainement pas peur de parler à son meilleur ami.

Rafe et lui ont traversé mille et une épreuves ensemble. C'est Rafe qui l'a aidé à se reconstruire lorsque sa vie a volé en éclats. Les choses vont forcément bien se passer. Et plus tard, ils riront en évoquant ce moment, autour d'une bonne bouteille de scotch *single malt*.

Shane prend une profonde respiration, puis il s'arrête pour frapper à la porte. Les secondes qui passent en attendant la réponse de son ami lui semblent une éternité.

— Shane… Je pensais que nous nous retrouvions en bas. Je ne suis pas prêt, dit Rafe en ouvrant grand la porte pour laisser entrer Shane.

— J'ai besoin de te parler en privé.

— Les filles vont bien?

L'inquiétude dont Rafe fait preuve instantanément rappelle à Shane pourquoi il respecte tant cet homme. Sous des abords durs, Rafe est quelqu'un d'une grande bonté.

— Oui, tout va bien. Je voulais simplement te parler de ce qui se passe entre Lia et moi.

Voyant le regard de Rafe se durcir, Shane comprend qu'il a été trop optimiste. Cette conversation ne promet pas d'être agréable. Il repense au trajet en limousine et à la colère suscitée chez Rafe par les allusions de Rachel.

— Tiens, tiens, je croyais qu'il n'y avait *rien* entre vous, rétorque Rafe en se dirigeant vers le bar pour se servir un verre.

Shane remarque que son ami ne lui propose rien à boire. Il décide donc de se servir lui-même. Un remontant s'impose pour affronter cette conversation.

— Il ne se passait rien à l'époque…

Shane s'arrête, ne sachant comment terminer sa phrase. Il n'a pas la moindre envie d'évoquer la nuit passée.

— J'ai comme l'impression qu'il va falloir que je te colle une raclée.

À ces mots, Shane se fige pour regarder son ami droit dans les yeux. Lia n'est plus une enfant. Elle peut sortir avec qui elle veut et Shane n'a aucune raison de se sentir coupable.

— J'aime beaucoup ta sœur, Rafe. Et nous avons décidé de laisser une chance à notre histoire.

Rafe soutient son regard. Refusant de céder, Shane garde ses yeux rivés à ceux de son ami, pour lui montrer qu'il ne l'impressionne pas.

— Nous savons l'un et l'autre que tu collectionnes les aventures sans lendemain. Shane, pour toi, rester une semaine avec une femme est une prouesse. Alors si tu ne renonces pas à Lia, ça sera la fin de notre amitié.

Constatant que son ami le prend pour un lâche, le sang de Shane ne fait qu'un tour. Il adore Rafe, il risquerait sa vie pour lui, mais là, l'envie de lui coller une bonne droite le démange sérieusement.

— Avec Lia, c'est différent, répond-il d'une voix dangereusement basse.

— C'est des conneries ! Comme si tu pouvais te comporter autrement avec une femme, tempête Rafe.

— On croit rêver. C'est toi qui dis ça, Rafe ? De quel droit juges-tu mon comportement avec les femmes ? Sais-tu seulement faire preuve de respect à leur égard ? Tu es d'une infinie bonté avec ta famille et tes amis, avec les quelques personnes que tu autorises à jouer un rôle dans ta vie, mais pour ce qui est des femmes, on dirait qu'elles ne valent pas mieux que des bêtes sauvages. Tu les apprivoises pour t'amuser, et puis tu t'en vas. Jamais je n'ai rabaissé une femme que j'ai fréquentée, jamais je n'ai témoigné à son égard de l'indifférence ou du mépris que tu manifestes... et je ne le ferai jamais.

— Je respecte beaucoup mes maîtresses. Elles jouissent d'un grand confort matériel et elles n'ont pas à se plaindre lorsqu'elles disparaissent de ma vie.

— Mais tu ne leur laisses même pas la possibilité de se plaindre de quoi que ce soit, car tu te débrouilles pour qu'elles soient ta propriété à la seconde où elles s'embarquent dans une relation avec toi. Je ne sais même pas pourquoi je parle de relation, d'ailleurs, parce qu'en réalité, c'est un contrat de service. Lia tient à moi et je tiens à elle. Sache que je ne suis pas venu te demander ton autorisation. Je suis là parce que tu es mon meilleur ami. Je n'ai pas à avoir honte de quoi que ce soit et je ne vais pas me cacher, concernant Lia. Quand j'ai dit que je tenais à elle, j'étais sincère !

Shane tourne les talons, déterminé à mettre un terme à cette discussion. Il savait comment les choses se passeraient. Dès qu'il est question de sa famille, Rafe a des réactions totalement irrationnelles. Peut-être finira-t-il par comprendre, avec le temps ? En même temps, Shane ne sait pas combien de temps cette… histoire avec Lia durera. Ils ne resteront pas ensemble éternellement. Peut-être est-il vraiment en train de commettre une erreur…

— Attends !

Shane s'arrête devant la porte, la main sur la poignée. Il devrait s'en aller, il le sait. Mais s'il y a une chance pour qu'ils s'entendent, il ne perdrait pas son meilleur ami. Lentement, il se retourne, son armure protectrice en place.

— Je vais écouter ce que tu as à me dire, Shane, mais crois-moi, ceci ne me plaît pas du tout.

— Je sais que tout ce que tu ne contrôles pas est difficile à gérer pour toi. Ça, je peux l'accepter. Je ne veux pas renoncer à cette amitié que nous avons cultivée pendant quinze ans.

— Comment est-ce arrivé ?

— Rafe, tu le sais, Lia a un faible pour moi depuis le jour où je suis venu chez vous pour la première fois…

— Elle n'était qu'une enfant, coupe Rafe d'un ton accusateur.

— Comme si je m'intéressais à elle, à l'époque ! fulmine Shane.

Il est excédé de devoir apporter cette précision.

— Je sais, bien sûr. Désolé.

Shane accepte les excuses de Rafe, puis il va se servir un autre verre. Ils vont surmonter leur différend.

— Tu te souviens que l'année dernière, Lia et moi nous nous sommes retrouvés à l'hôtel ensemble. Il ne s'est rien passé à l'époque, je te le jure. Mais depuis, je la vois sous un jour nouveau. J'ai tenté de réprimer mes sentiments, de toutes mes forces, mais ta sœur n'est pas du genre à baisser les bras. Et durant ce week-end, j'ai cessé de lutter.

Rafe éclate de rire, ce qui surprend Shane au point qu'il en oublie d'avaler sa gorgée. Son ami aurait-il perdu la raison ?

— Oui, je sais que ma sœur a de la suite dans les idées ! Je suis même impressionné qu'elle ait mis aussi longtemps pour arriver à ses fins.

Instantanément, la tension entre les deux hommes se dissipe, et ils discutent de Lia pendant un instant. Puis ils changent de sujet de conversation, pour s'intéresser au combat de l'UFC qui doit se tenir prochainement.

Shane est à la fois soulagé et surpris de la tournure que prennent les événements. Mais maintenant que Rafe est au courant, il va devoir convaincre Lia. Lorsqu'il a quitté sa chambre, elle était furieuse. Un sourire illumine son visage à l'idée de tout ce qui pourrait la mettre de meilleure humeur.

30

En entrant dans le palais des sports, Shane sent la fierté le submerger. La scène est prête et la salle bruit des préparatifs de dernière minute. Dans quelques instants se déroulera la finale de l'*Ultimate Fighter*.

C'est peut-être de la téléréalité, mais les gamins qui participent à ce concours ont décidé de changer le cours de leur vie et il sait combien c'est difficile.

— Où est ton champion ?

— Il sera là dans une minute. Je lui ai pris une chambre en haut.

— Voilà qui doit le changer, note Rafe avec un sourire.

— Ne sois pas cynique, Rafe ! Tu connais les épreuves qu'il a subies.

— Je sais. Tu as fait du super boulot avec lui, comme avec la dizaine de gamins que tu as aidés.

— Toi aussi, tu as été là pour eux.

— Ce n'est pas moi qui me suis impliqué auprès d'eux. C'est toi, et nous savons l'un et l'autre que tu avais de bonnes raisons pour cela, souligne Rafe en assénant une tape affectueuse sur l'épaule de son ami.

— Ne parlons pas de cela ! L'heure est à la fête. Et Seth va avoir l'occasion de voir où il sera dans quelques années.

— J'ai toujours du mal à comprendre pourquoi coller une raclée à quelqu'un sur un ring est différent de coller une raclée à quelqu'un dans la rue.

— Je n'arrive pas à croire que tu dises une chose pareille, Rafe. Toi qui adores la boxe…

— Pratiquer la boxe me détend, mais ce que font ces gamins va bien plus loin que la boxe.

— Si l'un de mes gamins se bat dans la rue, il est exclu des compétitions. Il n'y a pas d'exception à la règle, tu le sais. La maîtrise que cela exige de leur part change fondamentalement la manière dont ils abordent la vie. C'est un exutoire pour les frustrations liées à leur parcours.

— Salut, Shane. La vache, cette chambre est trop bien!

— Ah, tu as réussi à quitter ta chambre, Seth! Juste à temps pour rejoindre nos places.

Shane se retourne pour donner une accolade au jeune homme.

— Rafe, je ne savais pas que tu serais là. C'est cool de te voir, mec.

Seth serre aussi Rafe dans ses bras.

— Je suis content de te voir, moi aussi. Dis-moi, tu as grandi d'une tête depuis la dernière fois que je t'ai vu!

— Ça ne fait que quelques mois, répond Seth avec un grand sourire gêné.

— C'est vrai que tu as dix-sept ans maintenant. J'ai appris que tu avais eu ton bac avec mention. À quelle université vas-tu aller à la rentrée?

— Moi, j'aimerais continuer la boxe et me concentrer là-dessus, mais Shane ne le permettra qu'à la condition que j'aille à la fac. J'ai été accepté à Stanford, grâce à ses relations, répond-il en soupirant.

soumission

Même s'il fait mine d'être contrarié, Seth ne semble pas malheureux de fréquenter une université aussi prestigieuse.

— On dirait que Shane veut le meilleur pour toi. Tu vas adorer cette fac. J'ai entendu dire qu'il y avait plein de filles canon là-bas.

— Cool, ça me plaît! Eh les gars, je sens comme une odeur de barbecue et je meurs d'envie d'un hamburger. Vous voulez que je vous ramène quelque chose?

— Non, merci. Retrouve-nous ici quand tu auras fini de manger!

Seth s'en va, tandis que Shane et Rafe partent s'installer.

Shane repense au jour où il a rencontré Seth. C'était sur la plage, à San Diego. Il avait laissé sa chemise sur sa glacière pour aller nager. Quand il était revenu, la chemise avait disparu, ainsi que la glacière et tout son contenu. Shane, qui a connu des temps difficiles, a compris que ses affaires avaient sans doute été volées par un gamin des rues. Ceux-ci s'en prenaient souvent aux touristes.

En temps normal, Shane aurait laissé tomber. Mais comme il tenait à cette chemise, il a décidé d'aller faire un tour sur la plage, où il a croisé un gamin famélique portant le vêtement. Il n'essayait même pas de cacher la chemise volée. Pour couronner le tout, il était assis sur la glacière de Shane et buvait une bouteille d'eau trouvée à l'intérieur.

Shane s'est approché du jeune homme, avant de lui expliquer, très calmement, qu'il voulait récupérer sa chemise. Seth a regardé Shane droit dans les yeux, avant d'affirmer ne pas savoir de quoi il voulait parler. Cette chemise était à lui. À cet instant précis, un policier est passé à leur hauteur et s'est arrêté pour demander si tout allait bien. Voyant la panique dans les yeux du gamin, Shane a répondu qu'il n'y avait aucun

soumission

problème. Shane a invité Seth à manger et n'a cessé de le questionner, jusqu'à ce que le gamin lui raconte sa vie.

Il a fallu peu de temps à Shane pour découvrir que Seth vivait avec une bande d'enfants des rues, tous âgés de dix à dix-sept ans. Seth n'avait alors que treize ans, mais son regard en disait long sur les épreuves qu'il avait subies.

La bande se débrouillait comme elle pouvait pour survivre, ce qui passait par le vol, la prostitution, la consommation et la vente de drogue. À la fin du repas, que Seth a littéralement englouti, Shane avait suffisamment gagné la confiance de l'adolescent pour qu'il accepte de le revoir.

Shane lui a donné quelques dollars, suffisamment pour que Seth aie envie de le revoir, mais pas assez pour qu'il puisse s'attirer des ennuis avec cette somme. Ils ont commencé à se retrouver pour déjeuner ensemble tous les jours dans un parc du quartier. Chaque jour, Shane en apprenait davantage sur la vie du gamin, ce qui l'a décidé à venir en aide à l'ensemble du groupe.

Il les a inscrits dans un club sportif appartenant à son ami, il les a installés dans un appartement où ils pouvaient rester ensemble et il les a aidés à reprendre le chemin de l'école. Sur les dix gamins, quatre sont partis, incapables de se faire à ce changement de vie. Mais six sont restés. Et sur ces six, quatre étaient toujours là. L'un a eu son bac l'année précédente et vient de terminer sa première année d'université. Seth a obtenu son bac un mois plus tôt – avec un an d'avance! Quant aux deux autres ados, ils sont en classe de première.

Seth est le seul garçon de la bande à s'être pris de passion pour la boxe. Ce sport lui permet de canaliser sa rage et sa colère dues à l'abandon de son père, à l'overdose de sa mère et à la perte de tous ceux qu'il a aimés au cours de sa vie. Rapidement, il a progressé dans les arts martiaux, et en quelques années, il est devenu l'adversaire à qui tout le monde souhaite se frotter sur le ring.

Shane estime que l'adolescent a une véritable chance de se faire sa place dans l'UFC. Shane a su que Seth s'en sortirait le jour où l'ado a fondu en larmes dans ses bras. C'était le jour de ses quinze ans. Pour lui faire une surprise, Shane lui avait offert un gâteau d'anniversaire.

En découvrant que c'était le premier gâteau d'anniversaire de toute son existence, Shane en a eu le cœur brisé. Ce soir-là, lorsque Shane lui a donné une paire de Nike flambant neuves, Seth l'a serré dans ses bras, avant d'éclater en sanglots.

En voyant ce gamin des rues, si dur, montrer ses sentiments pour la première fois depuis des années, Shane n'a pu retenir ses larmes, lui aussi. Il sait qu'il ne pourra sauver tous ces gamins, mais le simple fait d'en sauver ne serait-ce qu'un seul est gratifiant.

Lorsque Rafe a appris ce que faisait son ami, il a bien évidemment participé à son action, en contribuant aux financements, en passant du temps à la salle d'entraînement avec ces gamins et en leur montrant que tout le monde n'était pas contre eux. C'est Rafe qui avait sauvé la vie de Shane, lorsqu'il avait fugué de chez lui à l'âge de quinze ans.

Shane voue à Rafe une reconnaissance éternelle. Mais il ne veut pas que ces ados l'adulent. Il le sait, il est loin d'être parfait et ne mérite pas tant de considération. Cela n'empêche pas les ados de le considérer comme leur idole. La gentillesse dont il a fait preuve à l'égard de ces gamins perdus, si nouvelle pour eux, lui a valu d'être porté aux nues.

Seth rejoint les deux amis, le ventre plein et un sourire impatient aux lèvres. C'est là qu'il veut être un jour, sur ce ring, pour y disputer le titre de champion. Et il se pourrait bien que son rêve devienne réalité.

Les haut-parleurs diffusent de la musique dans la salle qui commence à se remplir. Seth ne tient plus en place. Lorsque les premiers boxeurs sont présentés au public, Seth se lève d'un bond en hurlant, et attend que l'un de ses héros traverse le tunnel, de l'autre côté de la salle, avant d'emprunter le chemin étroit qui mène au ring, au centre. Des caméras suivent les sportifs, de sorte qu'avant même qu'ils sortent des tunnels, la foule se déchaîne en les découvrant sur les écrans géants.

— Eh, vous avez vu ça? hurle Seth en se retournant.

En passant, un boxeur lui a tapé dans la main! L'ado va sans doute refuser de se laver les mains au cours du mois à venir.

— Tu veux que je te dise quelque chose qui te plaira encore plus?

— Rien ne pourrait me plaire davantage que de taper dans la main d'un des concurrents!

— Ah bon? Même pas d'en rencontrer quelques-uns en chair et en os?

Sans voix, Seth regarde Shane, en s'efforçant de deviner si son mentor plaisante. Le jeune homme a encore du mal à faire confiance à qui que ce soit.

Shane dégaine les laissez-passer *backstage* et en tend un à Seth, qui regarde le carton comme s'il s'agissait d'un véritable trésor. Les yeux de Seth s'emplissent de larmes tandis qu'il dévisage Shane, puis Rafe. Il détourne la tête pour ravaler le sanglot qui menace d'éclater, et reste ainsi en attendant de se ressaisir.

soumission

— Je ne sais pas quoi dire, Shane, à part merci, murmure-t-il si doucement que Shane a du mal à l'entendre.

— Rien ne fait plus plaisir qu'un merci qui vient du fond du cœur, répond Shane à grand-peine, un nœud gros comme une balle de golf coincé dans la gorge.

Le combat commence et la conversation s'interrompt. Seth hurle tellement fort pour encourager les sportifs que bientôt, il n'a plus de voix. À la fin du combat, il est définitivement aphone. Et lorsque Shane et Rafe l'emmènent en coulisses, l'adolescent est à deux doigts de s'évanouir.

Les concurrents sont extraordinaires avec lui. Ils l'encouragent à continuer le combat pour qu'un jour, eux puissent venir l'encourager, depuis le public. Shane le sait : l'ado est en train de vivre l'un de ces moments qui changent une vie, un moment qu'il n'oubliera jamais.

Tandis qu'ils quittent le bâtiment, les deux hommes restent silencieux, chacun plongé dans les souvenirs de leurs parcours respectifs.

Rafe a eu une enfance privilégiée, au sein d'une famille aimante, mais il a lui aussi connu des heures sombres.

Shane a eu la chance de s'en sortir, ce qui lui permet désormais d'aider des gamins comme Seth. Le reste du monde a laissé tomber ces «cas», ce qui ne leur donne guère envie de se battre. Or lorsque des personnes comme Shane se démènent pour eux, certains de ces gamins s'en sortent.

— Tu penses que tu vas retrouver ta voix un jour, Seth ? demande Rafe en lui ébouriffant les cheveux.

— Ma voix n'a aucune importance. Je viens de vivre mon rêve, chuchote-t-il tandis qu'ils s'éloignent du palais des sports.

— Bientôt, tu seras toi aussi sur ce ring, j'en suis persuadé. Mais surtout, ne te crois pas obligé de continuer les combats si un jour tu n'en avais plus envie! Peut-être qu'à l'université, tu découvriras que les études te passionnent plus encore que les rings, lui dit Shane.

— Tu es fou ou quoi? Shane, je t'adore, mais là, tu délires. Qu'est-ce qui pourrait être plus génial que de monter sur ce ring, avec des milliers de spectateurs qui t'acclament et qui crient ton nom?

— Tu sais, être un grand sportif est important. Mais c'est le fait d'être une bonne personne qui incitera le public à t'adorer. Tant que tu resteras fidèle à ce que tu es, tu auras toujours des supporters. Et un jour, tu inspireras un gamin qui aura besoin d'un coup de main.

— Tout ça, c'est grâce à toi.

— Mais non, pas du tout, c'est grâce à toi! Bon, pourquoi n'irais-tu pas regarder des films dans ta chambre et profiter du room service avant de prendre l'avion pour rentrer?

En arrivant à l'hôtel, les chemins de Shane et Rafe se séparent. Shane a besoin de prendre Lia dans ses bras, de s'assurer qu'il peut désormais la serrer contre lui… si toutefois elle ne l'assomme pas avant.

Rafe, lui, ne sait pas ce qu'il veut. Ou plutôt, il sait ce qu'il veut mais il ne sait pas comment s'y prendre pour y parvenir.

31

Durant le trajet du retour, tous restent plongés dans le souvenir de ces journées à Las Vegas, occupés par des réflexions qui ne sont pas destinées à être partagées. Même Lia demeure silencieuse, ne cherchant pas, pour une fois, à provoquer son frère ou son amoureux.

— Mais enfin, que s'est-il passé avec Shane? Tu ne lui as pas adressé un seul regard depuis que nous avons quitté l'hôtel, finit par chuchoter Ariana à mi-parcours.

Pour toute réponse, Lia secoue la tête avant de détourner le regard.

Au moment de l'atterrissage, Ariana découvre avec surprise qu'elle ne fait pas partie des projets de Rafe pour la suite de la journée.

— Mon père est en ville et il faut que je le voie. Rentre chez toi, je t'appellerai!

Sur ces mots, Rafe l'accompagne jusqu'à la voiture qui l'attend, l'aide à monter, puis referme la portière.

Jusqu'à cet instant, Ariana s'était dit qu'elle aurait bien aimé avoir un peu de temps pour elle, pour mettre de l'ordre dans ses idées et dans ses sentiments pour Rafe. Mais la manière dont il l'a renvoyée chez elle, si froidement et de manière si expéditive, lui fait mal. Cet homme est capable d'être si prévenant et si fougueux par moments, puis distant, voire glacial, à d'autres. Oui, il est temps pour elle de réfléchir à ce qu'elle veut.

Trois mois ont passé. Le délai fixé pour l'accord avec Rafe est écoulé et elle est dans l'incertitude. Il lui faut prendre une décision : soit elle lui offre son cœur, soit elle s'en va et tourne la page. Mais comment faire un tel choix ?

Lorsqu'Ariana entre chez elle, son appartement lui fait l'effet d'un tombeau. Il y règne un silence pesant et oppressant, et les pièces si familières paraissent soudain étouffantes, confinées. La solitude qu'elle appréciait tant a cédé la place à un sentiment cruel d'isolement qui la prend à la gorge et lui fait monter les larmes aux yeux.

Rafe est-il un point d'ancrage dans sa vie, ou simplement un poids qui pèse lourd sur son cœur ? Un instant, Ariana se dit qu'elle aura la réponse en le voyant, lorsqu'il passera la porte de l'appartement. Elle attend. Et attend encore.

Lorsque dix heures sonnent à l'horloge, Ariana décide de chasser ses idées noires et d'aller se coucher. Pour cette première nuit après leur week-end, Rafe ne la rejoindra pas.

— Comment s'est passé ton séjour, Rafe ? C'est si rare que tu t'octroies un week-end de quatre jours pour te reposer.

Rafe avale son double scotch, puis se sert un nouveau verre.

— C'était un déplacement purement professionnel, papa. Shane et moi sommes associés pour un projet de construction d'hôtel et de casino là-bas, et nous sommes allés voir l'avancement des travaux.

— Si ça avait été un déplacement professionnel, tu n'aurais pas amené les autres passagers avec toi, rétorque Martin

Palazzo en éclatant de rire, avant de s'asseoir et d'attendre que Rafe le rejoigne.

Rafe a toujours été incapable de mentir à son père. Peut-être ce dernier pourra-t-il l'aider à y voir plus clair? Sans se laisser le temps de changer d'avis, Rafe s'assoit et décide de se confier à lui.

— Je ne sais pas quoi faire, papa. Je tiens beaucoup à Ari, je pense que tu l'as compris.

Voyant que son père garde le silence, Rafe regarde un instant par la fenêtre, puis il reprend:

– Il y a des choses me concernant que tu ne sais pas – des choses dont je ne suis pas fier. Mais c'est ainsi que j'ai fait face.

— J'en sais plus que tu ne le penses, fiston. Ce que Sharon t'a fait est terrible, elle t'a volé quelque chose qui n'est pas facile à reconstruire. J'attendais que tu viennes me parler, que tu comprennes que tu étais sur la voie de l'autodestruction et que tu allais finir anéanti. Ce jour est-il arrivé?

— Que sais-tu exactement? demande Rafe, horrifié à l'idée de ce que son père pourrait avoir découvert.

— Je ne vais pas m'appesantir sur les détails, mais disons que je sais que tu as eu un comportement peu honorable. Tu apprécies d'arborer de belles femmes à ton bras et de les avoir dans ton lit. Ce n'est pas ainsi que tu as été élevé, Rafe. On n'a pas le droit d'exploiter les femmes, on n'a pas le droit de leur manquer de respect, jamais. Gagner leur amour est un privilège, le conserver est une responsabilité.

— Et que se passe-t-il lorsqu'elles ne sont pas à la hauteur? tonne Rafe, répondant à son père sur un ton cassant qui le surprend lui-même.

— Aucune femme ne mérite d'être traitée comme ton jouet. Si tu considères qu'une femme n'est qu'une fille de joie de bas étage, alors à quoi bon passer du temps avec elle ? C'est un manque de respect envers toi-même. Et si tu sais qu'elle vaut mieux que cela, tu dois faire preuve de dignité. Si c'est une fille bien, mets fin à cette relation injuste, conclut Martin d'un ton désapprobateur.

Rafe sait que son père a raison. Cependant, le reconnaître le contraindrait à rendre sa liberté à Ari. Et ça, il ne peut s'y résoudre. Il ne peut non plus lui ouvrir son cœur – car il a le sentiment de ne plus avoir de cœur.

— Les femmes que je fréquente sont bien traitées, papa, objecte-t-il.

— Tu peux passer des diamants autour de leurs cous, mais ces colliers ne seront que des laisses s'ils ne sont pas donnés avec amour. Tu as la conviction de te comporter correctement avec elles, mais est-ce vraiment le cas ? Je t'ai observé avec Ari. Lui offres-tu ton amour ou te contentes-tu de lui donner ton corps ? À ton avis, combien de temps une femme comme elle se contentera de moins que ce qu'elle mérite ? Même si elle t'aime, Rafe – et je pense que c'est le cas – elle aura à terme assez de dignité pour te quitter.

Non !

Rafe n'est pas prêt à voir partir Ari... ni à la quitter. Cependant, il ne sait quel avenir ils pourraient avoir ensemble. Par le passé, une femme a bien failli avoir raison de sa santé mentale. Cela ne se reproduira pas.

— Je ne peux pas te dicter tes actes, Rafe, mais tu es venu me demander conseil. La seule chose que je peux te dire, mon fils, c'est qu'il faut soit lui offrir ton cœur, soit lui rendre sa liberté.

Rafe se tasse sur son fauteuil, tandis que les paroles de son père résonnent dans sa tête. Lui rendre sa liberté ? Hors de question. D'ailleurs, elle n'en a pas envie. Ariana ne s'est

soumission

jamais privée de lui dire ce qu'elle pense. Rafe a déjà enfreint les règles qu'il s'est fixées. Pour elle, il a fait des concessions qu'il n'a consenties à aucune de ses maîtresses.

Après tout, il a le droit de préserver leur relation, de la garder légère et ludique. Mais s'il pense vraiment ainsi, pourquoi son cœur lui paraît-il aussi vide? Pourquoi l'envie d'écouter son père le submerge-t-elle au point de désirer la rejoindre en courant, pour lui dire combien il tient à elle? Serait-il en train de tomber amoureux de cette fille?

Si tel était le cas, cela ne pourrait qu'avoir une fin tragique. Car Ariana ne pourra jamais l'aimer après avoir été traitée ainsi. Et si elle le faisait, elle serait stupide. Cela ne se terminerait pas bien, ni pour l'un, ni pour l'autre.

Cette idée lui fait mal. Il lui faut un peu de temps pour réfléchir. Peut-être qu'ainsi, il pourra entendre les paroles de son père. Alors, il fera ce qu'il aurait dû faire à l'instant où elle a mis le pied dans son bureau pour la première fois, plusieurs mois plus tôt.

À l'époque déjà, il savait qu'elle n'était pas la femme qu'il lui fallait. Ses émotions étaient venues altérer son jugement, si rationnel habituellement. Il lui avait couru après, chose qu'il ne faisait jamais. Il avait gagné… mais le prix à payer est sans doute trop cher, pour chacun d'eux.

— Je ne sais plus où j'en suis, papa.

— Pars quelque part et laisse-toi le temps de la réflexion! Tu es en permanence entouré de gens qui cherchent à te faire plaisir à tout prix. Accorde-toi du temps pour toi, du temps seul, afin d'y voir plus clair! Tu mettras de l'ordre dans tes idées et tu comprendras ce qui est préférable pour toi… et pour elle. Les réponses que tu découvriras vont te surprendre, j'en suis convaincu.

Rafe se lève pour passer son bras autour des épaules de son père et le serrer contre lui.

— Merci, papa. J'espère que tu ne m'en veux pas de ne pas m'être confié à toi plus tôt et te t'avoir déçu. Tu as raison : du temps pour moi, c'est exactement ce qu'il me faut.

Sur ces mots, Rafe quitte la pièce et appelle son pilote depuis sa voiture. Sans un mot à personne, il part loin. L'heure est venue de faire un choix.

32

Ariana inspire profondément, pour se délecter des parfums évocateurs de la boutique de fleurs de sa mère. Aussi loin que remontent ses souvenirs, elle est toujours venue dans ce magasin.

Sa mère lui a parlé du berceau de couleur vive installé dans un coin de la boutique, qui a cédé la place à un parc, puis à un bureau d'écolière. Dans son petit coin à elle, elle a appris à réaliser de jolis bouquets de mariage et de petits assemblages que les jeunes filles accrochaient à leur robe pour leur premier bal de promo.

— Bonjour maman, lance-t-elle en apercevant sa mère derrière ce comptoir qu'elle aime tant.

— Ari! Je ne m'attendais pas à te voir ici aujourd'hui, répond Sandra en s'essuyant les mains, avant de contourner le comptoir pour serrer sa fille dans ses bras.

— Je suis venue donner un coup de main à ma maman et passer un peu de temps avec elle.

— Eh bien, tu as bien choisi ton jour. Je suis en train de préparer les fleurs pour un mariage. Il faut que je les livre demain matin, je m'apprêtais donc à travailler tard ce soir. À nous deux, nous aurons peut-être terminé assez tôt pour aller chercher un petit quelque chose à manger plus tard.

— J'ai un peu perdu la main, mais je suis sûre que tu réussiras à me remettre dans le bain en un clin d'œil.

soumission

— Faire des bouquets, c'est comme faire du vélo. Ça ne s'oublie pas, sans compter que nous travaillons des roses. Difficile de rater un bouquet avec des fleurs aussi magnifiques. Allez viens, mettons-nous au travail tout de suite! Tu en profiteras pour me raconter ce qui t'a tellement préoccupée ces derniers temps.

Ariana sent le stress des mois passés se dissiper instantanément aux côtés de sa mère, tandis qu'elle réunit les fleurs en bouquet avant de passer un ruban autour des tiges. Transformer la nature en œuvre d'art est extrêmement apaisant, voire thérapeutique. Très vite, Ariana se détend.

— Ça y est, tu t'es inscrite à l'université?

— Pas encore, maman, mais j'envisage très sérieusement de reprendre mes études au semestre prochain, c'est promis, répond Ari, le visage crispé.

Sans sa mère qui la pousse tant, elle aurait peut-être abandonné le projet de reprendre ses études. L'état de ses nerfs et le rythme infernal que lui impose Rafe l'incitent à repousser sans cesse cette échéance.

— J'irai avec toi, juste pour être sûre que tout se passe bien. Je veux vraiment voir mon bébé obtenir ce diplôme.

— Entendu. J'irai m'inscrire, c'est promis. Si nous y allions ce vendredi? propose Ari en éclatant de rire.

Dire que Rafe la trouve obstinée… C'est sans doute parce qu'il ne connaît pas bien sa mère. Non pas qu'Ariana ait envie qu'ils se connaissent mieux. Elle est déjà trop attachée à lui et à sa famille. Faire entrer sa mère dans l'équation rendrait leur séparation encore plus difficile.

— Maintenant que ce sujet est réglé, parle-moi de ton travail!

— Tout va bien. J'adore les locaux de la société Palazzo. Ils sont magnifiques, de l'intérieur et de l'extérieur. Le seul point négatif de mon changement de poste, c'est que je ne vois quasiment plus Amber, Shelly et Miley, de mon ancien travail. Rafe a un emploi du temps de dingue, avec de nombreux déplacements qui se décident souvent à la dernière minute. Et parfois, quand nous sommes au bureau, nous travaillons tard, jusqu'à minuit. C'est un peu épuisant, concède Ari.

Elle ne précise pas que les exigences de Rafe au lit sont, elles aussi, épuisantes… fort agréables, mais épuisantes malgré tout.

— Ari, tu dois trouver du temps à consacrer à tes amies. Quand un homme commence à te dicter tout ce que tu fais et occupe tout ton temps, c'est le signe qu'il faut prendre du recul. J'aime beaucoup Rafe, sincèrement. Mais je m'inquiète de voir qu'il t'en demande trop. D'ailleurs, cela ne me poserait aucun problème d'aller le voir pour le lui dire en face, menace Sandra.

— Ça me touche beaucoup, maman, mais je peux gérer ça toute seule. Ce n'est pas un mauvais bougre, c'est juste que… parfois, il ne prend pas les bonnes décisions. Mais il me traite bien. Et quand il devient trop exigeant, je ne me laisse pas faire. C'est promis : si un jour j'avais l'impression qu'il profite de moi, je m'en irais aussitôt, sans hésiter.

Sandra la fixe un long moment, au point qu'Ariana commence à se sentir mal à l'aise. Elle ignore comment sa mère s'y prend, mais on dirait qu'elle sait les choses, tout simplement. Parfois, elle sait comment Ariana se sent, avant même la principale intéressée. C'est à la fois angoissant et rassurant.

— Bon, je ne vais pas te raconter d'histoires et te dire que je crois que tout va bien. Mais sache que je respecte ta décision ! Ce qui me rassure, c'est que je t'ai élevée pour faire de toi une femme forte. J'espère t'avoir inculqué suffisamment de valeurs pour que tu n'acceptes jamais qu'on te donne moins que ce que tu mérites.

Les yeux d'Ariana s'emplissent de larmes. Elle est si heureuse que sa mère se soit remise de son accident et du cancer. Jamais elle n'a été aussi bouleversée que lorsqu'elle a cru ne plus jamais la revoir. Comment pourrait-elle perdre la seule personne qui a toujours veillé sur elle?

— C'est sûr, j'ai commis des erreurs et j'en commettrai encore, mais j'ai été élevée par une femme extraordinaire et jamais je n'oublierai les valeurs que tu m'as transmises. Rafe exagère parfois, mais lorsque cela se produit, j'entends ta voix, dans un coin de ma tête, qui me dit de ne pas me laisser faire. Tout ira bien pour moi, maman, ne t'en fais pas.

— J'en suis certaine, ma chérie. Je sens que tu es tellement forte… beaucoup plus qu'autrefois. Tu as été obligée de mûrir, au cours de l'année passée, mais cela t'a rendue plus solide. Tu peux être fière de toi. Beaucoup de femmes se seraient effondrées en se lamentant sur leur sort. Toi, tu as gardé la tête haute et tu as choisi de te battre. Je ne sais pas à quel moment cela s'est produit, mais la petite fille que tu étais est devenue une femme. Hmm, je ne suis pas certaine d'aimer cela, ajoute-elle sur un ton taquin, feignant de renifler.

— Merci, maman. Ça me fait chaud au cœur d'entendre cela.

— Bien. Nous avons abordé ton travail, tes études et ta vie privée. Maintenant, il faut que je te parle d'un événement qui s'est produit dans ma vie.

Les larmes de Sandra disparaissent et son visage s'illumine.

Ariana la dévisage, intriguée. Sa mère a une vie réglée comme du papier à musique. Que peut-elle bien avoir à lui annoncer?

soumission

— J'ai rencontré quelqu'un, un homme extraordinaire.
— Quoi?

Ariana s'en veut aussitôt de paraître aussi surprise, mais elle n'a pas le moindre souvenir de sa mère ayant un rendez-vous avec un homme, depuis son enfance.

— Écoute, ma chérie, j'ai toujours des besoins…
— Stop, maman, je t'en supplie, murmure Ari, horrifiée en imaginant les *besoins* de sa mère.
— Entendu, je te passe les détails. Mais cela fait un mois que je fréquente un homme fabuleux, et à mon âge, on n'a pas de temps à perdre.
— Qu'est-ce qu'il fait, dans la vie? demande Ari, suspicieuse.

Sa mère a déjà traversé suffisamment d'épreuves. Ariana ne veut pas qu'un homme profite d'elle.

— Il a un restaurant extraordinaire, dans le centre-ville.
— Sans vouloir paraître superficielle, est-ce qu'il a une situation financière stable? Je ne voudrais pas que quelqu'un sorte avec toi uniquement par intérêt, pour ton magasin de fleurs si prospère! plaisante Ariana.

Le commerce de sa mère marche bien, mais compte tenu de toutes les dépenses de santé qu'elle a dû payer, il lui faudra un bout de temps avant d'avoir de nouveau des économies devant elle. Ariana déteste l'idée d'être tributaire de Rafe, même si sa mère n'en sait rien. Elle veut pouvoir lui racheter la boutique, et reprendre la vie de Sandra en main.

— Ari, son restaurant marche très bien. Il compte beaucoup de célébrités parmi ses clients. Pour tout te dire, ce n'est pas le genre de table que j'ai l'habitude de fréquenter. Mais la cuisine est extraordinaire. Jamais je n'avais mangé des pâtes aussi exquises.

soumission

— Il n'est pas snob, j'espère ?
— Non, pas du tout, c'est un homme formidable. J'aimerais que nous allions dîner y ensemble un soir, pour que tu fasses sa connaissance. Si nous terminons à temps, nous pourrions même y aller ce soir.

Cette idée n'enchante que moyennement Ari, mais en voyant l'exaltation dans les yeux de sa mère, elle n'a pas le cœur à refuser. Son regard se durcit – *s'il tient à sa vie, cet homme a intérêt à traiter ma maman avec autant de considération que la reine d'Angleterre.* Le bonheur de sa mère lui tient à cœur plus que tout.

— Si nous avons terminé à temps, ça sera avec plaisir, promet Ariana en s'efforçant de paraître enjouée.

Très vite, elle regrette sa réponse : sa mère accélère la cadence et rapidement, les mains d'Ari lui font tellement mal qu'elle a l'impression qu'elles vont tomber. Cependant, en voyant sa maman aussi joyeuse et rajeunie, elle se déride rapidement. Manifestement, cet homme offre à sa mère le bonheur qu'elle mérite.

— Je n'en reviens pas d'être aussi nerveuse, lance Sandra tandis que les deux femmes approchent de l'élégant restaurant italien.
— Maman, tu es radieuse.

Sa mère est magnifique dans sa longue robe bleue, avec les cheveux relevés. Cette histoire semble lui faire l'effet d'un bain de jouvence.

Sandra paraît rajeunie, presque légère. Ariana doit le reconnaître : jamais elle ne l'a vue aussi heureuse. Cependant, Ariana n'a jamais eu à partager sa mère avec qui que ce soit

soumission

jusqu'alors et une petite voix égoïste lui souffle que désormais, elle ne l'aura plus pour elle toute seule. C'est ridicule, elle le sait, mais elle comprend qu'elle va devoir réprimer des émotions absurdes.

— Grâce à Marco, j'ai l'impression d'être redevenue une adolescente, remarque Sandra en gloussant.

— Alors je suis ravie pour toi, même si je ne peux m'empêcher d'être aussi un peu jalouse, reconnaît Ariana en souriant.

— Ari, sache que personne ne pourra jamais te remplacer! Tu es et tu resteras ma petite fille, quel que soit ton âge. Je n'ai jamais eu envie d'avoir un homme dans ma vie durant ton enfance, parce que tu étais ma priorité absolue et que je ne voulais pas prendre le risque de te faire souffrir. Après le départ de ton père… disons simplement que j'avais du mal à croire qu'une relation puisse durer, et je ne voulais pas t'imposer des hommes qui apparaissaient, puis disparaissaient. Je ne cherchais pas à rencontrer quelqu'un, et puis j'ai fait la connaissance de Marco et puis… eh bien, les choses se sont faites toutes seules.

— C'est formidable, maman. J'ai comme l'impression que je vais adorer ce Marco, même si j'ai bien envie de sortir mes griffes pour lui faire comprendre qu'il n'a pas intérêt à trop t'accaparer, reconnaît Ariana en souriant et en exagérant son froncement de sourcils.

— C'est un charmeur. Je pense qu'il va te mettre dans sa poche en un clin d'œil.

— Je n'en suis pas certaine, maman. C'est assez difficile de me charmer, répond Ariana d'un air malicieux.

Les deux femmes entrent dans le restaurant. Aussitôt, le maître d'hôtel vient les accueillir avec un grand sourire.

— Quel plaisir de vous voir, madame Harlow! Vous êtes très en beauté ce soir, comme chaque fois que vous nous honorez de votre présence.

Bouche bée, Ariana voit l'homme s'approcher d'elles, prendre la main de sa mère et la porter à sa bouche pour y planter un baiser. Puis il tourne son regard pétillant vers Ari.

— Oh, et voilà sans doute votre adorable fille, dont vous parlez avec tant d'affection. Indéniablement, il y a un air de famille. Bienvenue chez *Il Mio Cuore*, dit-il en faisant un baisemain à Ari.

— Merci, Gene. Vous êtes trop aimable, comme d'habitude, répond Sandra en riant.

— Permettez-moi de vous accompagner à votre table. L'univers doit attendre les belles femmes, mais il ne doit jamais les faire attendre, observe-t-il en faisant un grand geste de la main.

Il conduit les deux femmes vers un salon particulier plongé dans la lumière dorée de chandeliers. Une odeur exquise leur parvient depuis leur table.

— Ah, on dirait que Benny vous a vues arriver et qu'il a fait servir des *antipasti* à déguster en attendant que Marco vous rejoigne.

— Ça sent divinement bon. Allez dire à Marco de prendre son temps! Nous pouvons attendre un peu, propose Sandra.

— Comment pourrais-je faire patienter une femme aussi sublime?

Ariana se retourne et reste bouche bée en voyant l'homme derrière elles. Un petit rire échappe à sa mère qui se précipite vers Marco. Celui-ci la serre dans ses bras, avant de poser tendrement un baiser sur ses lèvres.

soumission

L'homme est incroyablement beau. Il mesure plus d'un mètre quatre-vingts et porte un costume bleu marine, de la même couleur que ses yeux. Son teint mat et ses cheveux poivre et sel lui donnent une allure folle. Le temps a passé avec grâce sur le visage de Marco et les pattes d'oie autour de ses yeux trahissent un homme qui aime rire.

— Excusez-moi, je manque à tous mes devoirs, dit-il en se tournant vers Ari, sans lâcher la main de Sandra. Je me présente : Marco Giannini. Je suis ravi de vous rencontrer, mademoiselle Ariana Harlow, ajoute-t-il avant de se pencher vers elle pour l'embrasser.

Ari, qui n'a pas l'habitude des hommes aussi exubérants, reste sans voix, un grand sourire aux lèvres. Elle se ressaisit enfin pour prendre la parole.

— Tout le plaisir est pour moi. Je vous en prie, appelez-moi Ari !

— Un joli nom pour une femme charmante, Ari. Appelez-moi Marco !

— Vous êtes un charmeur, Marco. Je commence à comprendre pourquoi vous plaisez tant à ma mère, lance Ariana en riant, avant de s'asseoir sur la chaise qu'il a reculée pour elle.

— Ah, la présence de belles femmes me rend romantique. Je vous propose de passer la commande pour vous. Mon chef a un talent fou, et votre mère n'a pas trouvé à redire à sa cuisine jusqu'à présent.

— Excellente idée. Je vous remercie.

Marco aide la mère d'Ariana à s'asseoir. Le serveur vient servir un excellent vin rouge italien dans de magnifiques verres en cristal. La soirée se révèle très agréable. Bientôt, Ariana se surprend à rire et à passer un excellent moment.

— Ari, votre mère m'a dit que vous alliez bientôt décrocher votre diplôme de l'université de Stanford?

— Il me reste un semestre. Alors oui, j'espère obtenir mon diplôme bientôt, répond-elle en riant, un peu mal à l'aise.

Elle n'a pas vraiment envie de parler de ses études.

— Et quels sont vos projets pour la suite?

Ariana réprime à grand-peine un soupir:

— Je ne sais pas encore. Mon rêve était de passer un doctorat, puis d'enseigner l'histoire à l'université, mais la vie étant ce qu'elle est…

Elle déteste parler de ce projet, qui semble s'éloigner davantage chaque jour.

— Et vous n'en avez plus envie?

Elle le sait, Marco essaie simplement de faire connaissance avec elle. Mais elle s'empresse de changer de sujet.

— Oh vous savez, les choses se passent rarement comme prévu. Racontez-moi plutôt comment ma mère et vous, vous vous êtes rencontrés!

Sa tentative de diversion fonctionne à merveille: Marco et sa mère échangent un regard, avec la même expression ravie.

— On dirait un remake de Cendrillon… explique Sandra en adressant un clin d'œil à sa fille, dans un éclat de rire.

— Un conte de fées des temps modernes, renchérit Marco. J'étais sur les quais afin d'y acheter du poisson aux pêcheurs, pour nos plats du jour. Un objet qui brillait au soleil a attiré mon regard. J'ai tourné la tête et qu'ai-je vu? Votre mère en train de se disputer avec un homme, à qui elle expliquait que son poisson n'était pas assez frais à son goût. C'est son bracelet qui scintillait au soleil. Ça m'a amusé de voir cette petite femme tenir tête à Albert, qui pèse bien cent cinquante kilos. C'est un géant au cœur d'or, je ne me suis donc pas inquiété.

Mais Sandra n'en savait rien. Elle a fini par partir et là, le talon de sa chaussure s'est coincé dans un trou. Elle a perdu l'équilibre, avant de tomber à l'eau.

— Oh non, maman! Tu ne m'as jamais raconté que tu avais eu un accident.

— Je ne me suis pas fait mal. Par contre, ma fierté en a pris un coup. Mais Marco a plongé à mon secours! J'étais tellement fascinée que je n'arrivais plus à le quitter des yeux.

— Fort heureusement, votre mère portait un chemisier qui a facilité son sauvetage, lance Marco en roulant des yeux et en levant les sourcils.

Ariana ne peut s'empêcher d'éclater de rire en voyant ces deux adultes se comporter comme des gamins.

— Quelle histoire formidable! En quelque sorte, vous étiez son chevalier nageant, remarque Ariana dans un éclat de rire.

— Tiens, Ari. Il me semblait bien que je connaissais ce rire.

Ariana se retourne et découvre Rafe dans l'encadrement de la porte. Il porte son costume noir préféré avec une élégante chemise bleu turquoise et une cravate bleu marine. Lorsqu'il la dévisage, le rire d'Ariana s'interrompt. Cela ne fait que quelques jours qu'elle ne l'a pas vu et pourtant, son cœur s'emballe. Pourquoi faut-il que cet homme soit aussi sublime?

— Bonjour Rafe. Je dîne avec ma mère et son ami.

— On dirait que vous passez une bonne soirée.

Voyant qu'il ne bouge pas, elle croise les doigts pour qu'il ne lui demande pas de partir avec lui. Sa journée avec sa mère n'est pas terminée.

— Désolé, je ne me suis pas présenté. Rafe Palazzo, dit-il en s'approchant de Marco.

— Ravi de vous rencontrer, j'ai beaucoup entendu parler de vous dans les milieux d'affaires. Je suis Marco Giannini.

soumission

Est-ce que vous voulez vous joindre à nous ? demande Marco en se levant pour serrer la main de Rafe.
— Avec plaisir.
Ariana est un peu agacée, d'autant que cela fait presque une semaine qu'il ne lui a pas donné signe de vie. Où était-il passé ? Suspicieuse, elle le dévisage.
— D'où connaissez-vous Ari et Sandra ? demande Marco.
— Ari et moi sortons ensemble. Et j'ai fait la connaissance de Sandra lorsqu'elle était à l'hôpital, répond Rafe en s'asseyant, tandis que le serveur lui apporte un verre, avant d'y verser du vin.
— Vous avez beaucoup de chance d'avoir une femme aussi formidable dans votre vie. Personnellement, je remercie le ciel chaque jour de m'avoir permis de rencontrer Sandra.
— En effet, les dames de la famille Harlow sont extrêmement séduisantes, répond Rafe avec un sourire mystérieux.
Ariana voit rapidement ses inquiétudes se dissiper : tout se passe à merveille et bientôt, la tablée discute dans une ambiance détendue. Au moment de partir, Ariana se sent rassurée : cet homme-là traite sa maman avec considération. Elle serre sa mère dans ses bras et lui propose de dîner prochainement avec elle et pourquoi pas avec Marco.
Ariana a accepté que Rafe la raccompagne, mais elle envisage un instant de lui demander de la déposer, sans entrer chez elle. C'est son droit. Au moment où il lui ouvre la portière de sa voiture, elle se dit qu'il serait absurde de prétendre ne pas avoir envie qu'il vienne chez elle. Elle serait la première déçue.

Tandis qu'ils roulent dans les rues animées de San Francisco, ils gardent tous deux le silence. Bien qu'il soit presque vingt-trois heures, la circulation reste dense. Habituellement, Ariana préfère se déplacer en bus, où elle se sent plus en sécurité que sur les voies rapides ou dans les petites rues étroites du centre-ville, où elle redoute toujours d'avoir un accident.

Cependant, lorsque Rafe est au volant, elle se sent en sécurité. Il circule dans les rues avec assurance. Elle le sait, elle n'a rien à craindre… en tout cas, pas sur la route. Une fois de retour chez elle, les choses changeront sans doute.

Lorsqu'il s'engage sur son parking, elle essaie de détacher sa ceinture de sécurité. Mais la fatigue ralentit ses mouvements. Le temps que Rafe se gare et fasse le tour de la voiture pour ouvrir sa portière, elle est toujours en train de se battre avec le fermoir de la ceinture qui refuse de s'ouvrir.

— Laisse-moi t'aider, dit-il d'une voix douce.

Ariana cesse de lutter contre le fermoir et le regarde dans les yeux.

— Merci, parvient-elle à articuler lorsqu'il détache la ceinture avant de l'aider à sortir de la voiture.

Il pose sa main dans le dos d'Ariana pour l'accompagner jusqu'à l'ascenseur, puis il appuie sur le bouton. Si elle ne veut pas qu'il monte, c'est le moment de le dire. En réalité, elle aimerait vraiment qu'il reste, mais ça n'est sans doute pas une bonne idée, compte tenu de l'état émotionnel dans lequel elle se trouve.

— Merci de m'avoir raccompagnée. Sans vouloir paraître ingrate, je suis vraiment fatiguée, Rafe. Je me suis levée tôt et j'avais prévu d'aller me coucher tout de suite.

— Aucun problème.

Voyant qu'il n'ajoute rien de plus, Ariana le suit dans l'ascenseur sans un mot, puis elle attend qu'il appuie sur le bouton de son étage. Il est d'humeur étrange. Qu'est-ce que cela peut bien cacher? Il est préférable de ne pas lui poser de question. Il ne devrait pas tarder à lui dévoiler ce qui se passe.

Rafe l'emmène directement dans la chambre, où il enlève sa veste qu'il met sur le dossier d'une chaise, avant de dénouer sa cravate. Voyant qu'il déboutonne sa chemise, elle part s'isoler dans la salle de bains. Un peu perdue, elle prend une douche, puis retourne dans la chambre, où elle le trouve allongé dans le lit torse nu, une couverture couvrant le bas de son corps.

Ari n'en revient pas: Rafe n'a pas l'habitude de venir dans son lit, sauf pour faire l'amour. Il est en train de lire l'un des livres qui étaient posés sur la table de nuit. Il n'a pas l'air pressé de lui sauter dessus. Elle se demande si elle est censée le rejoindre... même si c'est son lit. Décontenancée, elle hésite.

— Viens contre moi, Ari!

En entendant sa voix grave, Ariana sent un frisson lui parcourir le dos. Elle traverse la pièce et grimpe dans le lit. Touchée de le voir tendre les bras pour l'attirer contre lui.

Rafe poursuit sa lecture, tout en la tenant contre lui. Ari ne sait que faire ni que penser.

— Détends-toi! chuchote-il.

Il a dû sentir combien elle est crispée. Entre cette journée bien remplie et l'étrange humeur de Rafe, Ariana est épuisée. Malgré tout, elle se dit qu'elle va avoir du mal à fermer les yeux. Cependant, il ne lui faut pas longtemps pour sombrer dans le sommeil. Blottie dans les bras de Rafe, la tête appuyée sur son torse, elle s'endort paisiblement.

33

Rafe regarde Ariana qui dort dans ses bras. Il va lui rendre sa liberté, c'est décidé! C'est la meilleure chose à faire. Il ne sait pas encore comment il va s'y prendre, mais en la voyant si profondément endormie, il comprend qu'il ne peut continuer à la garder auprès de lui contre sa volonté.

Certes, elle a choisi de rester et elle commence à éprouver des sentiments pour lui. Mais n'est-ce pas le cas de certaines victimes d'enlèvements qui se mettent à avoir des sentiments pour leur ravisseur? Impossible que ses sentiments soient authentiques, car il ne lui a jamais laissé la possibilité de se refuser à lui.

Il lui a forcé la main.

Et en cours de route, il est tombé amoureux d'elle. Il ne sait même plus s'il croit encore en l'amour, mais ce qu'il ressent pour elle va bien au-delà de l'attirance sexuelle, bien au-delà de l'affection.

Il s'intéresse à elle, à ce qu'elle fait de ses journées. Il veut la voir heureuse. Elle lui inspire quantité de sentiments, et il a conscience qu'il ne peut l'obliger plus longtemps à agir contre son gré: il va donc lui rendre sa liberté.

Il s'est accordé une seule journée supplémentaire à ses côtés. Il doit lui faire ses adieux, afin de pouvoir tourner la page.

— Rafe?

— Je suis là.
— Qu'est-ce que vous faites ?

La lueur de la lune qui pénètre dans la pièce par la fenêtre ouverte éclaire juste assez son visage pour que les traits d'Ariana se gravent à jamais dans sa mémoire. Peut-être permet-elle aussi à la jeune femme de voir l'inquiétude qui se dessine sur le visage de Rafe.

— Je me lève. Rendors-toi ! dit-il doucement, en écartant une mèche du visage d'Ari.

— J'ai la gorge toute sèche. Je vais aller boire un peu d'eau. Mais c'est si difficile de sortir du lit quand on a une bouillotte humaine sous ses draps !

Tout en parlant, elle se blottit davantage encore contre lui et passe son bras autour de sa taille.

— Reste bien au chaud sous la couverture. Je vais te chercher à boire.

Bien qu'elle proteste d'un grognement, il sort du lit et traverse la chambre, entièrement nu.

Dans la salle de bains, il remplit un verre d'eau, puis il reste immobile une seconde, avant de revenir dans la chambre. Ariana s'est redressée. Elle est appuyée contre la tête de lit, les couvertures bien remontées sur elle.

Aussitôt, il a envie de les écarter pour pouvoir l'admirer. Après avoir caressé son corps mille fois au moins et goûté presque chaque centimètre carré de sa peau d'ivoire, il constate qu'il la trouve toujours d'une beauté à couper le souffle.

Rafe lui tend le verre, puis il retourne dans le lit. Il sait qu'il devrait la laisser. Qu'il devrait se lever, comme c'était prévu. Mais lorsqu'elle vient se blottir contre lui, il comprend qu'il en est incapable.

Puisque c'est la dernière nuit à ses côtés, autant qu'elle dure. Quel mal y a-t-il à cela?

— Vous avez l'air préoccupé. Qu'est-ce qui ne va pas?

La douceur de sa voix le touche. Elle trahit une sollicitude réelle. Mais comment pourrait-elle se préoccuper de lui, alors qu'il s'est comporté avec elle comme un ogre, exigeant l'assouvissement de ses besoins, tout en lui demandant de tout sacrifier?

— Ari, je pense qu'il est temps pour moi de te libérer de notre accord.

Aussitôt, il regrette ses paroles. Il aimerait pouvoir lui dire qu'il est un idiot, qu'il ne peut pas la laisser partir. Pourtant, il sait que c'est ce qu'il y a de mieux à faire. Elle doit être libre de vivre sa vie, comme elle le mérite.

— Mais de quoi parlez-vous? chuchote-t-elle, d'une voix si basse qu'il doit se pencher pour distinguer ses paroles.

— La période de trois mois prévue par notre contrat est écoulée. Nos chemins vont devoir se séparer. Sache que ces heures à tes côtés ont été très agréables et j'aimerais te remercier pour tous les sacrifices que tu as consentis! Mais je me dois d'être honnête avec toi : cette relation a fait son temps.

Chaque parole qu'il prononce lui fait l'effet d'un coup de poignard. Il ne veut pas faire ce qu'il est en train de faire. Qu'est donc devenu l'homme fort, sachant prendre des décisions, qu'il était voici seulement quelques mois? L'hésitation n'était pas dans son ADN. C'est décidé, ce soir, il n'hésitera plus.

— Ai-je fait quelque chose qu'il ne fallait pas?

Ariana ne chuchote plus. Sa voix est atone, éteinte, dépourvue d'émotions.

— Bien sûr que non. Je suis très content de la manière dont les choses se sont passées. Tu es l'une des meilleures maîtresses que j'aie jamais eues.

En voyant Ariana tressaillir, Rafe s'en veut d'être aussi cruel. Pourquoi a-t-il fallu qu'il dise une chose pareille? Est-ce parce qu'il a mal et qu'il veut qu'elle souffre, elle aussi, qu'elle vive ne serait-ce qu'une fraction de ce qu'il endure? Cependant, elle se contente de rester assise et de répondre, comme dépourvue de toute émotion.

— Je comprends. Sans doute est-il préférable dans ce cas que vous rentriez chez vous ce soir. Il serait bon de parler de mon contrat de travail avant lundi matin. Je pense qu'il serait désagréable, pour nous deux, que je revienne travailler dans vos locaux.

Rien que des paroles factuelles, sans la moindre trace d'émotion.

— Si tu souhaites conserver ton poste actuel, je n'y vois pas d'objection. Tu fais du bon boulot.

Rafe a envie de se taper la tête contre le mur. Pourquoi a-t-il dit une chose pareille? Comment pourrait-il tourner la page en la voyant jour après jour, en sachant qu'elle n'est pas à lui?

En proie à une grande agitation, il se lève et se dirige vers la chaise où reposent ses vêtements. Il s'en remettra... il s'est toujours remis de tout. Même si Ariana continue à venir travailler, il ne se languira pas d'elle.

Ariana n'est qu'une femme parmi tant d'autres qui ont fait un bout de chemin à ses côtés. Sans doute les sentiments qu'il éprouve pour elle sont-ils liés au voyage introspectif que son père lui a conseillé de faire. Rafe n'a pas encore trouvé de réponses à ces interrogations et ce n'est certainement pas en regardant Ariana qu'il y parviendra. Elle est appuyée contre la tête de lit, les yeux dans le vague en direction de la fenêtre.

Enfin… Il pensait avoir trouvé la réponse, se corrige-t-il, tout en touchant le côté gauche de sa veste. Mais cela avait été une erreur, un élan de folie impulsive…

— Il est sans doute préférable que je tente de réintégrer mon ancien poste. J'aimais beaucoup travailler là-bas.

Son cœur bat si fort qu'il entend à peine ce qu'elle dit. Lorsqu'il comprend le sens de ses paroles, il a aussitôt envie de la contredire. Pourquoi donc? Puisqu'il vient de penser qu'il ne voulait plus la croiser dans ses bureaux. Il ouvre la bouche pour approuver, mais c'est tout autre chose qui en sort.

— Nous verrons cela demain. Maintenant, il faut dormir. Je passerai demain, après le dîner, dit Rafe.

Il quitte aussitôt la pièce, pour ne surtout pas se dire qu'il est un idiot, ne surtout pas retourner dans le lit d'Ari.

En passant la porte de l'appartement, il lui semble percevoir un sanglot. Il s'arrête pour tendre l'oreille. N'entendant rien, il se dit qu'il a dû se tromper. De toute évidence, Ariana est soulagée de le voir enfin disparaître de sa vie.

Il ferme la porte de l'appartement et descend dans le hall. Il lui demandera de venir chez lui pour parler de son contrat de travail. Plus jamais il ne veut remettre le pied dans cet immeuble.

34

— Lia, tu m'évites.

La jeune femme sursaute en entendant la voix de Shane juste derrière elle. Lentement, elle se retourne, puis se fige en attendant qu'il poursuive. Constatant qu'il n'ajoute rien de plus, elle pose une main sur sa hanche et le dévisage.

— Tu n'as pas respecté ce que je t'ai demandé. Je n'ai donc rien à ajouter. J'essaie de travailler, là. Alors sois gentil de me laisser!

Sur ces mots, Lia commence à s'éloigner. Elle aurait dû se douter que cela n'empêcherait pas Shane de lui dire ce qu'il a sur le cœur.

— Tu veux discuter de notre histoire devant tous tes collègues, ou tu préfères qu'on en parle en privé?

Plusieurs têtes se tournent vers eux. Les regards des collègues de Lia passent de l'un à l'autre, incrédules et ravis. Lia sent ses joues devenir écarlates.

— Suis-moi, marmonne-t-elle avant de se diriger le plus dignement possible vers la pièce fermée la plus proche… qui se trouve être le local à photocopies. Formidable, comme décor…

Shane ferme la porte derrière eux, les enfermant dans la petite pièce. Instantanément, la température monte de quelques degrés, tandis que Shane la dévisage.

soumission

— Ce que tu viens de faire était incroyablement mal élevé, même pour toi, Shane. Terminons-en rapidement, pour que je puisse retourner travailler! avise Lia en s'efforçant de garder son calme.

Cependant, il la trouble… Au fond, elle est dans tous ses états.

— J'ai essayé de t'appeler plusieurs fois, mais tu m'évites.

— Est-ce qu'il ne faudrait pas en conclure que je n'ai pas envie de te parler, tout simplement? suggère-t-elle en frappant de sa main la table réservée au tri des photocopies, faisant voler à terre quantité de feuilles.

— Tu m'as couru après pendant des mois, voire des années…

— Stop. Je ne t'ai pas couru après. Tu me plaisais, je te plaisais. Comme j'ai vu que tu résistais, j'ai insisté. Mais après notre nuit torride ensemble, il a fallu que tu ailles tout de suite tout rapporter à mon grand frère, comme un gamin. Et voilà, point final de cette brève aventure.

Voyant que les lèvres de Shane esquissent un sourire, Lia s'impatiente. Il ne l'écoute pas, et ça ne fait qu'une semaine qu'elle a commencé son travail. Elle n'a pas envie de se mettre en tort. Dans la société de son frère, elle se doit de travailler plus dur encore que les autres salariés, pour prouver qu'elle n'est pas une pistonnée.

— Et qu'est-ce que tu fais ici, d'abord?

— Ça ne te regarde pas.

— Pourrais-tu cesser de te comporter comme une gamine et répondre à mes questions? Nous en aurons terminé plus vite.

Il croise les bras avant de s'appuyer contre la porte, pour l'empêcher de sortir, mais aussi pour lui montrer qu'il a tout son temps.

— Je suis la nouvelle responsable des relations publiques de l'entreprise, répond-elle en relevant le menton.

— Ah oui, vraiment?

— Inutile de prendre ce ton méprisant. J'ai obtenu tous mes diplômes universitaires avec mention. D'abord en sciences de la communication à l'université de Bologne, qui est mondialement renommée, puis j'ai décroché un master en politique internationale. Je ne suis pas la petite héritière gâtée pour laquelle tu me prends. Je fais du très bon boulot… mais pour cela, il faudrait que tu me laisses y retourner. Pour info, je suis en train de travailler sur un communiqué de presse d'une importance capitale, et il faut que je fasse des recherches. Désolée, je n'ai plus de temps à te consacrer. Tu m'excuseras, mais je ne te raccompagne pas.

Lia est très fière de la confiance que Rafe lui a témoigné en lui confiant ce poste. Elle a déjà géré des projets comparables durant ses études et elle sait qu'elle fera du bon travail dans l'entreprise de son frère. Enfin, à condition de ne pas être constamment interrompue.

— Sur quel projet travailles-tu?

— Qu'est-ce que ça peut te faire, Shane?

Soit la température dans la pièce est en train de monter rapidement, soit la présence de Shane ne la laisse pas aussi indifférente qu'elle l'espérait lorsqu'il a quitté sa chambre. Elle était déjà furieuse contre lui à Las Vegas. Elle est encore plus furieuse maintenant, en le voyant là, si craquant.

— Simple curiosité, répond-il avec une lueur dans le regard qui n'augure rien de bon.

— D'accord. Je travaille sur le projet de la Crique Gli Amanti.

En voyant un large sourire se dessiner sur les lèvres de Shane, son ventre se serre. Non, impossible qu'il soit impliqué dans ce projet… Cela l'amènera à passer beaucoup de temps sur une petite île italienne. Elle séjournera sans doute plusieurs mois dans ce pays qu'elle aime tant.

— Pourquoi tu me regardes avec cet air ravi?

— Je ne vois pas ce que tu veux dire, Lia. Je suis simplement venu te rappeler ce que tu as raté ces dernières semaines.

Shane s'écarte de la porte et toute envie de retourner travailler quitte instantanément Lia, qui panique. Il ne faut surtout pas qu'il la touche… elle fondrait entre ses bras. Et ça, il n'en est pas question!

On ne l'y reprendra pas deux fois. Elle fait un pas en arrière, mais se retrouve rapidement coincée entre Shane qui avance vers elle et la photocopieuse.

— Écoute, Shane, nous avons passé une nuit formidable ensemble. Je n'ai jamais dit que ce n'était pas bien, mais maintenant, c'est terminé. Respecte ma décision et passe à ta prochaine victime! Tu as déjà fait le coup à quantité de femmes. Et quelque chose me dit qu'il va y en avoir encore beaucoup d'autres.

— Allons Lia. Tu veux me rendre fou, c'est ça? Sauf que ça ne marchera pas. Depuis cette nuit-là, plus aucune autre femme ne m'intéresse. Tu ne vas pas te débarrasser de moi aussi facilement. Comme c'est toi qui me courais après, tu devrais être contente.

— Tu t'y crois un peu, non?

Lia pensait être cassante, mais le ton de sa voix, au souffle coupé, atténue considérablement l'effet de sa réplique.

— Je crois que tu as simplement envie que je te courtise, note-t-il en l'attirant dans ses bras, avant de plaquer ses lèvres contre les siennes.

soumission

Têtue, Lia refuse d'entrouvrir sa bouche et le repousse. Si elle craque, elle sera fichue. Son corps prendra feu et sa détermination partira en fumée, elle est amoureuse de lui depuis trop longtemps.

Shane mordille sa lèvre inférieure tout en lui passant la main dans le dos pour la plaquer contre lui, qui ne cesse de durcir. Un gémissement échappe à Lia bien malgré elle, l'incitant à ouvrir la bouche. Shane en profite pour glisser sa langue entre ses lèvres et lui rappeler combien il embrasse divinement bien.

Au bout de quelques minutes, Shane s'écarte d'elle, juste assez pour la regarder au fond des yeux.

— Tu es sûre de ne pas vouloir reprendre là où nous nous sommes arrêtés ? demande-t-il, sûr de lui.

Aussitôt, l'arrogance de sa remarque fait redescendre Lia sur terre. Avec une énergie qu'elle ne se connaissait pas, elle le repousse fermement, le faisant reculer d'un pas.

Elle lui pose l'index sur le torse, avant de le regarder droit dans les yeux.

— Tu peux aller te faire voir, Shane Grayson. J'en ai terminé avec toi.

Sur ces mots, Lia le contourne et s'échappe de la pièce. Elle s'éloigne, mais entend la remarque qu'il lui lance.

— Ah, Lia, j'adore les femmes qui ont du caractère. Reprenons cette discussion plus tard…

Elle passe le coin du couloir, puis se précipite dans les toilettes pour femmes, vides fort heureusement. En découvrant dans la glace ses joues rouges et ses pupilles dilatées, elle comprend que l'heure est grave. Elle désire cet homme depuis si longtemps qu'elle ne sait comment se défaire de ce sentiment.

soumission

Et si elle n'y parvenait jamais?

Rafe n'a pas dit un mot au sujet de sa conversation avec Shane, mais qu'importe. Elle a prié Shane de garder leur relation secrète et il ne la respecte pas assez pour faire la toute première chose qu'elle lui a demandée.

Pire encore, elle sait pertinemment que Shane ne reste jamais bien longtemps avec ses conquêtes féminines. Elle l'avait oublié lorsqu'elle lui courait après. Elle ne voulait alors qu'une chose: qu'il la désire, qu'il ait besoin d'elle, qu'elle soit la femme de sa vie. Manifestement, elle tenait davantage à lui que l'inverse. Mais maintenant qu'il a goûté au sexe avec elle, il en redemande – une réaction typiquement masculine.

Ça suffit! Elle a du travail à faire, un projet important l'attend.

Dans une dizaine de minutes, elle participe à une réunion avec le comité de pilotage du projet dont elle a parlé à Shane et elle doit être présentable. Il s'agit d'un magnifique complexe touristique ultra-haut de gamme pour des clients en quête d'intimité et amateurs de grand luxe.

Rafe a mis des années à obtenir le feu vert pour ce projet, car les habitants de cette partie particulièrement belle de l'île ne veulent pas voir arriver des touristes, craignant qu'ils ne perturbent l'équilibre des lieux. Le projet répondra aux besoins des milliardaires les plus exigeants, tout en respectant l'environnement naturel de l'île.

Cependant, ce projet lui demandera un travail considérable, ses détracteurs restant nombreux et s'opposant au démarrage des travaux. Des manifestants ont élu domicile sur les plages, où ils campent et refusent de partir. En lui confiant ce dossier, Rafe lui a dit qu'elle allait devoir faire preuve de persévérance.

soumission

C'est l'heure d'y aller. Lia se passe de l'eau sur le visage, puis pousse un gémissement en réalisant qu'elle n'a pas pris son sac à main. Impossible de retoucher son maquillage! Qu'importent les apparences! Un grand sourire aux lèvres, elle entre dans la salle de réunion, la tête haute, et adresse un signe à son frère avant de s'approcher de l'estrade.

À cet instant, Shane entre dans la salle et vient prendre place à côté de Rafe. Le ventre de Lia se noue : ça y est, tout s'explique!

— Merci à tous d'être venus assister à cette réunion. Mademoiselle Palazzo va nous présenter son travail sur le lancement du projet de la Crique Gli Amanti. Lia, à toi de jouer!

— Tu travailles sur ce projet, Shane? demande-t-elle, tout en se disant qu'elle n'a pas envie d'entendre la réponse à sa question.

— Mais oui, je suis surpris que Rafe ne t'en ait pas parlé. C'est moi qui supervise ce programme. On dirait que nous allons être amenés à passer beaucoup de temps ensemble.

La lueur qui brille dans ses yeux ne laisse aucun doute sur le fait qu'il brûle d'envie de se retrouver sur une île quasi déserte avec elle. Lia a deux options. Soit elle serre les dents pour faire sa présentation, soit elle baisse les bras et quitte la salle de réunion.

Lia n'est pas du genre à reculer devant les difficultés. Après un bref regard en direction de Shane, elle s'adresse aux autres membres du groupe :

— Pour commencer, je vais vous parler de …

Lia ne voit pas le regard déterminé que lui lance Shane, ni la manière dont Rafe les observe, l'un et l'autre. Si elle avait su dans quel pétrin elle s'apprêtait à se mettre, elle aurait peut-être choisi de prendre ses jambes à son cou…

35

Ariana ne sait que penser. Elle sait qu'il tient à elle. Simplement, il a peur de se lancer dans une véritable histoire. C'est en tout cas ce que disent les membres de sa famille. S'il ne tenait pas à elle, jamais il n'aurait dit ce qu'il lui a dit, jamais il ne lui aurait fait l'amour comme il l'a fait. Elle le sait, ce n'est pas que sexuel entre eux. Peut-être n'est-il pas amoureux, mais il éprouve des sentiments pour elle.

Ses propos de la veille étaient destinés à préserver son cœur. C'est en tout cas ce qu'elle espère. Elle le sait, il est possible qu'il soit déterminé à tourner la page. Mais s'il y a la moindre chance qu'il puisse l'aimer, alors elle doit tenter sa chance. Dire qu'elle avait décidé qu'il était préférable de l'oublier!

Elle se glisse dans la nuisette qu'elle vient de s'offrir, puis s'installe devant sa coiffeuse pour se maquiller avec soin. Ariana ne peut empêcher son cœur de battre la chamade. La nuit à venir s'annonce soit extraordinaire, soit désastreuse.

Mais au fond, qu'importe l'issue de cette nuit. Elle a besoin de lui dire la vérité et, plus encore, elle a besoin de savoir s'il éprouve des sentiments pour elle. Si ce n'est pas le cas, autant qu'elle le sache.

Il l'a priée de venir chez lui pour parler de son contrat de travail. Il a eu une nuit et une journée entières pour réfléchir à ce qu'il allait lui dire. Ses sentiments ont-ils évolué? Il ne la ferait quand même pas venir simplement pour lui annoncer que tout est fini entre eux? Si tel était le cas, il lui aurait sans doute donné rendez-vous dans un lieu neutre, comme un café... Au fond, elle l'a toujours su : il ne fallait surtout pas tomber amoureuse de cet homme. Mais comment aurait-elle pu faire autrement?

D'abord elle l'a haï, puis elle l'a compris, avant de commencer à tenir à lui. Maintenant, cela ne fait aucun doute : elle l'aime. Elle ne saurait dire précisément quand c'est arrivé, mais à un moment donné, entre deux affrontements, une porte s'est ouverte. Avec le temps, ce sentiment a évolué, jusqu'au point où il lui est désormais impossible de nier l'évidence et de cacher ses sentiments.

Ariana met son long manteau, puis elle jette un dernier coup d'œil dans la glace de la coiffeuse. Sans chercher à jouer les séductrices, elle a besoin de se sentir femme et de prendre son destin en main.

Même s'il refuse son amour, elle pourra se dire qu'elle n'a pas fait preuve de lâcheté, et la porte pourra se fermer de nouveau. Ariana refuse de renoncer à l'amour. Jamais. Même si son destin n'est pas d'être aux côtés de l'homme qu'elle aime, elle sait que l'amour existe, que ce sentiment est fort et pur.

Ariana en a la conviction : jamais elle ne sombrera dans l'amertume, en rendant tous les hommes responsables des actes d'un seul d'entre eux. Contrairement à ce que fait Rafe. Mais cette faille lui appartient, et c'est à lui qu'il incombe de vivre avec cette blessure. Tant qu'il n'aura pas compris que l'on ne malmène pas le cœur d'autrui, qu'on ne joue pas avec les sentiments des gens, leur histoire n'aura aucun avenir. Si seulement il avait pu panser ses plaies avant de la rencontrer...

soumission

Ariana attrape son sac à main, puis enfile ses stilettos avant de sortir. Un sourire se dessine sur ses lèvres lorsqu'elle pense à sa magnifique nuisette bordée de dentelle rouge. Elle se sent belle et féminine, sexy grâce à ce tissu soyeux qui va lui donner l'assurance nécessaire pour dire à Rafe ce qu'elle ressent.

En rejoignant les ascenseurs, avant d'appuyer sur le bouton du rez-de-chaussée, Ariana se sent presque comme une adolescente qui fait le mur. Mario, le fidèle assistant de Rafe, doit venir la chercher. Heureusement, car elle est trop nerveuse pour prendre le volant.

Dès qu'elle met le pied dehors, le vent frais qui balaie la baie de San Francisco lui donne la chair de poule. Sa nuisette est sexy et seyante, mais elle ne la protège guère du vent qui s'engouffre sous son manteau et la fait frissonner.

— Bonsoir, mademoiselle Harlow. Comment allez-vous ?

— Je vais très bien, merci Mario. Désolée de vous obliger à sortir par une soirée aussi fraîche !

— C'est toujours un plaisir de venir chercher une passagère aussi charmante, répond-il avec un sourire en lui ouvrant la portière. Entrez vite, il fait bien chaud dans la voiture.

— Merci, Mario, lui répond Ariana lorsqu'il a rejoint le siège du conducteur.

Ils discutent un moment durant le trajet, puis la jeune femme se tait pour regarder défiler le paysage et mettre de l'ordre dans ses idées.

Plus ils approchent de la maison, plus elle se sent nerveuse. Va-t-elle y arriver ? Saura-t-elle lui ouvrir son cœur ? Il est probable qu'il refuse son amour, non parce qu'il n'en veut pas mais parce qu'il est trop têtu pour l'accepter.

Mais au fond, peut-être se fait-elle des illusions? Et s'il ne tenait pas à elle, tout simplement? Et si elle s'était trompée sur toute la ligne?

Ils passent le contrôle de sécurité, puis Mario arrête la voiture, en descend et lui ouvre la portière. Ariana a presque envie de lui demander de repartir aussitôt pour la reconduire chez elle. D'ailleurs, que ferait-il si elle le lui demandait? Cela vaudrait la peine d'essayer, juste pour voir.

Ariana accepte la main qu'il lui tend pour l'aider à descendre de la voiture.

— Passez une excellente soirée, mademoiselle Harlow! Je vais attendre, au cas où vous auriez besoin de moi.

Ces paroles suscitent plus de nervosité que de soulagement en elle. Mieux que quiconque, Mario sait que Rafe ne passe jamais la nuit avec ses maîtresses. C'est Mario qui l'a raccompagnée chez elle, le soir où Rafe lui a donné le coup de grâce.

De nouveau, elle se demande ce qu'elle est en train de faire. Combien de fois va-t-elle devoir se ridiculiser avant de comprendre que cet homme est incapable d'aimer?

En entrant dans la maison, elle remarque qu'elle n'est que faiblement éclairée. Ariana lève la tête. Qu'à cela ne tienne: si elle doit se ridiculiser, pour gagner l'amour ou retrouver sa liberté, eh bien elle se ridiculisera.

Aucun signe de Rafe au rez-de-chaussée. Le cœur battant, elle décide de gravir l'imposant escalier. Pourquoi n'est-il pas là pour l'accueillir? Elle est trop tendue pour se formaliser véritablement de ce manque de courtoisie, mais il suscite en elle une grande perplexité.

soumission

N'étant venue chez Rafe qu'à deux reprises, elle n'est pas certaine de retrouver le chemin de sa chambre. Mais une seule porte est ouverte dans le couloir, donnant sur une pièce éclairée. Lentement, elle s'avance dans cette direction.

Passant la tête dans l'encadrement de la porte, Ariana le découvre assis dans un fauteuil, près de la fenêtre. Elle prend un instant pour regarder autour d'elle ; oui, c'est bien sa chambre. Il semble si solennel, les yeux dans les étoiles, qu'elle ne sait si elle doit lui parler. Mais il lui a demandé de venir ; il doit donc s'attendre à la voir.

— Rafe ?

Les épaules de Rafe se raidissent en entendant sa voix. Ça n'est pas bon signe. Quelques secondes s'écoulent avant qu'il se lève et se tourne dans sa direction. Son visage fermé ne laisse rien entrevoir de ce qu'il pense. La nervosité d'Ariana s'accroît encore lorsqu'il s'avance vers elle. Ses jambes vont se dérober sous elle, c'est sûr. Sans y avoir été invitée, elle se dirige vers le grand lit et s'assied sur le bord.

Il s'immobilise, visiblement décontenancé de la voir installée là. Pourtant, elle a passé des heures et des heures dans divers lits avec lui. Est-il vraiment si opposé au fait de la voir assise sur le sien ?

— Désolé, Ari. J'avais prévu de te retrouver en bas. J'ai perdu toute notion du temps, dit-il d'une voix atone qui suscite chez Ariana un frisson d'appréhension.

— Oui, moi aussi ça m'arrive, confie-t-elle sur un ton qui se veut léger.

Cependant, la tension demeure palpable.

soumission

— Merci d'être venue me rejoindre. Nous devons reprendre la discussion entamée l'autre soir.

— Oui, Rafe, en effet. J'ai beaucoup réfléchi et…

— Parlons peu, parlons bien, Ari, l'interrompt Rafe. Nos chemins vont se séparer. Je veillerai à ce que tu retrouves ton ancien job. Je suis d'accord avec toi, il est impossible que tu continues à travailler au siège de la Palazzo Corporation. Quant à l'appartement, il t'appartient. Inutile de déménager. Lundi matin, je demanderai à mon avocat de se charger du transfert du titre de propriété. J'ai également fait ouvrir un compte bancaire à ton nom, sur lequel se trouve une somme conséquente. Elle devrait te permettre de voir venir pour les années futures.

Ariana reste interloquée, recevant ses mots comme autant de gifles. Elle se moque de tout cela. Elle ne veut ni son argent, ni son appartement. Elle s'est toujours débrouillée sans lui, alors elle y arrivera aussi lorsqu'il ne fera plus partie de sa vie.

Tout ce qu'elle souhaite désormais, c'est réussir à quitter dignement cette pièce. Elle se lève et se dirige vers la porte. De toute évidence, il veut qu'elle disparaisse de sa vie.

Et puis non. Elle est venue lui dire ce qu'elle a sur le cœur. Si elle ne le fait pas, elle le regrettera toute sa vie. Il vient peut-être lui dire que leur histoire s'achève, mais si c'est la dernière fois qu'elle voit Rafe, elle doit lui dire ce qu'elle ressent.

— Rafe, je t'aime. Tu m'as dit de ne pas m'attacher, je le sais. Je n'ai pas respecté les règles du jeu, bien malgré moi, et je suis tombée amoureuse de toi. Il m'est impossible de maîtriser mes sentiments. Il fallait que je te le dise, même si tu souhaites que nos chemins se séparent. Que je te dise que quelque part, au beau milieu de toute cette folie, je suis tombée amoureuse de toi. Je ne veux pas te voir partir, ni aujourd'hui, ni demain… jamais. Laisse-moi t'aimer, Rafe !

soumission

Jamais Ariana n'a dit des choses pareilles à un homme. Jamais elle ne s'est livrée à ce point. C'est dit. Maintenant, il pourra l'anéantir, sans qu'elle puisse rien y faire. Jamais elle n'aurait cru que se sentir aussi vulnérable serait effrayant à ce point.

Rafe reste impassible. Il la regarde, sans un mot. Ariana a le sentiment que son cœur va s'arrêter de battre. Comment faut-il interpréter son silence? Est-ce bon signe ou mauvais signe? Va-t-il accepter ce qu'elle lui offre?

Enfin, ses lèvres esquissent un début de sourire. Ariana sent un espoir l'envahir. Il n'a pas l'air en colère, ce qui est encourageant. S'il choisissait de leur laisser une chance, ils pourraient être heureux ensemble, c'est certain.

Voyant que Rafe garde le silence, une appréhension envahit Ari, qu'elle s'efforce de réprimer. Il est simplement surpris, c'est tout. Il la quitte et elle lui dit qu'elle l'aime. Voilà qui aurait de quoi ébranler tout être humain, non?

— Ari...

Ariana sent son corps se figer. Au ton de sa voix, elle comprend qu'il va la rejeter. Sa façon de prononcer son nom lui a permis de sentir que tout était terminé entre eux. Comment a-t-elle pu se tromper à ce point?

— Inutile de me répondre, Rafe. Tu m'as dit d'emblée que cette histoire n'irait jamais plus loin qu'une aventure. C'est moi qui n'ai pas respecté les règles du jeu. Je m'en excuse.

Soulagée, Ariana constate que sa voix est aussi froide que celle de Rafe.

— Ne préjuge pas de ma réponse, Ari! Je suis assez grand pour m'exprimer moi-même, lance-t-il, avec pour la première fois une véritable émotion dans la voix.

Il s'avance vers elle.

— Je vais devoir y aller.

Ariana se détourne au moment où Rafe esquisse un mouvement dans sa direction. Elle regarde la main tendue, puis lève les yeux qu'elle plonge dans les siens.

— Les choses ne sont pas obligées de se terminer ainsi. J'avais prévu de mettre un terme à cette histoire, mais tu as été une maîtresse qui m'a donné entière satisfaction. Oublions toutes ces salades sentimentales pour repartir sur les bases initiales de notre accord!

Là encore, sa voix est atone, comme si l'issue de leur histoire et la décision d'Ariana le laissaient indifférent.

— C'est sûr, c'est plus simple de continuer à baiser la même fille plutôt que de lancer un nouveau recrutement! Contrairement à ce que vous pensez de moi, Rafe, je ne suis pas une pute et je ne suis pas à vendre. Prenez ce que vous voulez de moi et de ma mère, cela m'est complètement égal!

Ariana a tiré un trait sur son petit jeu. Elle ne veut plus de l'ambivalence dévastatrice dont il fait preuve à son égard, de son comportement, tantôt formidable, tantôt odieux, mais jamais normal. Elle est tombée amoureuse de lui, et elle se demande bien pourquoi. Et maintenant, elle est face à lui, privée de toutes ses illusions.

— Je vais vous montrer quelque chose, Rafe. Regardez ce que j'avais mis pour vous!

Elle enlève son manteau pour dévoiler la nuisette qu'elle porte en dessous : le tissu soyeux bordé de dentelles qui épouse ses courbes, dévoilant ses atouts. La seule facette de son être qui semblait l'intéresser, pendant ces quelques mois ensemble.

— Regardez! J'ai dépensé une fortune pour ce dessous en dentelle. Et pourquoi? Pour vous plaire, de la seule manière qui vous parle. Le sexe... et la soumission.

— Ari, je t'en prie…

— Non, Rafe. Enfin, je suis capable de vous livrer mes sentiments, et ils ne sont pas ceux que je croyais. Voilà ce que je ressens. Ce que j'ai fait me dégoûte. Et vous me dégoûtez. L'un et l'autre, nous valons mieux que ce que suggèrent nos actes. Mais je ne suis pas sûre de pouvoir vous pardonner. Ni de pouvoir me pardonner, d'ailleurs. Néanmoins, je pars la tête haute, parce que je vous ai aimé avec honnêteté et que je vous quitte avec honnêteté. Je m'en vais pour pouvoir faire ce que j'aurais toujours dû faire. Je refuse de me soumettre, à vous ou à tout homme qui refusera de se soumettre à moi. Avec sincérité, amour et honnêteté.

Ariana prend son long manteau pour se draper dans le tissu. Rafe reste assis, immobile, silencieux, l'air lugubre. Elle sait qu'elle lui fait mal, mais elle refoule cette idée. Trop de femmes autorisent un homme à bouleverser leur vie, à les maltraiter, à les négliger, à les considérer comme des êtres inférieurs. Ce temps-là est révolu pour elle.

Lorsqu'Ariana reprend la parole, son ton provocateur a cédé la place à la tristesse.

— Et vous, monsieur Palazzo? Tant que vous continuerez à en vouloir à toutes les femmes pour les blessures infligées par l'une d'elles, vous ne serez jamais l'homme que vous devriez être, vous ne vivrez jamais vraiment votre vie. À vrai dire, vous me faites de la peine.

— Ari. Je te le répète. Les choses n'ont pas besoin de se passer ainsi.

— Si, Rafe. Il ne peut en être autrement. Au revoir!

Cette fois, lorsqu'elle tente de se dégager, il lâche son bras. Ariana sort de la chambre aussi dignement que possible. Elle sait que bientôt, la douleur la submergera, mais pour l'heure, elle ressent une étrange torpeur qui protège son cœur en miettes.

Elle est libre. Surprise, elle se rend compte qu'elle n'a que faire de cette liberté qu'elle convoitait tant trois mois plus tôt. Elle aimerait qu'il soit quelqu'un d'autre, un homme qu'il n'est pas. Elle veut celui qui a dansé sur un balcon avec elle, qui a ri d'une plaisanterie idiote, qui lui a permis de déployer ses ailes et de prendre son envol. Il est là, quelque part, enfoui en Rafe… mais elle sait maintenant qu'elle ne le retrouvera pas.

La tête haute, elle passe la porte puis descend l'escalier et quitte la maison pour rejoindre la voiture, qui l'attend toujours.

Sans doute Rafe a-t-il demandé à Mario de ne pas partir. Il savait qu'elle ne resterait pas longtemps.

— Mademoiselle Harlow, je ne m'attendais pas à vous revoir si vite, dit Mario, surpris, en jaillissant d'une entrée de service de la maison. Je m'apprêtais à rentrer la voiture pour la soirée.

— Ramenez-moi chez moi, s'il vous plaît! demande-t-elle avec fermeté.

Sans attendre qu'il lui ouvre la portière, elle tire sur la poignée et s'engouffre dans le véhicule.

— Mais mademoiselle Harlow…

— S'il vous plaît, Mario! Je veux partir immédiatement. Alors, soit vous me reconduisez chez moi, soit je rentre à pied.

Elle veut quitter les lieux au plus vite, peu importe comment.

— Comme vous voudrez, mademoiselle Harlow, répond-il en fermant la portière avant de faire le tour de la voiture pour s'installer au volant.

Il démarre aussitôt, puis s'engage dans l'allée. Ariana a l'impression d'entendre appeler son nom, mais elle n'en tient pas compte. Il est temps de reprendre sa vie en main, temps de tourner la page.

Elle n'a pas entendu Rafe dévaler les escaliers, pour lui courir après. Bientôt, elle sera loin de lui… trop loin pour qu'il puisse la rattraper.

Épilogue

Six mois plus tard

— Je savais que je te trouverais ici.

Lentement, Rafe se retourne et adresse un début de sourire à Shane. Bien sûr qu'il est venu à la cérémonie de remise de diplôme d'Ari. Cela fait six mois qu'il ne lui a pas parlé, mais il n'arrive pas à l'oublier. C'est un grand jour pour elle, et il n'aurait manqué ça pour rien au monde.

— Qu'est-ce que tu fais là, Shane?

— Je savais que ta tête de mule de sœur serait là et qu'elle ne pourrait pas prendre la fuite en m'apercevant!

— Elle refuse toujours de t'adresser la parole? Comme c'est amusant! lance Rafe, esquissant son premier vrai sourire depuis des mois.

— Tu sais que j'ai dû repartir en Amérique du Sud. Elle refuse de répondre à mes appels et depuis mon retour, en début de semaine, elle s'est débrouillée pour m'éviter. Je sais combien elle est proche d'Ari, alors je l'ai suivie à la trace! C'était ça ou attendre l'année prochaine où je me retrouverai sur une île privée avec elle, pour le suivi du projet de la Crique Gli Amanti. Inutile de dire que je n'ai pas cette patience!

— Bonne chance alors!

— Est-ce que tu as parlé avec Ari?

— Non. Après avoir passé un mois à chercher à la joindre, j'ai décidé de lui laisser un peu de temps. Elle a refusé de reprendre son ancien travail, elle a quitté l'appartement et elle a repris ses études. Je dois reconnaître que je me suis trompé à son sujet. Elle n'a pas touché à un centime de l'argent que j'avais mis sur un compte pour elle, ce qui est idiot de sa part, soit dit en passant.

— Pourquoi? On dirait qu'elle se débrouille à merveille toute seule.

— Elle travaille depuis six mois dans un café. C'est ridicule! Une femme comme elle, avec son talent, son intelligence, sa beauté…

— Et avec son intégrité! Tout le monde n'est pas aussi intéressé que ton ex-femme, Rafe. Tu ne l'as toujours pas saisi?

— Je commence à le comprendre. C'est une forte personnalité.

— Oui, je connais bien le problème. Mieux vaut éviter de défier Lia. Plus rancunier qu'elle, tu meurs!

Rafe éclate de rire en voyant l'expression désespérée de son meilleur ami. Il sait mieux que quiconque combien ses deux sœurs peuvent se montrer obstinées.

Les deux hommes s'installent à l'arrière de la salle. Bientôt, Ariana monte sur l'estrade pour recevoir son diplôme. Rafe entend les hourras de Sandra, installée au premier rang. Il reconnaît aussi les voix de ses sœurs, qui font à peine moins de bruit.

Ariana se tourne vers son fan-club et leur lance un de ces sourires radieux dont elle a le secret. Rafe sent son ventre se serrer.

Elle lui manque… bien plus qu'il aurait cru que quelqu'un puisse un jour lui manquer.

Il assiste à la cérémonie de remise de diplômes, aux côtés de Shane. Le silence qui règne entre eux n'a plus rien de pesant. Une fois la cérémonie achevée, il ne quitte pas Ariana des yeux. Lorsqu'elle est enfin seule, il s'approche.

— Félicitations, Ari!

Le raidissement de ses épaules est le seul signe indiquant qu'elle a entendu sa voix dans le brouhaha qui les entoure. Elle se retourne, avec un léger sourire qui se dissipe rapidement.

— Qu'est-ce que vous faites là, Rafe?

— Je me devais d'être là pour ce grand jour. Je suis très fier de toi.

Elle garde le silence, tandis qu'ils restent face à face. Le malaise entre eux est palpable. Rafe ne se souvient pas avoir jamais autant eu le sentiment d'être un intrus.

— Merci. Je vais devoir vous laisser, on m'attend, dit-elle.

Rafe l'attrape par le bras, refusant de la laisser partir avant d'avoir pu lui parler.

— Accorde-moi juste cinq minutes! dit-il en l'entraînant dans la foule.

Surpris, il constate qu'elle ne résiste pas. Il s'arrête dans un hall vide, où ils pourront parler.

— Je vous écoute. Mais faites vite!

La froideur inhabituelle de sa voix le surprend.

— J'ai commis des erreurs, Ari, je le sais. Jamais je n'aurais dû te juger à la lumière des événements survenus dans ma vie passée. Tu me manques et j'aimerais nous laisser une chance, pour que nous puissions vivre une vraie histoire, toi et moi.

Au bout de quelques secondes, les lèvres d'Ariana esquissent un sourire. Soulagé, Rafe se dit que plaider sa cause aura finalement été beaucoup plus facile que prévu.

— Non. Vous n'êtes pas prêt à vous engager dans une véritable relation. La manière dont vous m'avez traitée était parfaitement odieuse. Le pire, c'est que je suis tombée amoureuse de vous. Vous n'avez aucune considération pour autrui, vous cherchez à dominer et vous considérez les femmes comme des êtres inférieurs. Au cours des six derniers mois, j'ai compris ma valeur. Je ne me cache plus derrière de fausses lunettes ou des vêtements trop amples, comme je le faisais à l'époque de notre rencontre. Je ne me planque plus dans un coin de peur qu'on me juge. Je suis une femme forte et intelligente. Plus jamais je ne laisserai quiconque me traiter ainsi. Un homme bon se cache derrière votre dureté de façade, je le sais, mais vous devez aller à la rencontre de cet homme. Le jour où vous l'aurez trouvé, faites-moi signe! Peut-être même vous répondrai-je…

Sur ces mots, Ariana tourne les talons et s'éloigne. Interloqué, Rafe reste immobile, ne sachant que faire. Faut-il lui courir après, une fois de plus? La laisser partir? Leur temps ensemble est-il écoulé? Lui qui a toujours réponse à tout est désormais perdu.

— Ari! appelle-t-il, sans avoir la moindre idée de ce qu'il va lui dire.

Elle s'arrête, se retourne et lui lance un regard dans lequel il discerne de la pitié. Instantanément, une vague de colère le submerge. Il n'est certainement pas homme à inspirer la pitié… jamais!

— Adieu, Rafe!

Sur ces mots, elle se détourne et poursuit son chemin.

— Ce ne sont pas des adieux, Ari. Nous nous reverrons.

Il remarque que les épaules de la jeune femme se raidissent, mais elle s'éloigne dans la foule avant de disparaître de sa vie.

Il quitte la cour de l'université, qui résonne du brouhaha de gens heureux. Rafe, lui, est perdu. Il sort son téléphone de sa poche pour appeler son assistant.

— Mario, faites préparer le jet! Je rentre chez moi.

Lentement, Rafe se dirige vers sa voiture. L'heure est venue de repartir en Italie et de rentrer chez lui, pour tenter de réunir les débris de son cœur.

Note de l'auteur

Je n'arrive pas à y croire : un nouveau livre est terminé, prêt à paraître. Je vous ai tous et toutes remerciés à de nombreuses reprises, et je ne le ferai jamais assez. Merci à tous mes fans, à ma famille et à mes fabuleux amis. Il y a toutefois une nouvelle personne que j'aimerais remercier : c'est Alison ! Tu es formidable. Merci pour tout le temps et l'énergie que tu consacres à l'édition de mes textes, merci pour la qualité de ton travail. Pour toi, il faut toujours que je sois la meilleure et je t'en suis infiniment reconnaissante !

Merci encore à mes fans, et notamment à ceux de ma *street team*, les Melody's Muses. Vous êtes une réelle source d'inspiration pour moi et j'apprécie les efforts incroyables que vous déployez semaine après semaine pour assurer la promotion de mes livres et pour m'encourager. Merci à vous !

Merci aussi à Jack, qui se surpasse jour après jour, qui apporte des modifications, qui m'encourage et qui gère mes millions d'e-mails. Tu es une vraie rock star !

J'espère que ce nouvel opus vous plaira et que vous me pardonnerez la fin de ce tome 2. C'est une idée qui me trottait dans la tête depuis un moment. Décidément, j'adore mon métier, si exaltant…

MELODY ANNE

Imprimé en Allemagne par GGP Media GmbH, Poessneck, en septembre 2014
ISBN : 978-2-501-09629-4
7200073
dépôt légal : février 2014